情況証拠

上

スティーヴ・マルティニ

伏見威蕃＝訳

日経文芸文庫

おのれでおのれを裁けば、
罪を犯したものはけっして無罪放免にはならない。
それが第一の刑罰である。
——ローマの詩人・諷刺家ユウェナリス

〈主な登場人物〉

ポール・マドリアニ……弁護士
ベン・ポッター……熟練弁護士、ポールのもと上司
タリア・ポッター……ベンの妻
ジョージ・クーパー……検屍官
シャロン・クーパー……ジョージの娘
スーザン・ホーリー……高級コール・ガール
トニー・スカーペロス……弁護士、ベンのもとパートナー
ギルバート・チータム……タリアの弁護士
デュエイン・ネルソン……地区首席検事
ゲイル・オショナシー……裁判官
ハリー・ハインズ……弁護士
ニッキー……ポールの妻
トッド・ハミルトン……タリアの愛人

1

どこか裏のほうで、その小部屋（死刑執行室）の照明のスイッチが入れられる。

ドライアズが肘《ひじ》でつつく。「まるでクイズの〈六万四〇〇〇ドルにチャレンジ〉だな」わたしに小声でいうが、他のものにも聞こえている。一瞬、緊張が解ける。うしろの台の上で、忍び笑いがもれる。ジョンストンをはじめとする警備員は笑わない。

ドライアズが、さらに声を低め、わたしだけに聞こえるようにささやく。「じきに質問が飛びだす」

彼の顔を見る。

「では、六万四〇〇〇ドルの質問――あなたは、何分間息を止めていられるか？」ドライアズが横目でさっとウィンクする。その向こうから、低い笑い声が聞こえる。彼の同僚の警官だ。

悪趣味だと思う。しかし、あたりをよく見ると、ドライアズの言葉は的を射ている。その部屋は、天井が半球形で、メイシーズ百貨店のショー・ウインドウのように照明の光が外に向けられているところが、六〇年代のテレビのクイズ番組で使われたけばけばしい安セットにそっくりだ。

向こう側のドアから、警備員がひとりはいってくる。そのドアが閉まると、押し殺した泣き声、絶望の低いうめきの抑揚が、はっきりと聞こえる。

計算された手順のひとつひとつが、ドアの向こう側で待っている男を、死へと導く。警備員が、てきぱきとした動作で、二枚の緑色のベネチアン・ブラインドを下ろし、向こう側の窓を隠す。死刑執行人がバルブを開けて致死性のガスを放出するレヴァーを動かすのを見せないためだ。

そのとき、二個のソフト・ボール大の物体が目にはいる。細かいベーキングパウダーのようなシアン化ナトリウムの粉末を、約四五〇グラムずつ球形に縛ったものだ。チーズ・クロスでつつまれたふたつの球は、椅子《いす》の下の四角い深い皿のような容器の上の装置に、しっかりと取り付けてある。このおそろしい化学薬品のボールは、曲がった金属棒の先から針金でぶらさがっている。レヴァーを動かすと、棒が下がり、シアン化物が、硫酸水のはいった下の容器に落ちるのだ。いまは安全のために、容器は空になっている。

サリー・ライアンの父親が来ている。記憶に残る姿より十ほどふけて、白髪が増え、顔のしわが深くなっている。自分は、他のものとはちがい、本能のおもむくまま古来の聖なる復讐《ふくしゅう》を遂げる使命をになってここに来たのだというように、ひとり離れたところに立っている。暴行されて殺された子供の記憶が、いまも消えないのだ。

ライアンに、もうひとりの娘、リンダ・マルディナードの両親はどうしたのかと尋ねる。「離婚した」それが来ていない理由であるかのように、ライアンがいう。夫婦の仲が壊れたのは、この事件がおおやけになり結果が出るまでのあいだに、悲しみに耐えきれず、打ちのめされたためだといいたいのだ。当時、怒りをたぎらせたマルディナード夫人とライアンは、廊下でわたしの前に立ちはだかり、かならず正義が行なわれると約束してほしいと迫ったものだった。それ以来、彼らとは一度も会っていない。ライアンが、露骨な非難をこめてわたしの顔を見る。これほど長くかかったことを、苦々しく思っているのだ。

わたしがここにいるのは、ともにダンレーを起訴した元DA（地区首席検事）のサム・ジェニングズに頼まれたからだ。ジェニングズは病気で、とうてい出席できる体ではない。はっきりいえば、自分があまりにも死に近づきすぎているために、死とまっこうから向き合うことができないのだ。

ゲール・ハイトが来ている。ヴァンに乗るときに会釈した。挨拶《あいさつ》は返ってこなかった。ハイトはふだんは愛想のいい男で、法科大学院《ロー・スクール》の二年先輩だが、きょうは、挨拶する気にもならないようだ。裁判でダンレーの弁護士をつとめたという大きな重荷を、彼は背負っている。

法の定めにより、警察官数名が立ち会っている。あとの男性十名、女性二名は、おそらく知事か刑務所と政治関係のつながりのある連中だろう。彼らは、このぞっとしない行事の公式招待客だ。

わたしは、郡保安官事務所を退職したジム・ドライアズとならんで立っている。ドライアズは、殺人事件のあと、ブライアン・ダンレーをガール・フレンドのアパートまで尾行した。ＳＷＡＴ《スワット》（狙撃・自動火器の取扱いなどの訓練を受けた警察の特殊任務部隊）の応援を受けてダンレーを逮捕し、後ろ手に手錠をかけてパトカーまで連行した。ダンレーは、そのあいだずっとカメラに向かって唾《つば》を吐いていた。緑色の大きな痰《たん》が宙を飛ぶのをまんなかにとらえた写真があった。その写真は、《ニューズウィーク》特別版の犯罪特集号の表紙に使われた。

有罪となったあと、上訴裁判専門の優秀な弁護士がダンレーの弁護人をつとめ、七年間に六度、きょうという日がおとずれるのを遅らせた。いまは、いつ写真を撮っても、ダンレーは内気でおとなしい青年のように写る。一年前、法律家協会の会報にお涙ちょうだいの記事が掲載され、ダンレーが裁判で公正な扱いを受けなかったというようなイメージがたくみに創りあげられた。その話が事実とすれば、ダンレーはアルコール依存症のあわれな犠牲者だったことになる。精神科医が大勢集められて、その弊害を立証しようとした。ダンレーの免責のため、あるいは刑の執行をまぬかれさせるために、社会的病巣がつぎつぎと取り上げられたが、それが一番新しいものだ。そういった記事は、最大限の効果を発揮するところにたくみに送られる。興味本位の記事を載せる雑誌に送られることはない。

ダンレーの弁護士は、もっと高尚な読者層をねらい、上訴裁判所の裁判官が空き時間に読みそうな雑誌に記事が載るようにした。

小部屋の向こう側で、古い潜水艦の水密戸《ハッチ》を思わせるドアが開く。

わたしたちが着いたとき、すでに年配の女性がひとり、牧師ふたりが部屋に来ていた。牧師のひとりが女性の肩に手をまわして慰めている。おそらく家族だろう。

七年前、四カ月にわたり、ダンレーと毎日裁判で対決したが、いまのダンレーに、そのときのような気力があるだろうか。当時のダンレーは、かなり辛抱強い、したたかな男だった。

ダンレーは自分の弁護士にとてつもない悪夢を味わわせた。数週間におよぶ裁判のあいだ、ダンレーは終始傲慢《ごうまん》な表情を浮かべていた。検屍《けんし》官の証言を聞いた陪審員のひとりが朝食をもどしてしまったあの恐ろしい半日のあいだでさえ、ずっと笑みを浮かべていた。ダンレーは弁護士のいうことを聞き入れずに証人席に登り、事件との関係を完全に否定した。それは、彼が現場に残した指紋などの山のような物的証拠と、まったく矛盾していた。ダンレーは、被害者ふたりの血痕《けっこん》中に自分の指紋が残っていた理由を説明することができなかった。

有罪判決が下り、刑の宣告手続の段階で、ダンレーが自分がやったことを認めたときには、陪審員も弁護士もあきれ果てた。ダンレーは、自分の犯罪を吐き気をもよおすほど克明に描写することで、陪審員の憐憫《れんびん》を買おうとしたのだ。

サリー・ライアンとマルディナードの娘が強姦《ごうかん》され、反自然的性交（肛門性交）を受けたときの写真が、はっきり記憶に残っている。おぞましい赤錆《あかさび》色に凝固した血痕が、いたるところに飛び散り、喉《のど》はメスのような鋭いナイフで切られている。ダンレーは、刃が剃《かみ》刀《そり》のように鋭いかぎ状のリノリウム・ナイフを使ったのだ。彼はそれを〝商売道具〟と呼んでいた。そのナイフは、数年前から、リノリウムを切るのには使われていなかった。ダンレーは、そのナイフを特別な用途のためにとっておいたのだ。かつてそれは、ダンレーの妻の右の頰骨《ほおぼね》に〝A〟と彫るのにも使われた。ダンレーは酒を飲みすぎたあと、一年ぐらい会っていない内縁の妻が浮気をしているのではないかという妄想にとらわれた。どこかのバーで、おしゃべりな物知りが、ホーソンの『緋文字《ひもんじ》』のあら筋を、おぞましい面だけ強調して話して聞かせたのだろう。わたしは心を鬼にして、ブライアン・ダンレーは、この世からいなくなったほうがいいのだと考える。

時計を見る。予定時刻を一分過ぎたところだ。小部屋の向こうから物音が聞こえる。苦しげな男のうめき声で、ひとつの単語以外は、なにをいっているのか理解できない。単音節の母音が、くりかえすたびに大きくなっていく。「ノウーッ……」

無表情の警備員ふたりが、向こう側から小部屋にはいってくる。うしろから、よたよたした足取りで、ブライアン・トレヴァー・ダンレーがついてくる。見違えるほど変わっている。裁判のときよりも九キロ体重が減り、幽霊のようだ。あの虚勢と尊大な態度はもうかけらもない。膝《ひざ》が曲がり、足を引きずっている。抵抗しようものなら、腕など小枝のように簡単にへし折る腕力のありそうな警備員ふたりに、両腕をかかえられている。前で手錠をかけられている。目は憑《つ》かれたように狂暴で、残されたわずかな時間に映るものすべてをまぶたに焼きつけようとするように、きょろきょろ見まわしている。靴下はだしのまま敷居を越えて引きずられ、小部屋に入れられると、ガラスごしに視線を投げるが、だれのこともおぼえていないようだ。向きを変えられ、椅子《いす》に座らされたとき、くだんの女が目に映る。ダンレーの目が輝く。

「バンパ、バンパ」

ふたりの牧師といっしょにいる女に訴えている。女は手を差し出すと、ダンレーをつかもうとするかのように腕を伸ばす。

わたしはドライアズをつつき、女のほうに顎《あご》をしゃくった。

「伯母《おば》だ。奴は子供の頃《ころ》、バンパと呼んでいた」ドライアズは〝おれを責めるな〟というように肩をすくめる。

ダンレーは、ここの囚人が作っている、衿元《えりもと》のあいたアイロンのかかったブルーのワーク・シャツを着ており、囚人用のデニム・ズボンをはいている。靴をはいていないことが、この旅路について多くのことを物語っている。シャツの前身頃から黒く細いチューブが突き出ている。これは聴診器の一部で、壁に取り付けられた装置に接続されている。これで医師が死の瞬間を判断するのだ。

無駄のないすばやい動きで、三人の警官がダンレーを金属製の椅子に座らせ、ベルトをかける。幅五センチの平たいベルトが、両腕に各々二本、額と胸に二本かけられ、ダンレーの上半身をまっすぐ立てて固定する。他の警備員が、椅子にぴったりとくっつくように脚にベルトをかける。一分とかかっていない。警備員ふたりが小部屋を出る。最後のひとりが聴診器をつなぎ、ダンレーの膝を軽くたたいて、なにやらいう。声は聞こえないが、わたしはくちびるを読んだ。『ガスの音が聞こえたら、大きく息を吸え』

いま、ダンレーは恐怖でおののき、混乱のきわみに達して、頭を激しく左右にふっている。間断なくうめきつづけ、狭い部屋から、苦悩に満ちた呪文《じゅもん》のような低いうなり声が聞こえてくる。

残る警備員が、うしろ向きのまま、腰をかがめて小部屋を出ると、ドアが閉まり、完全に密閉される。小部屋のなかの苦しげなうめき声が小さくなる。ダンレーが、ふりかえってこちらを見る。「だれか……」声が徐々に小さくなり、あとは聞き取れない。だが、哀願していることはわかる。だれかやめさせてくれと訴えているのだ。

二分後、死刑囚は密閉された小部屋にひとりになった。

頭が急にがくんと前に倒れ、はじまったらしいとわかる。やがて、ダンレーがゆっくりと目を開き、ガラス窓に映る自分の姿を見て、苦痛をともなわず息をしていることを知る。向かって右手に視線を移して、バンパという伯母《おば》を見る。伯母のほうは、あきらめが悲しみをしのぎ、顔をそむける。牧師のひとりがダンレーを励ますためにうなずく。恐怖という毒気にさらされながらも、ダンレーは、一瞬、正気を取り戻したようだった。頭を少し動かし、うつろな目の重たいまぶたをパチパチと動かして、牧師の心づかいに応《こた》えたように見えた。乾いたくちびるをたてつづけに舌でなめ、この最期の瞬間に、それを懸命に湿らせようとしている。

部屋の正面のブラインドのうしろから物音が聞こえ、ダンレーの顔がさっとそちらに向く。液体が椅子《いす》の下の容器に注がれる。

「ノウ、ノウ、ノウ……」と繰り返しいう。声が一オクターブ高くなる。「まだだ」

椅子ごと宇宙に飛ばされようとしているかのように、足をふんばっている。

ファンの騒音が、小部屋のなかの最後の物音をかき消す。船のエンジンの回転音のような轟音《ごうおん》が小部屋の金属の床を揺るがし、回転速度が上がるとともに、床下のコンクリートを通してこちらの足に振動が伝わってくる。向こう側でだれかが小部屋の床の換気口を閉める。ダンレーがこちらを見る。恐怖のあまり、目を剝《む》いている。これから起きることを知らされていなかったというようにも見える。ファンが室内の空気を吸い出し、気圧を下げる。そしてダンレーの肺から空気を吸い取り、新たな未知の恐怖で満たすための真空を作りだす。ファンのブーンという回転音だけしか聞こえない。そして突然、椅子の下にある死をもたらすボールのついた二本の棒が落ちる。シアン化ナトリウムのボール二個が見えなくなる。大きな深い容器のなかで泡が生じ、目に見えないガスが発生して落ちた気圧の分を満たしていく。

一秒、いや二秒たつ。ダンレーは胸を激しく波打たせ、身体をよじらせる。吐くような動きをするが、なにも出てこない。首がうしろにがくんとそり、そして今度は前に垂れて、椅子の下からじわじわと発生する目に見えないガスから逃れようと、無駄な抵抗を試みる。突然、落ち着きを取り戻したように、ダンレーの動きが緩慢になる。頭をこころもち、こちらに向ける。彼の目がわたしにも見える。白目になっている。スロット・マシーンがとまるように、額の下、目蓋《まぶた》の奥で目が裏返る。

いまは、乾いた咳《せき》をするような苦しげな息づかいになっており、それがしばらくつづく。自律神経によるものだろうと思う。あれだけガスを吸って意識があるとは考えられない。指は硬直して白い鋼鉄のようだ。金属製の椅子《いす》の肘掛《ひじかけ》に食いこんだように動かない。わたしの時計で一分たったとき、ダンレーの首が前にがくんと倒れ、動かなくなり、長いぼさぼさの黒髪が顔を覆う。一分十五秒後、もう一度首を横に倒そうと最後の試みがなされたが、これは筋肉の痙攣《けいれん》、無意識の動作だ。そうにちがいない。小部屋のなかで、ダンレーは、呼吸のとまった胸につくほどに頭を垂れて、微動だにしない。一酸化炭素中毒のときのようにどす黒くなるか、あるいは静脈のような暗紫色に顔色が変わるものと予想していたが、じっさいには灰色がかった蒼白になっている。この色が、シアン化物の特徴であるアーモンドの苦い味のイメージと、頭のなかで視覚的に結びつく。

沈黙のうちに数秒が過ぎる。金属の椅子の座席の穴を、おぞましい液体が流れている。ダンレーの体から出たものだ。それが容器にはいっている死の液体と混ざる。わたしは見るべきものを見て義務を果たしたので、目をそらす。これで彼の死をたしかに見届けたと証言できる。法律で決められた死刑宣告書の報告書に署名することができる。いまわたしが見たのとおなじものを見たある作家は、『様式化されたメヌエット─死の儀式』と呼んだ。この淡々とした医学的行為を見ると、少なくともまともな人間ならだれでも一瞬あわれみの気持ちをかきたてられる。だが、サリー・ライアンとリンダ・マルディナードの目の前にひらけていたはずの未来を考えれば、それは思い違いもはなはだしい。

2

電話があったのは昼過ぎだった。ベン・ポッターが、今晩、〈ウォンの店〉で会いたいという。ベンと話をしたのは、わたしが前の法律事務所《ファーム》を辞めて以来、一年ぶりだ。話があるが、電話ではいえないという。わたしは、ダンレーの死刑執行のあと、二晩眠れなかった。刑務所で、われわれは精神科医にそう警告されていた。そして、ベンが話があるという。憂鬱《ゆううつ》になったが、いやとはいえなかった。

ハリーが、幼児のように首を伸ばし、ひろびろとした天井を見上げながら、弧を描いてゆっくりと歩き、ボーイ長の立つ受付に向かう。〈ウォンの店〉は、ハリーがいつも行く店より格が上だ。ハリー・ハインズは、今晩、わたしの精神的ささえとして同行している。最近は、影のようにいつもそばにいる。わたしに賢明な助言をしてくれるハリーは、一世代年上で、ひたすらいい訴訟事件をもとめてやまない弁護士のひとりだ。ハリーにとっていい事件とは、弁護士報酬を払ってもらえる事件のことだ。彼はわたしのオフィスと廊下をはさんだ向かいに小さなオフィスを構えている。ここのところ、ハリー・ハインズとわたしは親友の仲なのだ。ハリー本人やその経歴、いままでなにをしてきたか、いまなにをしているかを見たかぎりでは、わたしにとって、いい未来を暗示しているとはいえない。

「マドリアニさん、よくいらっしゃいました」混雑したバーの奥から、ジェイ・ウォンのよく通る声が聞こえる。

ウォンが丁寧に会釈して、一瞬ためらったあと、わたしの横をまわってハリーに近づいていく。肩を軽くたたかれたハリーがふりむく。

「当店は禁煙でございます」ウォンが、予約受付のカウンターにステンシルできちんと書いてある表示を示す。「市の条令ですので」

ハリーは、吸いかけの煙草《たばこ》を口にくわえている。濃紺のスーツの上着の衿《えり》にうすく灰が散っている。

「そうか」ハリーは煙草を持ち、しばらく毛足の長いカーペットをぼうっと見つめる。ウォンが、いちはやく灰皿を差し出し、ハリーがおとなしくそれで吸い殻を消すと、すぐにカウンターのうしろに隠す。

ウォンが、ふたたびわたしのほうにふりむく。

「しばらくいらっしゃいませんでしたね」

「二、三カ月だよ」と、嘘《うそ》をつく。ポッター&スカーペロス法律事務所を辞めてから、この店には来ていない。わたしはポッター&スカーペロスにいた三年間ずっと、少なくとも週に二回はここで昼食をとる常連だった。依頼人を接待するという名目で、ポッター&スカーペロスの勘定につけてよいことになっていた。ジェイ・ウォンはさぞがっかりしていたにちがいない。

元気そうだが、痩《や》せたようだ、とウォンにいわれる。そして痛いところをつかれる。「美人の奥様はお元気ですか?」

忘れていた。わたしがポッターの事務所にはいった日の晩、ニッキーとわたしは一度ウォンの店で祝杯をあげたことがあった。店の客の数の多さを考えると、ウォンがニッキーのことをおぼえているとは意外だ。だが、それがウォンの才能でもある。

「ああ、元気だよ」わたしは、詳細を省いてきっぱりという。わたしたちは、もういっしょに住んでいないし、ここ数カ月は、破綻《はたん》した結婚を回復しようと努力してみたものの、離婚届を出すか出さないかのところまできている。

そのとき、レストランのテーブルからバーに向けてやってくる男が目にはいる。ベン・ポッターだ。一八〇センチ以上の長身だが、本人が正確に測ったことがあるかどうかはわからない。なで肩で少し背中が曲がり、やや前かがみに足を引きずるように歩く。例によって、スーツの上着の下に黒いウールのベストを着ている。その姿勢としわだらけの巨体は、木のうろに食べ物がないかとあてどなくうろついている大きな熊《くま》を連想させる。ベンは、このぎくしゃくした立ち居ふるまいを意識して自分の特徴にしており、夜間ロー・

スクールで彼の下で学んだある世代の法律家たちは、陪審に話をするときこの格好をまねる。ベンのこうした姿勢は、疲労や老いが原因ではなく、意図してつくられたものなのだ。ベンがとあるテーブルで立ちどまり、のろまな教皇が特赦状を差し出すように、友人としゃべる。陽気な笑い声が聞こえてくる。ベンが静かになにか答える。そしてまた笑いが起こる。

ウォンがなにかいうが、わたしは聞きもらす。

「なんだって？」わたしはふりむく。ウォンは、わたしの視線をずっとレーダーのように追っていた。

「ベン・ポッターさんはどうなさいましたか。うわさでは、ワシントン行きだと聞いていますが」

ウォンがいうと、こういううわさもほんとうに思える。

わたしは、そのことについてここ数日ずっと考え、マスコミからの電話がくることを予想していた。ベン・ポッターは、最高裁判所の裁判官の空席を埋める数少ない候補のひとりで、本人も生涯ずっとその地位を狙《ねら》っていた。それがいま一歩で手にはいるところまできている。二十年にわたって地道に味方を作り、同胞の急死をじっと待っていた結果だ。FBIはすでに、スキャンダルを探してベンの身上調査をはじめ、わたしにも問い合わせがあった。捜査員二名がオフィスに来たとき、しばらくはタリアとわたしのことでうわさを聞きつけたのかと思った。彼らが帰るときになってようやく、その点に関してはなにも知らないとわかり、ほっとした。

「テーブルをご用意いたしましょうか」ウォンが戻ってくる。

「とりあえずバーで一杯やることにする」ハリーといっしょなので、じっくり進めるのがよいと考えた。気をつけていれば、ハリーが嫌な思いをすることはないだろう。彼はいい弁護士なのだが、こと接待となると、くつろげるのは、〈ミラー〉〈バド〉といった赤いネオン・サインをちらつかせている郊外の店に限られている。仕事同様、アフター・ファイヴでもハリーはしちめんどうなことが嫌いなのだ。

バーの付近の小さなカクテル・テーブルのあいだを進む。サファリでガイドに従う金持ちのように、わたしのうしろにハリーがぴたりとついてくる。ベンとふたりきりで話せる静かな片隅が空くまで、当面、人目を避けて座れる席がないかと、わたしはバーを見まわす。

カラーからカフスまで糊《のり》のきいた白いワイシャツを着たバーテンダーがやってきて、わたしの前のバー・カウンターに、カクテル・ナプキンを置く。すべて手際がいい。

ハリーの顔を見る。彼はビールを注文する。

「スコッチの水割り、レモンを絞って」

「いい店だな」ハリーがいう。だが、いかにも居心地が悪そうだ。

「ここでずいぶん取引が行なわれる」

「だろうな。みんなノミでもいるみたいだな」

わたしは、問いかけるような視線を向ける。

「おたがいの背中を掻《か》いて、助け合ってるようだということさ」ハリーはそういう取引はやらない。いまの口調からも、もっとまっこうから犯罪に取り組むのが好きだということがわかる。

糊のきいたワイシャツのバーテンダーが、ハリーのビールとわたしのスコッチを運んでくる。伝票につけてもらう。一杯ごとには支払わない。それは気前のいいところを見せたがる観光客のやることだ。

店は、政治活動にいそしむ辣腕《らつわん》家たち——つまり仕事熱心なロビイストたち——でたいそう混み合っている。ここで思惑を張る弁護士は、ほとんどが一流企業に雇われている連中ばかりだ。なにしろ勘定が高い。

暖めたトレーにオードブルが用意されている——オイスター・ビーフだ。ハリーを誘う口実にそれを使った。「カキは精力がつくぜ」ハリーがいう。

わたしはスコッチをひと口飲んでふりむく——彼女がいる。真珠のイヤリングとネックレスを身に着け、一年中うっすらときれいに日焼けした肌が、ブルーの絹のブラウスに映えて、つややかに輝いている。タリアは、三〇メートルほど離れたテーブルに数人のグループといっしょに座っていた。となりがベンの席で、いまは空いている。タリアのまわりで、エーテルのようにふんわりと会話が進んでいる。彼女は耳を傾けるでもない。まわりの活気のある動きとは対照的に、カメオのように超然と黙って座っている。

もうひとり、彼女より若い男がいる。高級なスーツに身をつつみ、黒い髪をマディソン・アヴェニューの広告のモデルみたいにぴったりとかしつけ、血色の悪い頬《ほお》のひげの剃《そ》り跡が青い。タリアと向き合っており、やはり冷然としている。男が少しこちらに顔を向ける。信じられない。神が肉切包丁を持って顔のまんなかに飛び降りたように、割れた顎《あご》が異常に目立つ。タリアの視線が男に注がれる。ふたりがほほえむ。わたしはしばし考えこむ。

「水に流したんだろう」とハリーがいう。

「え？」

ハリーが、ふたりのテーブルのほうに顎《あご》をしゃくる。タリアとの件を、彼は知っている。打ち明けたのはハリーだけだ。

「ぼくの出世《キャリア》が滝壺に流れ落ちたというべきかな」

「こいつはなんのにおいだ？」ハリーが鼻をうごめかす。「後悔の香りか？」

「そうとも。こげたトーストみたいににおうだろうな。返す言葉がない。ばかだった」

「あまり自分を責めるな」ハリーが、タリアの体の線をじっくり眺め、入念に品定めする。

「いい女だな」

「お誉めにあずかってうれしいよ」タリア・ポッターの美しさは、幾何学の定理や公準とおなじで、だれも否定できない。彼女を見たものは、男でも女でも思わずはっと見とれてしまう。そのうえ、彼女はとうてい無視できない性的魅力を発散させる。その利点を活用するすべもこころえている。

「おまえの分析もうなずける。しかし、上司の女房とやるのは、あさはかという名の病の兆候だ」ハリーが、フロイトめかして強いドイツなまりでいう。

ハリーはこういう男だ。ずけずけとものをいう。

「しかし、不治の病ではない。安心しろ」

「そうか？」

「ああ。十人の医者のうち九人までが、これは一時的な軽い病だという。月の満ち欠けとともにかかってはまた治る。中世の頃は一角獣病と呼ばれていた」

わたしは、片方の眉《まゆ》をあげた。

「いま、SF小説では、深刻な膨張性発情といわれている。が、問題がひとつある」ハリーは指を鼻の横にあてて、最終診断を下す。「どうやら伝染するらしい」

話しているあいだずっと、ハリーはタリアのテーブルを見ている。彼女のほうに頭をふる。ハリーは、タリアがマスタード・ガスのように漂わせる〝寄っていらっしゃい〟の視線を受けたらしい。

「あの顎の割れた男は、ベンの事務所の奴か？」

「たぶん」

「あわれなあの男は、慢性の分裂性不能症候群にかかってるな。そのうち彼女が治療するだろう。そしたらあいつは新しい職を探すことになる。新しい伝染病の発生を、われわれは目撃しているわけだ」

ハリーはタリアのことをあまり良く思っていない。ハリーにしてみれば、わたしが事務所を辞めたのは、単なる誘惑事件だった。わたしにしてみれば、事はもっと複雑だ。タリアはわたしの考えでは、ハリーが思っているような身持ちの悪い女ではない。

「上司の女房と寝る以外に、あそこでなにをしたんだ？」ハリーがきく。

「それがちょっとデリケートでね」

「デリケートな話がしたきゃ、牧師にいえよ。友達にはもっと率直にいってくれ。あそこでどういう事件を扱っていたんだ？」

「あれやこれや、ごった煮さ。ビジネス関係が大半だ。あとは刑事事件、契約――まあ、このふたつは似たようなところがあるが」

ハリーが肩ごしに、いぶかしげな顔でこちらを見る。

「ビジネスの世界では、悪事をはたらく奴はみんなビジネス・スーツを着てサスペンダーをしている。奴らは複雑なオプション条項とか、どうとでも解釈できる純益の定義につけこんで、投資家から金をくすねるんだ」

「なるほど」自分が思っているとおりのビジネス界のルールを知っている人をようやく捜し当てたというような、満足げな口調だった。

ハリーに、ポッターの事務所の草創期について話す。ベンは六〇年代はじめに、検察官として仕事をはじめた。初期のホワイト・カラー詐欺事件――最後には破産する荒っぽいポンジー・スキーム（ねずみ講のような詐欺）――の起訴をした。政治的ないきさつで検察局を追い出されたあと、弁護士に戻って法律事務所をはじめた。いまの依頼人は当時の依頼人より洗練された金持ちだし、ビジネスの策謀も複雑になった。なかには合法的と見なされるものもある。

「そうとう金がはいるんだろうな」

「大きな事件では、会社とかその役員の弁護をすると、六ケタの弁護料をもらえることも珍しくない」

ハリーが口笛を鳴らす。

「礼儀正しい刑事弁護士が〝ビジネス・ロー〟と呼ぶ奴さ。名声に傷がつくこともない。うまく立ちまわれば、そういう連中をほかのまともな依頼人のあいだにまぎれこませることができる」

ハリーはよく呑《の》み込めないようだ。ここ十年ほど、この州ではこうした情況のために刑事弁護士に対して政治的な風当たりが強い。弁護士は依頼人と同類と見られ、裁判官の任命から除外され、ほとんどがまともな社会や一流の組織から締め出しを食っている。

ハリーが行き来するバーテンダーをつかまえて、もう一杯注文する。「VOの水割り。ダブルで」かなり腰が据わってきた。

ベンはいつもいっていた。〝腐敗したビジネス界では、混乱こそが王だ〟。ホワイト・カラーの弁護をするときの第一の鉄則だ。陪審が理解できなければ、有罪にできない。背任のたぐいの弁護には、混乱の万華鏡をかけるのがコツだ。どんな事件であろうと、共通の要素がぜったいに出ないようにする。帳簿の記載もれ、支払いの誤りといったことは、これまでの例からいって、検察に有利な材料になったためしがない。ホワイト・カラーの世界では不変の法則のひとつだ。そうすれば必ず優位に立てる。

「なあ、どうやったらその分野、つまりビジネス・ローの世界にはいりこめるんだ？」ハリーがきく。

「評判になればいいのさ」顔を見合わせる。ふたりとも吹き出す。

「ほんとうのことを教えてくれ」ハリーがいう。「ベンはおまえをクビにしたのか？」

「ベンがじっさいそういったかという意味なら、言葉ではたいしたことはいっていない。しかし、ベンは誇りを傷つけられ、こっちは良心の呵責《かしゃく》にさいなまれて、ふたりのあいだには、でかいクルーザーを浮かべられるくらいの溝ができた。ベンはタリアが遊びまわっていることを知っていた」

しばらくひとりで考える。頭のなかで無声映画のようによみがえる。ベンがある日、昼飯を食べながら話した――妻がほかの男と浮気していることを、友人として打ち明けたのだ。ベンはそのことでひどく落胆しており、信頼できる人間に相談にのってもらい、助言がほしかったのだ。わたしは黙って話を聞き、同情し、微妙な質問をしながら適当に相槌《あいづち》を打った。ベンが詳しいことを知らない――つまり相手がだれであるのか知らないとわかってほっとした。そのとき、思い切って自分がタリアの愛人だと打ち明けられなかったことが、一生くやまれる。

「ベンにとって一番ショックだったのは、タリアが自分の信頼していた人間と、しかも自分の目と鼻の先で浮気していたことだった。ベンが事実を知り、ぼくを呼び、さんざんなり散らした。こっちはどなられてむっときて、そこを出ると、自分のオフィスに戻り、荷物をまとめはじめた」酒をひと口飲む。「当然のむくいだ。自分の抜き身の上に倒れたというところだ」

ハリーが笑う。

わたしはハリーを見て、意図せずにジョークをいったことに気づいた。

「まったくな。そいつを鞘《さや》から抜くからいけない」とハリーがいう。「忘れないように紐《ひも》を結んでおこう」

「もういい。いま、その償いをしているところじゃないか」ハリーはバーの天井の傾斜した反射ガラスを見上げる。ベンが部屋の向こうのウォンのオフィスから出てきた。とたんに、胃にしこりができる。ベンがバーを見まわす。わたしを見つけると、しばしためらってから、ウールのベストのしわを直してこちらに向かってくる。例の見慣れた歩き方——肩を丸め、膝《ひざ》と肘《ひじ》を張って、下を向き、バンドを率いて行進するような歩き方で、バーを横切ってくる。夏期の学生がベンの様子を、古い表現を用いて、〝渋目のユダヤ男《ジューイッシュ・クール》〟と呼んだ。ベンはローマ帝国のユダヤ属州総督ピラトほどに非ユダヤ的だが、その表現はぴったりだ。顎《あご》と首のあたりのしわ、少し頭を横にかしげた様子は、不快感と退屈さが微妙にいりまじっている。表情と態度は、俳優のウォルター・マッソー風で、どことなく気難しいカリスマのようだ。

「ちょっと不愉快なことになるかもしれない」わたしはハリーに警告する。

「奴が隠し持っていないことを願ってるよ」ハリーが上着のポケットに手を突っ込んで拳《けん》銃《じゅう》を握るふりをして、ウィンクする。「平気さ。なんとかなる。おれは決めてる。旧友たちの仲を裂くようなことはしない」ハリーがこれ見よがしに体を遠ざける。おもしろがっているのだ。

「ポール」名前が静かに呼ばれる。ベンは、ゆっくりとした抑揚の低い声の持ち主だ。わたしはくだける波をやりすごすように、背中でそれを受け止めてふりむく。すべて、奇襲のようにさりげない。

「ベン」にっこり笑い、手を差し出す。ベンがそれを握ると、わたしは愕然《がくぜん》とする。ベンの表情は読めない。顕微鏡で見る昆虫のほほえみのようだ。温かくはないが、好奇心にあふれている。

わたしは、ハリーとベンを紹介して、挨拶《あいさつ》を済ませる。さっと握手をすると、ベンはハリーのことなど眼中にないように、わたしのほうを見る。そばのテーブルから、大勢の視線がわたしたちに注がれる。レーザーで皮膚を検査されるような気がする。

「しばらくだな」ベンがいう。「長いつきあいだったから、そろそろ口をきいてもいいころだと思った。きみの退社は」――適当な言葉を捜す――「やや唐突だった」彼は控え目な言葉遣いでは定評があるが、いま、わたしが事務所を突然去ったことを、やはり控え目に表現する。そしてほほえむ。

「なにか頼みましょうか？」わたしはきく。

「ジェイのオフィスで話をしながら注文するつもりでいた」ベンが、ハリーのほうを向いた。「ポールをちょっと借りていいかな？」

「どうぞ。お好きなだけどうぞ」ハリーが、ベンの両手に気をつけろと警告するように、にやりと悪党めいた笑いを浮かべる。わたしはグラスをつかむ。ベンがオフィスに向かう。わたしはそのうしろを歩きはじめたが、つまさきですばやくハリーのいるほうを向き、〃どうする？〟というように肩をすくめる。ふりむくと、ハリーが紙切れをふっているあいだ、その顔を見たとたんに意味がわかった。こちらがウォンのオフィスにこもっているあいだ、わたしのつけでバーで飲んでいるということなのだ。

ウォンのオフィスは、ベンと話をするのにぴったりのおもむきだ。地味に抑えた色調で、しゃれた葬儀屋のような暗めの間接照明がそなわっている。人間より大きなブロンズの巨大な仏像が、ウォンの骨董品《こっとう》のデスクのうしろのアルコーブに置いてある。それが、下から照明で照らされ、解放者のお告げを待っている太った精霊よろしく不気味な影を天井におとしている。

ベンは、そことは離れたガラスのコーヒー・テーブルの両側にソファを置いたところへわたしを案内する。片方のソファに座り、向かいのソファを手で示す。

「さっ、掛けて」ふたりきりになると、ベンがやや横柄な口調になる。

彼は黙って感情をみなぎらせ、内に秘めた気持ちを伝える郵便受けのようなくちびるを固く閉じている。わたしはソファに深々ともたれ、ベンがわたしに分別ある言葉――あるいは怒りの言葉――を浴びせるのを待つ。

「そうだ、忘れないうちに――なにを飲む？」ベンが、ソファの横のテーブルの上の受話器を取る。

「ええと、おなじものを。スコッチをオン・ザ・ロックで。払いますよ」

「馬鹿《ばか》をいうな。ここはわたしがもつ」そっけなくしりぞけて、ベンが注文する。当人はまだ飲んでいない。これは社交の場ではないからだ。

しばらくのあいだ、世間話をする。ベンはわたしが辞めてから事務所がどう変わったかを話す。独立してから楽しいかときく。わたしの酒が来るときにどうせ邪魔がはいるので、それまでの時間潰《つぶ》しなのだ。

わたしは正直に、大変だがやりがいがある、と答える。わたしを雇ったのは間違いだった、とベンがいう。侮蔑《ぶべつ》するためにいわれたのかどうか、はっきりわからない。ベンはしばし躊躇《ちゅうちょ》してから、切り出す――生まれながらの指導者は、会社の鋳型にははまらないものだ。きみは他人の力で仕事をするのではなく、自分でもっと大きなことをするように運命づけられている。

尊敬する人に褒められると面映ゆいものだと思う。

ウェイターがわたしの酒を運んでくると、ベンは自分の勘定につけてくれと命じる。ベンの角ぶちの眼鏡の、平らなレンズがきらりと光る。新しいものだ。目がはっきり見えない。見慣れた半フレームの眼鏡は老眼鏡だが、こちらはベストのポケットに入れてある。ポケットから突き出ているのが見える。

「ここ数カ月、いろいろ考えてみた」ベンがいう。

「わたしたちのことですか。なんといったら……」

ベンが手をあげてわたしを遮る。懺悔《ざんげ》を期待しているのではないのだ。

「もう済んだことだ。いまさらどうにもならん。過去をほじくりかえしても、おたがい恥をさらすだけだ。わたしはきみのことがわかっているつもりだ。きみの気持ちもわかるような気がする」

ベンはわたしに答えるすきをあたえず、ソファから立ち上がると、デスクのほうに歩きだす。「結局、古代の人々――ギリシャ人がいったとおりだ。おのれの良心ほど残酷な証人であり強力な告発者はいないのだ」

まるで赦免がわたしひとりだけの問題であるかのように、わたしに背中を向けて距離を置きながら、ほとんどひとりごとのように話している。

わたしは、ソファに座り、グラスに浮かんだ氷をじっと見つめる。

「今晩ここでのふたりのあいだの話は、これですべて終わりにしよう」ベンがいう。「おたがい、了解に達したな？」

「ええ」わたしはいう。譲歩するのは簡単だ。この話に火をつける気は毛頭ない。ベンの目をまともに見られるようになるには、これが必要だったのだ。

「それなら、このことは、おたがい二度と口にしないことにしよう」

わたしはうなずく。ベンはこちらを見ていない。

やがて、優雅な身のこなしでゆっくりとふりむいたとき、仏陀《ぶつだ》にも匹敵するベンの偉大な存在感に、あらためて気づく。

「あのときの痛みは口ではいい表わせない。きみらふたりに、どれほど傷つけられたことか」ベンの声に怒りはこもっていない。われわれのあいだの出来事、彼を苦しめた原因を、なんとか理解し、論理的に考えようとしているようだ。

タリアとわたしの裏切りが、ベンは理解できない。デスクを離れてふたたびわたしのほうに来る。結婚して最初の年は申し分なかったが、その充足感は、若い自分が、愛情も浮気も情熱に根ざすものではないという幻想にとらわれていたからだったのだ、とベンが話す。これがわたしの知っているベン・ポッターだ。言葉がよどみなく出てくる。賠償を請求する熟練弁護士だ。「今晩ここで、そのような幻想が完全に打ち消された」とベンがいう。弁舌の効果をあげるため、突然、言葉を切る。「今回のことでは、ずいぶんいろいろ教えられた。感謝すべきなのかもしれない」

ふたたび沈黙し、物思いにふける。

わたしは座ったまま、グラスをゆすって氷を鳴らし、ひと口飲む。

「ひとつききたいことがある」ベンがいう。「正直に答えてくれ。教えてほしい。最初にしかけたのはどっちなんだ？　きみか、タリアか」

不意の正面攻撃に窮地に立たされる。危うくウォンのソファをスコッチで汚しそうになる。

わたしは誠実な表情をこころがける。「こういうことです。こんなことになるとは、予想もしていなかった。計画的ではなかったんです。陰謀とはちがう。じっと計画を練ってやったわけじゃありません。ただそうなってしまったんです。気がついたら、いっしょにいたんです。あることがつぎのことを引き起こして、結局はああなってしまったんです」こだまのようにおなじことをくりかえすが、ほかにいいようがない。「わたしたち、いや、わたしの一生の恥だと思っていますが、ただそうなってしまっただけのことなんです」

ベンがほほえんで、うなずき、譲歩の意を示す。

「如才ないな。ジェントルマンの答だ。わたしが期待していた答だ」この問題に関してはすでに意見が固まっており、どちらが悪かったのか、自分の疑念が裏づけられたという口調だった。告白と赦免というあんばいに、なんでもだれかに罪を負わせたがる傾向は、ロー・スクール以来、われわれ弁護士に蔓延《まんえん》している病気だ。「ほんとうに、正直にいいます。とにかくそうなってしまったんです」わたしは、できるだけ誠実に聞こえるように声高にいう。とにかく、ベンとの人間関係という貴重な事柄がどうなるかの瀬戸際なのだ。「信じてほしいんです。もし過去に戻れるなら、わたしはその痛みをとりのぞき、自分を誘惑から解放します」タリアと会う機会をもたらした不動産の法律関係の仕事をわたしにやらせたのがベンであったことを持ち出すべきかどうか、しばし迷う。結局のところ、動機は肉体の相性だったのだ。だが、それは黙っている。

「もし、過去を変えられるなら、きみはそうしてくれるにちがいないと思っていた」ベンがほほえむ。最終的にある程度は許すということだ。

彼は疲れており、それが表われている。「もうやめよう。むしかえしてもしかたがない。この話はこれきりにしよう」

ベンが受話器をとり、酒を注文する。

あっさり終わった。自分の溜息《ためいき》が、額の汗のように目に見えるような気がする。ベンが向こうを向いているときに、わたしはカクテル・ナプキンで汗を拭《ぬぐ》う。これで終わってしまったとは信じられない。この部屋で短い時間、いっしょにいて、ふたことみこと言葉をかわすだけで、かつて恩師だった人とふたたびふつうに話ができている。ベンは、想像以上に上機嫌なのだろう。

ベンが受話器を置き、尻《しり》の半分をデスクの角に据え、手を上げて伸びをすると、胸いっぱいに息を吸い込む。「人生はあっという間に過ぎる。考えるひまもない。最近、タイム・ワープのさなかにとらえられたような気がする」

どうやら、もっと楽しいことを話したいらしい。

「指名のことですか？」わたしはきく。

「ああ」ベンが額にしわを寄せてほほえむ。そういう目的を追求するためなら疲れるのもいとわないというふうだ。

ベンが、秘密めかしてウィンクする。「おとといの晩、夜の飛行機でワシントンに行ってきた。最終選考だ」最高裁判所の裁判官の選考のことだ。順位にしたがって、次のアメリカ合衆国最高裁の裁判官が決まるのだ。ベンは、最終結果をいわず、わたしを待たせておいて、ホワイト・ハウスのリンカーンの書斎を描写する。「親しみやすくて、素晴らしい」眼が透き通り、遠くをみつめる。それにジェスチャーがくわわる。「いつの間にか、リンカーンが何百万人の奴隷を解放したデスクの横に立っていた」首をふる。「ほんとうだ。そこにリンカーンがいて、彼のたましいが動いているのがわかる」

その派手ないいまわしで、ベンがほんとうはなにに感動しているのかわかった――かつて解放者リンカーンがいた場所を自分が使用することに感動しているのだ。自分が歴史の移り変わりに関与し、いつか時代の一翼をになうことになるだろうという発想から感動しているのだ。こうしたことは、高尚すぎ、お伽話《とぎばなし》に類する夢物語なので、わたしは考えたこともない。

「うまくいったんですね」

ベンが、〝顔を見ればわかるだろう〟という表情を浮かべる。

ベンのことを自分とおなじくらいよく知っているわたしにとって、それは難しいことではない。眼がきらりと輝いたことからして、この市が近々弁護士をひとり失うことをただちに悟る。「おめでとう、ベン」わたしはグラスを上げる。

ベンは、どうしても口もとがほころんでしまう。「ありがとう」声が静かで、一種の畏《い》敬《けい》の念すら感じられる。「むろん、口外しないでくれよ」

「だいじょうぶですよ」

「大統領が発表する前にマスコミに知れ渡ってしまったら困るからな。向こうはわたしをこちらに帰らせないで、わたしがワシントンにいるときに発表したいといっていた。そのあとはわかりきっている。レポーターがいつもくっついてくる。上院の調査員が、承認聴聞会でスキャンダルを捜す。マスコミもだ」ベンが首を激しくふる。「だから、公表する前にわたしにはやり残した仕事があるといってきた。個人的なことだ。逃げ出すのが、歯を抜くぐらい大変だった」

〝個人的なこと〟は、タリアと関係があるのだろうかと考える。

「有名税ですね」わたしは同情する。

「世の中すぐに情報が漏《も》れる」ベンがいう。「四十八時間の猶予をもらった。彼らはその間沈黙を守ると固く誓いをたてた。あすの夜の飛行機で戻る」

ウェイターが、ベンの酒をもってはいってくると、わたしは物思いにふける。わたしを許し、しかも自分の将来にかかわる秘密を打ち明けるとは、ベンがいかにリベラルで、度量が大きいかという証拠だ。ウェイターが出ていく。

ベンが雑談をはじめる。まだ話は終わっていない。ほかに話があるのだが、それまで時間を稼いでいるのだ。

ベンは、いま行なわれている上院の承認聴聞会のいろいろなうわさ——最高裁にいくための政治的なリトマス試験の話——について冗談をいう。

「全部でたらめだ。どれも信じないほうがいい。あそこにいくと、大統領が握手してきて、酒をもらい、椅子《いす》の上に立って上着のサイズを測るとき、妊娠中から人生は定まっているのかと洋服屋がきくんだ」

わたしたちは笑う。いつものベンの冗談からおしはかって、この話もどこまでほんとうなのかわからない。

ベンの顔から笑いが消える。「まだある」

「なんですか?」

「頼みがある。きみにやってもらいたいことがある」

絶好調のベンはいつもこうだ。わたしがいやとはいえないとき、あの手この手で頼みごとをするのだ。

「ロー・スクールのことだ。この話が出てくる前、ワシントンに行く前にわたしがやっていたことだ」やたらに手ぶりをまじえ、姿勢を変え、グラスで小さな円を描いている。

「たいしたことじゃない」ベンはいう。「新たに管財人が必要な信託財産があるんだ」

〝それがわたしとどう関係あるんですか〟というように、わたしはベンを見る。

「シャロン・クーパーの名義だ」

わたしは即座に納得する。

シャロン・クーパーは、今年の夏、自動車事故のために二十六歳で死んだ。ロー・スクールの二年生で、わたしが辞めたあと、ベンの事務所で働いていた。わたしがまだポッター&スカーペロスにいたころ、彼女にアルバイトをやらせたことがある。これは父親に敬意を表してのことだった。彼女の父親、ジョージ・クーパーは郡の検屍官《けんし》だ。クーパーとわたしは、わたしが検察局に勤めていたころから親密だった。

「信託財産はシャロンを追悼《ついとう》して設立された」ベンがいう。「ロー・スクールの友人たちが設立し、わたしに管財人になってくれと頼んできた。当時はいい話だと思った。でも今回のことで……」ベンが肩をすくめ、わたしは彼のジレンマを理解する。五〇〇〇キロも離れ、最高裁の事件を山ほど抱えていては、信託財産の細かい手続などできるはずがない。

クーパーは、娘が死んだ翌日、わたしのオフィスに彼女にまつわる書類を持ってきた。そして、身のまわりの始末、葬式の手配など、いずれ避けられない悲しみを遅らせることのできる事柄すべてに没頭した。そしてついに悲しみのどん底に落ち、一カ月以上も世間並みの生活ができずにいた。

しかし、シャロンが死んだ翌日は、わたしのデスクをはさんで向かい合い、まったく冷静に、丁寧に分類してクリップでとめた書類の束——保険、税金、株、若い独身女性にしてはかなりの額の財産の明細——をかかえていた。この財産は、前の年に亡くなったシャロンの母親から受け継いだものだ。二年のあいだに、クーパーは妻と子供を亡くした。悲しみのさなか、ジョージ・クーパーにしてみれば、だれであれ弁護士は弁護士であり、量刑を軽くするために闘うことだけでなく、死者の財産を管理することにも精通していると思ったのだ。だから彼は友人のところにきた。

わたしはいやとはいえず、書類を受け取り、依頼を引き受けて、検認法廷に、のこのこ出かけていった。

ベンが部屋の向こうから、夢想にふけるようなまなざしでわたしを見る。「ロー・スクールでシャロン名義の寄付が集められ、信託財産が開設された。シャロンを知っていた人間が大勢寄付をした。かなり大きな信託財産で、管財人が必要だ。きみのことが頭に浮かんだ」

これはベンの副業といってもよい。ここ数年間で、ベンが音頭をとって数多くの奨学金や個人寄付が集められたが、うち二件は事務所の亡くなったパートナーのためで、そのほかいくつかは亡くなった地元の有力者のためだった。ベンにしてみれば、彼の一番好きな慈善——大学のロー・スクールのために募金をつのるのは当然のことだ。ベンもわたしもけっしてシャロン・クーパーを軽んじているわけではないが、ベンの動機ははっきりしている。彼は若い女性の悲惨な死から、何か実のあるものを生みだそうとしているのだ。

「自分でやりたいのだが」ベンがいう。管財人のことだ。「ワシントンは遠い。学校の近くにいて、出費について学長と話をして、シャロンなら納得すると思われるように基金を使う人間が必要なんだ。きみがぴったりだ。それに、シャロンの父親もきみがやることを望むだろう」最後の部分はベン一流のとどめだ。

「もっともですね」

「それじゃ、引き受けてくれるね」

ベンがわたしを信用して話を持ちかけたことに感謝し、わたしは肩をすくめる。

「ええ」一瞬当惑がよぎり、顔がいくぶん引きつるのを感じる。「結構です」軽薄な大人が予想外の賞をもらったような口調でいう。

「そうか」ベンが満面に笑みをたたえる。「ここを離れる前に一度会って、この件でまだ話してないことを整理しなきゃならん。あしたの夜は空いているかね？」

「都合をつけます」

「じゃあ、〈ブロイラー〉で遅い晩飯にしよう。九時でどうだ？　話が済んだら、空港まで送ってくれ」

「わかりました」

ベンがデスクの端から腰をあげる。会合は終わりだ。わたしは立ち上がり、部屋の中央でベンと向かい合う。ベンの表情がランタンのように明るくなる。ベンが腕をスウィンギン・ドアのように突き出し、わたしの首を大きな手で握る。ちょっとしたいたずらをした息子を父親がたたくような、男同士の軽い抱擁だ。ふたりで手にグラスを持ってドアに向かうとき、わたしは経済的なことが心配になる——ハリー・ハインズはわたしのつけでどれだけ飲んだだろう。

3

自分のオフィスに行くのに使うエレベーターは、モーセの時代よりも古いもので、バネつきの金属のゲートがソニック・ブームみたいな轟音《ごうおん》を発して閉まる。まるで、新入りが来たときに地獄の門が閉まるようなあんばいだ。一度これに乗った依頼人は、みんなつぎからは階段を使う。

一階はゴールド・ラッシュ時代に設立された銀行が使っている。エレベーターが、二階の小さなロビーで積み荷を降ろす。この建物そのものは、前世紀に建てられたものだが、よく維持されている。造形や内装に優雅さが感じられる。わたしのオフィスの天井の錫《すず》のタイルはこの建物にもとからあった装飾で、最近ふたたび人気が出ている。以前、金属の装飾の多い高級レストランでよく見られたものだ。

共用の廊下を下ったところにある二部屋のオフィスを、わたしは秘書兼受付のディーとふたりで使っている。ディーは友人の推薦で雇ったが、もうその友人とは口をきいていない。

ディーが来てから、わたしは、電気製品——留守番電話、コピー、ファクス、ミスター・コーヒーなど——すべてに通暁するようになった。また、ディーが小型のパソコンの黒いスクリーンを、髪をとかしたり、化粧をしたりするのに、不思議なハイテク鏡よろしく使っているのを発見して以来、パソコンもわたしのデスクに移した。ハリーと一杯やる前の夕方には、手紙類を自分でタイプしながら、ディーをすんなり辞めさせる方法はないものかとぼんやり考える。

わたしの秘書は、魅力がないわけではなく、二十代前半で、はきはきして、明るい目をして、一生懸命だ。しかし、知力はもっぱら、ヘアースタイルとパンティー・ストッキングのほうに向けられている。事務的前戯においては秀でている。タイプ用紙はすべてきれいに積み重ねてある。いろいろな大きさのクリップを留めたプラスティックの円筒は、仏教徒のお経まわしのようにしじゅういじくりまわされ、デスクにはその場にふさわしくないものは、なにひとつ置いていない。過去の苦い経験から、封筒や切手をなめて糊付《のりづ》けする以外のことでは、自分が完全に彼女の能力を超えていると、わたしは悟っていた。ディーは虎《とら》の爪《つめ》よりも長いアクリルの爪をつけており、一枚の爪の先からは、ゴールドの鎖が、甘皮の三日月にささえられた小さな星にむけて垂れさがっている。骨でこしらえた鼻輪とおなじくらい魅力的だ。ディーは、こうしたものを、独立宣言のように身に帯びている。そこにはこう書いてある——〝わたしにタイプを期待しないで〟。

わたしがオフィスに入っていくと、ディーが元気よく挨拶《あいさつ》する。「おはようございます、ボス」最後の部分は、だれが命令する立場なのか、おたがいにはっきりさせるためだ。一日仕事をするうちに、ともすればその区別があいまいになってくる。わたしは頭のなかで、猟犬のように逆上したうなり声をあげる。

淡々と、冷たく、「やあ」と答える。最近、とみにぶっきらぼうな態度をとり、ほかに職を探してはどうかという意味の暗号を送っている。しかし、毎日出勤するたびに、彼女は、ひとなつっこい仔犬《こいぬ》のように息を切らして挨拶する。とどめの一発の引き金を引くのは気がひけるので、待つことにしている。

「頼みがあるんだ」

「はい」

「スーザン・ホーリーに電話して、明日は出廷だと伝えてくれ」ブリーフ・ケースに手を入れて、ホーリーのファイルを出す。「それから、このあいだ作成した論点と先例の書類を探して、ここにファイルしておいてくれ。そして、わたしのブリーフ・ケースに入れてくれ」彼女のデスクのまんなかに、航空母艦の甲板に重い飛行機が胴体着陸するように、そのファイルを落とす。デスクではずむ前に、ディーはファイルをつかまえて、椅子《いす》のうしろの引き出しに入れようとうしろを向く。

「まかしといて」彼女がいう。

「そうか」それがカルカッタの暗い穴に消えていくのをわたしは見守る。彼女が昼食に出たら取り戻そうと心に決める。

奥のオフィスにはいると、こんな早い時間にもかかわらず、ハリーがわたしの回転椅子にゆったり座り、足をデスクに載せて新聞を読んでいるのが目にはいり、びっくりする。ハリーは、蝶《ちょう》ネクタイにピン・ストライプのシャツ、薄手の絹の靴下にウイング・チップというでたちで、だんご鼻の顔いっぱいに笑みを浮かべている。六十代、輝かしい経歴はもう過去のものだが、引退を控えてはいない。だから平然とした態度でいられるのだが、それがわたしのような境遇の人間には新鮮に思える。自分が神の恩寵《おんちょう》を失ったせいもあり、ハリーを見ていると、二十年後の自分を見ているような気がする。

「迷子になったのか？」わたしはきく。

ハリーが新聞越しにわたしを見る。「依頼人同士、内密に話をしたいそうなんだ。勝手に使わせてもらった」ハリーが立ち上がろうとする。

「いていいよ」わたしがいう。

わたしがポッター＆スカーペロスをやめてから数カ月のあいだに、ハリーとは日増しに親密になっている。とんでもない流行遅れの蝶ネクタイを曜日ごとに替えるハリーと、法律家としておなじ道をたどっているような気がしてならない。

二十年前、ハリーはこの街一番の刑事弁護士のひとりだった。一年に四件しか引き受けず、それらの事件は、全《すべ》て新聞の第一面に載る重大犯罪だった。それは彼が勇気とスタミナを酒瓶にもとめるようになる以前の話だ。いまの彼は、地区首席検事や〝飲酒運転に反対する母親の会〟などの魔手から自分以外の酔っ払いを守ることで手いっぱいだ。気分転換のため、ときどきは暴行事件の弁護もやる。

わたしはコートを掛けて、ソファの上でブリーフ・ケースを開け、家に持ち帰ったファイル数冊を整理する。

「くそったれ議会め」ハリーがいう。彼は記事を読み終える。「貯蓄貸付組合の金を仲間に盗ませて、そいつをこんどはおれたちに払わせようという魂胆だ」そして、自分の手に負えない分野だというように、大きく溜息《ためいき》をつく。

「投票するたびにおなじことを感じるんだ」ハリーがいう。「だれかがおれの玄関先の階段に犬のくそが入った袋を置いていって、それに火をつけたとする。鼻をつまんで立っていればいいのか、踏みつぶしたほうがいいのか、見当がつかない」

その光景を頭に描く。ハリーは若いころ、たぶんそれをじっさいに間近に見たことがあって、その哀れな男の玄関前で、意地悪い忍び笑いをもらしたにちがいない。

「政府は信用できない」ハリーはいう。

「わかっている。以前、ぼくもそこで働いていた」

ハリーのオフィスは、ここの半分くらいの広さだ。依頼人や家族が人目につかないように話をしたいとき、彼はわたしのオフィスに居座る。たいがい、弁護士報酬の按分《あんぶん》でもめているか、あるいは弁護士に話をする前にアリバイをしっかり固めるのが目的である場合が多い。ハリーがいかに柔軟で、創意に富んでいるか、彼らは知らないのだ。

ハリーの靴の影が映っているわたしのデスクの上は、秩序だった混乱のなかにある。ディーという名の災難《ディザスター》から守るため、オフィスの大事な事件のファイルはこっそり隠してある。

ここでは、大量のファイルが、置いたものにしかわからない順序で積み重ねてある――近々公判があるものが二件、裁判所の階段で処理できそうな事件だ。そして裁判記録七冊をふくむ刑事事件の上訴書類――地方裁判所で、貧乏弁護士援助の一環だよといわれたものだ――依頼人が増えるまで、経済的リスクを分散するために引き受けている。中立てや手紙を作成する必要のあるものが、増えつづけている。有能な秘書に口述筆記させれば、午後いっぱいで片づくだろうが、自分でやったら徹夜になることは間違いない。

わたしは、ディーがデスクの端にはさんでいった手紙の束を見る。請求書数枚、訴訟事件の手紙数件、刑の宣告手続にかかわる保護観察報告書。そして、キャピトル・シティ法律家協会の次会合でジェローム・ファインバーグが講演をするという通知。演題は〝検認とあなた――弁護士の今後の関門〟。

ハリーにその通知を渡す。

「嫌なことをいうぜ。みんな同感だが、それをいうと法律家協会を除名になる、か」

「国中の半分の裁判官が笑いものにするためにやってくる。ぼくはそこでメモをとるんだ」とつけくわえる。

「なんのために？」

デスクの中央で、解読されるのを待っているサンスクリット語でかかれた墓石のように、ひとつだけ置かれたファイルをたたく。

「検認のファイルだ」わたしはいう。「ぼくが引き受けた唯一のものだ。最初で最後だ」

ハリーが、ファイルの表紙の目次を見て、ひとことだけいう。「そうか」

ハリー・ハインズは欠点を隠そうとしないが、ときおりフランスの外交官のような如才なさをのぞかせる。シャロン・クーパーの件を知っているのだろう。

このファイルは、いわゆる、読むだけで胸が悪くなるたぐいのものだ。シャロンの検認のことを思うと、ぞっとして気分が悪くなる。わたしはファイルを、棚、床、デスク、あちこちに何十回となく移動させている。わたしの検認に対する無知と、友人——つまりジョージ・クーパー——の申し出を断われなかったあかしとして、ファイルはそこに置いてある。

何時間も費やして、ルーズ・リーフに綴《と》じた弁護士用マニュアルをくわしく読んだ。年ごとの特別付録があり、手順のチェック・リストまでついていて、永久に購読しつづけることになる例の出版物だ。結局、理解できないという結論に達した。検認専門の弁護士は、競争相手を消す魔法の弾丸を持っている。彼らは、自分たちの閉鎖的な一派の上層部だけが理解でき、解読できる手順と用語を作り出したのだ。わたしは、コンピュータとおなじで、ディーに買いあたえたが一度も使われたことがない秘書ハンドブックを読んだ。それが検認の謎《なぞ》をとくロゼッタ・ストーンとなる期待を抱いた。だめだった。検認専門の秘書には、独自の組合があるらしい。予想にたがわず、ディーは組合員証をもっていない。

一年前には簡単な一ページの申立てであったものが、いまでは、意味不明の書式の山と裁判制度の泥沼で動きがとれなくなり、謹厳な弁護士と裁判官の登場するディケンズの小説まがいのややこしい状態になっている。遺言検認制度の改革は、税制簡素化とおなじ道をたどっているようだ。

わたしは打ちのめされ、負け、譲歩する。相談にのってもらうことに決め、必要とあれば運賃を払ってファインバーグ急行に乗り、遺言検認後見裁判所の夢の国まで行くつもりでいる。わたしはファイルと、ハリーの手の通知をにらんだ。自分で弁護士を雇い、依頼人の仕事をやらせるという最後の手段がある。

「きのうの夜はどうだった?」ハリーがきく。

少年聖歌隊員の尻《しり》のように緊張していた。それが昨晩ベンとの会合のあとのハリーだった。きのうはハリーが完全に酔っ払っていたので、話をしてもむだだと思った。いま、ハリーは腐敗のにおいをかぎつけている。

「平気だった。親しげだった」わたしはいう。「温情が感じられた」

「いったいどっちだ？」ハリーがいう。「親しげだ？　温情？　最初のほうは、単にあんたを殺さないということだ。あとのほうは、よりを戻してもいいっていうことだぜ」

聞こえないふりをする。

「驚いたよ」ドラゴンの炎に焼かれて当然といいたいのだ。妻と寝たわたしに、ベンが情緒不安定についての説教すらしなかったことが意外なのだ。「あの男はたいした文明人だよ。おれのころとは時代が変わった」

「おやおや、それを覚えているとは、あんたの記憶力も、まだなかなかのものだな」

ハリーが、横目でわたしを見る。

「もとの鞘に収まるんだろう？」ハリーがきく。

「いや」わたしは皮肉っぽくいう。「ベンとも話したんだが、たとえ数秒間でも、よりをもどすのはかんばしくないということで同意した」

「そうじゃない、ばかもん」いらいらした口調だ。「彼の法律事務所《ファーム》に戻るのかときいているんだ」

「そこまで親しげじゃなかったよ」わたしはいう。

「そうか。女房の問題とパートナーシップの問題はべつというわけだ」ハリーが笑う。無視するが、わたしの知っているベンに関して、ハリーのいうことはいくぶん当たっている。

「どうして戻りたがっていると思う？」

「金、格式」ハリーは一瞬躊躇《ちゅうちょ》する。「いい秘書」

ふたりのあいだでディーの話題が出ると、必ず大量の悪態と笑いを引き出す――わたしが悪態をつき、ハリーが哄笑する。

「戻るつもりはない」

「よし」ハリーがいう。「さすがあんただ」わたしが前の事務所に戻るというシナリオが頭にあったため、ほっとしている感じだ。

「おまえがいなくなるとさびしくなるからな」ハリーが、ちょっぴり感傷的な口調でいう。

「ポッター＆スカーペロスに戻ることと死ぬことを同一視していやしないか」と、いってやる。

ハリーが手を挙げて、それが、どちらにでも動くことができる人生の節目だとでもいうように、手首をぐるぐるまわした。

「なあ、ハリー、なぜだ？　なぜ刑事弁護士をやる？」

ハリーが顔をしかめる。そんなことは考えたこともないというように。

「報酬がいいから」ハリーがいう。

わたしは笑う。「なるほど。きみがわが家と呼んでいる豪勢な部屋を見たよ。おい、ほんとうのわけをいえよ」

「天職なんだ、たぶん。それに人間が好きだから」

つまり、〝重罪ののぞき〟が好きだということだ。よくあることだ。弁護士、裁判官、警官、陪審員はみな、暴力、ドラッグ、セックスといった話に刺激をおぼえることがままある。犯罪関係の法律は、よそでは見られないような人生の暗部をのぞく窓を提供する。しかし、思うに、ハリーが刑事事件を追い求める理由は、それだけではない。わたしの見るところでは、ハリー・ハインズは、負け犬の隠れ守護者なのだ。その根底には社会の敗者との強い一体感がある。スラムから抜け出せない貧しい人々を国から守ってやるという満足感がある。ハリーにとっては、それが甘美な調べなのだ。ハリーの仕事に賛成かどうかはべつとして、彼の動機は社会につくすことにある。刑務所は、環境の犠牲者、自分も虐待されてきたために子供を虐待する者、麻薬の使用から逃れられない両親に命じられて麻薬の売人になったものであふれているという考えに基づいて、ハリーは行動している。

ハリーが依頼人のところへ戻るために立ち上がった。ハリーは欠点だらけの人間ではあるが、それでも、いささかうらやましく思った。ハリー・ハインズははっきりした人生の目的を持っているが、わたしはいま、事件の渦中にありながら、目的を見いだせずにいる。

4

わたしはベンとの約束より早めに来ている。〈ブロイラー〉は、ウォンの店よりも落ち着いている。室内装飾はかなり昔風の人造皮革だが、シャロンの信託財産とベンの将来を語り合うのにうってつけの静かな店だ。わたしはまっすぐバーへ行き、酒を注文する。

「ポール——ポール・マドリアニじゃないか」その声を聞いて思ったことはただひとつ、声の主が不愉快な奴だということだ。いまここでは会いたくない人物だ。

バーからふりむいたとたん、肩をたたかれる。イーライ・ウォーカーは、古参のはみ出し者の記者だ。けんか早く、いつもほろ酔いかげんのウォーカーは、六十代後半で、彼がジャーナリズムと呼んでいるものと、金を払ってくれる依頼人の政治的宣伝のはざまの最低の社会をうろちょろしている。

「しばらくこの店で会わなかったな」サハラの焼けつく砂漠から出てきたかのように、ウォーカーがくちびるをなめる。

「しばらく来ていなかった」わたしはいう。バーテンダーが酒を運んできたので、ぐいと飲む。ウォーカーが飛びついて会話がはじまるような話題は提供しない。彼は、仕事上の一時的な交際で友達になったと錯覚し、他人にまとわりつくたぐいの男だ。わたしの場合は、前の事務所にいたころ、パートナーに頼まれてウォーカーの家の所有権問題をはっきりさせるために手紙を一通書いたのがあだとなった。

ウォーカーは動かない。しばらく軽口をたたくが、話しているのはほとんどウォーカーだ。わたしたちふたりは、バーのまばらな人込みの間を縫っていく。ウォーカーが、喉《のど》の渇いた犬のような目つきでこちらを見ている。彼は、仕事や依頼人とからめて酒をせびる。手をわたしの肩に置き、停泊しようとしている船のようにしがみつく。

「独立して、うまくいってるか？」ひとことしゃべるたびに、アルコールくさい息を吐く。イーライ・ウォーカーが死んで火葬されたら、永久に火が消えないだろうと、裁判所では昔からいい伝えられている。

「ああ。忙しいよ」

会話が終わったことをあからさまに示そうと、バーのほうへ戻りかける。やっとウォーカーの手から離れる。

ウォーカーはほのめかしに気づかない。横に割り込んでくる。となりの席の女性が、ウォーカーを不愉快そうに見て、ストゥールをちょっと引き、彼がカウンターに向かう場所をこしらえる。

ウォーカーのとなりにいると、ひどい伝染病患者といっしょにいるような気分になる。バーのおおぜいの酒飲みのわたしに対する敬意が薄れるのがわかる。

「こいつが飲んでるのを頼む」ウォーカーがバーテンダーのほうを見る。バーテンダーがわたしの顔を見る。わたしはしぶしぶうなずく。ウォーカーは、だれにもまねできない一種独特のやり方で酒をおごらせるのだ。このようなとき、きっぱりはねつけて相手に恥をかかせる勇気が自分にないことを、わたしは残念に思う。

「おまえさん、どうしてポッターの事務所をやめたんだ?」驚くほど絶妙のタイミングで質問する。

「いや、べつに理由はない。ひとり立ちしてやってもいいころだと思った」

「カスター将軍がインディアンを敵にまわすみたいにな」彼はひとりでくすくす笑っている。

わたしの金で飲みたいのなら、黙ってこっちの嘘《うそ》八百を聞くべきだと思う。ウォーカーが、わたしの職歴の話題をやめて、議員だけを優遇する政府事業と州の水道事業のスキャンダルを特集した自分のスクープ記事について話しはじめる。わたしは知らぬ顔をきめこむ。

時計を見る。ベンは遅い。ウォーカーを厄介払いする方法を考える。トイレに行こうかと思うが、どうせついてきて、となりでわたしの膀胱《ぼうこう》のぐあいを点検するだろう。バーはすいているし、ウォーカーは飲む相手を捜すのに懸命だ。

　バーテンダーがわたしのグラスが空なのを見る。「もう一杯いかがですか？」ときかれる。わたしはうなずくが、ウォーカーより一杯多く飲んでいることに気づく。ペースを落とさないと、ベンが来るころにはウォーカーとおなじにおいになる。

　路上でサイレンが鳴っており、パトカーが走り抜けた直後に、轟音《ごうおん》が響き、ディーゼル・エンジンの低いうなりが聞こえる——消防車だ。緊急医療班が火事か事故の現場に向かっているのだ。

　ウォーカーが、外の騒音のほうにグラスを差しあげて、一礼し、残りを飲みほす。

「気の毒に」ウォーカーがいう。「悲劇だ」

「なにがあったんだ？」

「聞いていないのか？」

「なんのことだ？」わたしは未確認の最新ゴシップを待つ。ウォーカーの記事はほとんどそのたぐいだ。

「ベン・ポッターだよ」

　ウォーカーは、最高裁裁判官の指名に関する情報を買ったり売ったりしているのだろう。たぶん又聞きの風聞だろうが、ウォーカーはそれを汚水だめの腸チフスよりも早く撒《ま》き散らしている。

「奴は逝っちまった」ウォーカーがいう。

「なんのことだ？」

「つまり、死んだんだ。死んだ《ムエルト》、死んだ《モール》——魚の餌《えさ》」

ウォーカーの言葉を聞いて、わたしははっとカウンターから身を引く。ふりむいて、言葉もなく、相手をじっと見つめる。

「車に載せてある受信機で警察無線を聞いた。緊急医療班《EMT》を呼んでいた」時計を見る。「信じられんな。十分もたってる。この町で冠状動脈血栓症を起こしたらタクシーを呼んだほうがいい」

彼のいっていること、外のサイレンの意味が突然わかった。ウォーカーは、あのサイレンはベン・ポッターにまつわるなにかの悲劇が原因だと考えているのだ。

この会話は現実離れしている。ベンはいまにも店にはいってくる、そういってやりたくなる。もう一度腕時計を見る。彼は遅れているだけなのだ。

わたしは気を落ち着けようとする。ウォーカーはわたしをうまく騙《だま》して、事務所を辞めた理由をきき出そうとしているのだ。ベンが死んだとでまかせをいい、わたしが彼のことをけなすかどうか試しているのだ。この男が記事にしそうな風聞だ。

「聞いたことを、正確に教えてくれ」

「現場死亡」ウォーカーがいう。

努力はしたが、精神的に動揺する。彼の答はよどみない。いくらイーライ・ウォーカーでも、生と死を分かつ線をとりちがえるはずはない。

「事故か？」わたしはきく。

ウォーカーが首をふる。

「心臓麻痺《まひ》？」

ウォーカーが、満足気な笑みを浮かべてカウンターにグラスをドンと置く。ようやくわたしを全面的に注目させたからだ。

ウォーカーはもう一杯おごられるまでは話をしない。それははっきりしている。わたしはバーテンダーを呼ぶ。さっきはわたしに合わせてスコッチだったが、ウォーカーはこんどはバーボンをダブルで注文する。勘定してくれといい、わたしはバーテンダーに二〇ドル札を二枚渡す。

「銃だ」ウォーカーがいう。「自分のオフィスで」

ショックと信じたくないという思いに、耳の先までかっと熱くなった。ウォーカーがわたしの目を見て、信じていないのを見抜く。

「ほんとうだ。間違いない」当惑したボーイ・スカウトのように、だらしないVサインをする。

「くわしい経緯を教えてくれ」わたしはきく。

ウォーカーが肩をすくめる。「警察無線にニュース放送はないんでね」

これがウォーカーの考える不屈のジャーナリズムなのだ。おもしろい情報で釣り、バーでただ飲みする。警察無線で彼が聞きもらしたこと、あるいは意味がわからなかったことはなにかあるだろうか、とわたしは考える。

「報道関係者の通行証を持ってるか?」わたしはきく。

「もちろんさ」

「じゃあ、行こう」

「どこへ行くんだよ? まだ酒が来てないぞ」

わたしはウォーカーの肘《ひじ》を、万力のようにつかんで、押していった。

「知らないのか? アルコールは保存がきくんだ」

そこに行くあいだ、ウォーカーは、わたしの車の助手席で、こだまのようにおなじことをいいつづける。バーで情報提供者に会わなければならないと、口からでまかせをいう。

「そうかい。で、そいつの名前は、ジョニー・ウォーカーか?」

「ほんとうだ。あそこで人と会うことになってる」

「きっと待っているさ。あとで送ってやるから、安心しろ。警察の検問さえ通過させてくれればいいんだ」検問があるとすればの話だ。

ウォーカーが傍受した警察無線が事実であるはずはないと思おうとする。が、エメラルド・タワーの正面のショッピング・モールの横に車を止めたとき、その希望は裏切られた。ミニカム・カメラを備えたチャンネル5とチャンネル8の連中が、玄関の外にすでに集まっていて、いい撮影位置を確保しようと競い合っている。マイクロ波のパラボラ・アンテナと自動車電話の渦巻き状のアンテナの突き出したバンが、腐肉をあさる車輪付きの巨大な昆虫を思わせる。ビルの前の丸石を敷き詰めた広場の噴水のところまで、二台のパトカーが乗りつけている。一台のパトカーの運転席のドアが開いたままで、ライトが、赤、青、黄色に光り、高いビルのエメラルド色の窓ガラスにきらきら反射し、この世のものとは思われない光のシンフォニーを織り成している。警官が、ビルの入口に、黄色のテープを張り渡している。

もう一台、車が来ている――色は濃紺で、ミニカム・カメラのバンよりも車高が低い――大きな二台のバンのあいだにそれがとまっている。緊急用のライトが、スピルバーグの映画を思わせる青黒い空をバックに、ちかちか光っている。車体に、白い太い字で〈郡検屍官《けんし》〉とある。にわかに、イーライ・ウォーカーに対する尊敬の念がこみあげた。

わたしたちは、広いコンクリートの広場を足早に歩き、緑色の芝生にそびえたつビルに向かった。わたしはずっとウォーカーを押している。記者のくせに一度も火事の現場に行ったことがないのだ。今まで感じた熱といえば、腹のなかのアルコールだけなのだ。

「イーライ、通行証を貸してくれ」

ウォーカーは財布をあたふたとまさぐるが、コンクリートの上に落とす。わたしはそれを拾って、パラパラめくり、すぐに通行証を見つける。ラミネート加工されたプラスティック製のカードを見る。写真はない。ついている。

「ぼくがしゃべるから、黙っていてくれ」

ドアのところに行くと、交通課だとすぐにわかる若い制服巡査が、わたしたちを呼び止める。わたしは忙しい報道関係者を装い、警官の鼻先に通行証をちらつかせる。警官が、はいっていいと合図する。テレビ局の連中がビルのロビーに集まっている。エレベーターの入口に、もうひとり、警官が配置されている。もうウォーカーの通行証では通れそうにない。

ウォーカーとわたしは密談する。

「あのなかに知っている奴はいるか?」ロビーでたむろしているマスコミの連中のほうに顎《あご》をしゃくる。

ウォーカーが、ざっと見まわして、首をふる。やれやれ、顔が広いはずではなかったのか。

「待っててくれ」

わたしは、屋内噴水のまわりの熱帯植物のジャングルを検分しているカメラマンのひとりに、にこにこしながら近づく。

「なにがあったのかな？」

その男は、大きなガムを噛《か》んでいる。わたしを見る。

「さあな」この知的な答のあと、ガムをくちゃくちゃ噛みながら肩をすくめる。数メートル離れたところにいる、やや身なりのいい同僚のほうを顎で示す。

「どうした？」

「だれかが死んだんだ」彼はいう。

「だれが？」

「わからん。警察はなにもいわない」

「どうしてわかった？」

こいつ、頭がおかしいんじゃないかといわんばかりの目つきでこちらを見て、ベルトに留めてある無線機に手をやる。「決まってるじゃないか」

わたしはウォーカーのところに戻る。彼は退屈しはじめている。帰りたがっている。〈ブロイラー〉で人と会う約束があると、またいいはじめる。

ベルが一回鳴り、エレベーターのひとつがロビーに着く。撮影用のライトが、ロンドン大空襲のときの対空砲火のように、エレベーターのドアに照準を合わせる。ドアが開く。エレベーターの中央にぽつりと人が立っており、ライトに目がくらみ、ありとあらゆる質問の集中砲火を浴びる。

ライトをさえぎるため、腕を挙げる。「それは警察にきいてくれ。こちらからはいえない」エレベーターのところにいた警官が、カメラ数台を遠ざける。「ライトを目に向けるな」

少しずつライトが消え、エレベーターの前の人だかりは散っていき、ふらふらとロビーの隅のほうへ戻っていく。

エレベーターから出てきた男が、ドアに向かいかけ、ロビーを半分横切ったところでわたしに気づく。ジョージ・クーパーの目は、マスコミの砲撃のあとで、まだあたりの明るさに慣れていない。陰鬱《いんうつ》な仕事の道具がはいった小型の黒い手提カバンを提げている。

「クーパー」わたしの声が、がらんとしたロビーにこだまする。クーパーは目の下に睡眠不足の隈《くま》をこしらえ、白髪混じりの口髭《くちひげ》のあたりに困惑したような笑みを浮かべている。

「ポール」一瞬ためらい、そのあと不吉な質問が放たれた。「どうしてわかった?」

クーパーの言葉が頭のなかでドラムのように響く。恐れていたことが確認された。ベン・ポッターは死んだ。わたしはこの最終結論を必死に受け入れようとする——ここではじめて、わたしは彼の死の持つ重みを、個人的な側面から捉《とら》えた。

クーパーは、返事を待ち、わたしのとなりに立っている。

「ウォーカーにきいた」わたしはいう。

ぎこちなく紹介する。ウォーカーは、クーパーに警察の無線周波数を傍受するのが非常に役立つことを説明する。

「なるほど」クーパーがいう。

「どういうことなんだ？」わたしがきく。

小型無線機の男が、興味をおぼえてわたしを見る。彼がガム男を呼び、ふたりでこちらに向かってくる。

「歩きながら話そう」クーパーがいう。「まもなく死体が降りてくる。バンのほうを準備しておかなければ」

わたしたちはドアに向かう。クーパーとわたしがならんで歩き、ウォーカーがうしろからついてくる。

「まだ結論を出すのは早計だ。あえて推測するなら」クーパーが、近づいてくるカメラマンをうんざりした様子で見ながら、声を一オクターブ低く、大きさを数デシベル下げていう。「自殺かもしれない」

わたしは黙っているが、首をふる。クーパーはわたしのいいたいことがわかっている。自殺ではない。

「十二番径のショットガンを口に向けて、一発」ジョージ・クーパーが言葉を飾らずにいう。「管理人が一時間ほど前に発見した。鑑識の調べが終わるまで、はっきりしたところはわからない」外に出ると、クーパーの南部なまりが暗いなかでことに耳につく。

ウォーカーにこの悪夢のような事実を聞いてからはじめて、わたしの声に自信が戻る。これだけは確信がある。「ベン・ポッターが自殺するはずがない」

「鬱《うつ》状態にならない人間はいない」

クーパーがいうと、真実味がある。

「ベンのことはよく知っている」わたしはいう。「自信がある。彼は自殺なんかしない。これからやることが山ほどあった」

「きみは、自分で考えているほどには、ベンのことを知らなかったのかもしれない」クーパーがいう。

「彼のような人間は実際よりも自分を大きく見せる。ときとして、自分でひろめた前評判に応《こた》えるのに苦労するものだ」クーパーが足を速める。無線機を持った男とカメラマンが、われわれに歩調を合わせてついてくる。

クーパーの口調が少し和らぐ。「いまのきみがこれを受け入れられないのはわかる。しかし、ほんとうにあり得ることだ。わたしは何度も見てきた」歩道に寄せてある検屍《けんし》官のバンに着く。クーパーが後部を開けて、なかに自分の医療バッグを放りこみ、車輪付き担架を入れるスペースをつくる。

「上に行かせてもらえる可能性は？」

「無理だ」彼はいう。「DAがみずから指揮をとっている」

「ネルソン？」

クーパーがうなずく。「なんでもやりたがる奴だ」

「自殺なのに、どうしてこんなに注目を浴びるんだ？」

クーパーはわたしの質問が聞こえなかったふりをする。ふりかえってわたしを正面から見る。クーパーはいわないが、なにかを知っているのだ。

「ぼくは、今晩、彼と食事することになっていた」

「ポッターと？」彼がいう。

わたしはうなずく。「話があるということだった」

「どんな話だ？」

「仕事のことだ」わたしはいう。罪のない嘘《うそ》だ。わたしはシャロンの思い出を、いまこの場で、よみがえらせたくない。あとで、ふたりきりになったときにいおう。

「彼はワシントンに戻る予定だった。空港まで送っていくことになっていた」

「彼と話したのはいつ？」

「昨夜」

クーパーが、わたしの肩ごしにウォーカーを見る。

エメラルド・タワーのロビーで動きがあり、テレビ・カメラがガラスのドアに殺到している。警官四人が道をあけさせるために、黒い死体袋にシートをかぶせてベルトで固定したクローム製の車輪つき担架の前を走る。クーパーのアシスタントがふたり、担架を押して足早に歩道を進み、それをミニカム・カメラのスタッフが追っている。わたしたちのうしろにいたカメラマンも、こちらに興味を失い、その集団にくわわる。カチッという正確な金属音とともに担架の下の折畳み式の脚が折れて、上の部分が、暗い検屍官用バンの後部に滑り込んだ。

ウォーカーはそわそわしている。

クーパーは、わたしを数メートルひっぱって、バンの前のほうに連れていった。

「口外するなよ。いいか?」彼がいう。わたしはうなずく。「上に、ネルソンといっしょにFBIの捜査官がふたり来ている。どうなってるんだ?」

「ベンは指名候補に挙げられていた」

クーパーが、〝それで?〟といいたげに、鋭い視線を据えた。

わたしはその疑問に答える。「最高裁だ」

クーパーが、ゆっくりと低く口笛を鳴らし、その知らせを呑《の》み込むうちに口笛がやむ。

クーパーがこの検屍を入念にやるはずだということは、まず間違いない。

「タリア――いや、ポッター夫人は上にいたか?」わたしはきく。

「いま捜しているところだ。知らせるために。警官が家に電話したが、応答がなかった。パトカーを行かせたが、家にはだれもいなかった」

「彼女、これをどう受けとめるだろう？」

クーパーはわたしを見ている。眉間《みけん》のしわが、わたしとタリアのことを知っていることを暗示するものであるかどうかは、見当がつかない。が、彼は目をそらす。わたしの罪の意識は過敏になっている。精神的な緋文字《ひもんじ》のようにそれを身に帯びている。それがベンの死とともに消える。タリアはどうするのだろう――わたしよりは落ち着いているにちがいない。彼女はプレッシャーの下で美しくふるまう才能をそなえている。

「連中は、きみに話をききに行くだろう」

「連中？」

「警察だ」

「どうして？」

「きみは、昨夜、ポッターと話をしている。今晩会う予定になっていた。ポッターのカレンダーだよ」彼がいう。「きみの名前が書いてあるかもしれない」

そのとおりだ。警察の訪問を予期していたほうがいい。

クーパーは、わたしたちが話しているところに近づいてくるミニカム・カメラのスタッフのひとりにじっと視線を注いでいる。街は眠りにはいりかけ、静けさにつつまれているが、そのなかにあって、こうした電子ゴシップをあさる腐食動物は、動くものすべてに注目する。ベンの死体がバンにおさまったいま、目につくドラマといえば、わたしとクーパーの話している風景だけなのだ。わたしはゆっくりとタンゴを踊るように、レンズに背中を向ける。

「メモはあったか？」

「え？」彼はぽかんとわたしを見つめている。

「ベンは自殺の遺書を残したのか？」

「わたしの知る限りでは、なかった」

遺書はなかった。これは確かだろう。警察が検屍官《けんし》に自殺の遺書の存在を伏せることはない。「検屍解剖は行なわれるんだろう？」

「ああ、やるだろう」悪者は地獄に行くのか？　と質問された村の牧師のように、真顔でいう。腕時計を見る。「今夜は長い夜になりそうだ」

クーパーが、バンの前を回る。アシスタントのひとりが運転席に座っている。もうひとりが尾部銃手よろしく、車のうしろのカメラを追い払おうとしている。

「クーパー」彼がこっちを見る。「ありがとう」

クーパーが、いいんだ、友達として教えただけだ、というように手をふる。

「イーライ、さっきの店まで送るよ」

フラッシュが光る。しわの寄ったわたしの上着の背中が記録される。これで〈アイ・オン・ファイヴ〉――ブラウン管でニュースとして通用している娯楽と報道のコラージュ

――の数秒間が埋まる。

ウォーカーが車に向かうあいだ、わたしは検屍官用のバンの黄色の光が夜に消えていくのを、ひとり歩道で見つめる。頭のなかで、ベン・ポッターのような出世の梯子《はしご》を昇っている人物にとって、自殺の動機となりうることはなんだろうと考えをめぐらせる。クーパーはああいったが、これは自殺ではない、という不安な思いだけが残る。

5

ハリー・ハインズを一ブロックほど追いかけ、裁判所の筋向かいの信号でようやく追いつく。

ハリーがふりむいてこちらを見る。暗い顔だ。「ポッターのことは、気の毒だった」ハリーは、わたしの目の下が卵形に腫《は》れているのを見ている。ベンのことを考え、昨夜は眠っていない。

けさの新聞は、その記事でもちきりだ。道端の新聞自動販売機に、ポッターの生前の大きな顔写真が見える——見出しはありきたりで、内容はあまりない。報道陣は事件が起きたとき、締め出されていた。これが精いっぱいだったのだ。

「ひどい顔だ」ハリー・ハインズは、あるがままを率直にいう。

わたしは肩をすくめる。

「こんな早い時間に、なんで出てきた?」彼がいう。

「〝ココナツ〟と正式事実審理前協議」わたしはいう。

ハリーは、ちかごろ、裏工作に専念しているらしい。裁判官不足でろくな弁護のできない酒酔い運転事件の公判がとりやめになるのをあてにしているのだ。ハリーにしてみれば、これは新たなやりがいのある仕事なのだ。

信号が変わる。道を渡り、反射する池の中央に立つブロンズ像の横を通って、階段をそこそと昇る。噴水が出なくなってから久しいが、修理代は、もうとうに忘れられている公共事業費として、国のお偉方が吸い上げてしまったにちがいない。熱心な芸術愛好家が、ねじ曲がった形の彫刻に、マジックで書いたぞんざいなボール紙のプラカードを掛けている。

〈覚醒剤《スピード》は命取り〉。

わたしたちは世間話をする。弁護士はみなそういう傾向があるが、ハリーもまた自分の訴訟事件のことを話す。彼の依頼人は、六十歳の女性で、地元でも好かれているスクール・バスの運転手で、ハリーによると、思慮分別があり正直な人物ということだ。この模範的な人物が、深夜、乗用車を運転しているのを警官が検問し、飲酒検査機で、〇・一九――法律で規定されている量の二倍の血中アルコール濃度――が検出された。

彼女がバスの運転手の資格を維持できるように、軽度の違反に変更したいのだが、ＤＡ（地区首席検事）が同意しない、とハリーが文句をいう。

「まったく融通のきかない奴だ」

これが、ハリーから見た、デュエイン・ネルソン地区首席検事の人物像だ。ネルソンは、一年前に引退したサム・ジェニングズの空席を埋めるために監督者たちによって任命され、そのあと、一貫して、答弁の取引を根絶すると宣言している。

「ネルソンのいうとおりにやったら、郡は、刑務所をあらたに十数カ所つくり、裁判官を何千人も裁判所に送りこまなければならなくなる。地元経済は崩壊だ」ハリーがいう。「労働人口の半分が永久に陪審員の義務を遂行しつづけ、残る半分は鉄格子の奥だ」

ハリーが、公判に付された場合はどんな陪審員を望むかを話す。「ちょっと柔軟な考えの奴がいい」

「わかったぞ」わたしはいう。「昼飯から酒ばかり飲んでいる奴だ」

「とんでもない」ハリーが、やや人を馬鹿《ばか》にしたようなむっとした口調でいう。「哲学者、思慮深い人間がいればありがたい」きっぱりといい切る。

ハリーがいうのは、高速道路の追越し車線に立ち、鏡でUFOに合図を送るような突拍子もない連中のことだ。彼の途方もない弁護を鵜《う》呑みにしてくれる連中のことだ。

ハリーは、臆面《おくめん》もなくこういうことをしゃべりつづける。たとえ被告が悪魔であろうと、公判で正面切って弁護する——そういう男なのだ。ただ、賭け金が莫大なものにだけは手を出さない。

ハリーが、階段の脇《わき》で立ち止まり、手帳を確認した。

「しじゅうあちこちの法廷を駆けずりまわっている」ぶつぶつ文句をいった。「訴訟事件《カレンダー》表だっておなじ場所にあったためしがない」

「あんたが来るのがわかっているからだ。連中は隠れようとしてるんだ。無理もないがね」

「いったい、なにを恐《こわ》がってるんだろうな」ハリーが笑う。

「事実があんたのいうとおりなら、陪審員を選ぶだけで二年はかかる」

ハリーが、その皮肉を聞かないふりをする。

幸運を祈る、とわたしはいう。ハリーは、参考文献と有名な事件を引用した文書でずっしりの釣鐘形のブリーフ・ケースを膝《ひざ》にぶつけながら、階段をふらふら降りていった。ハリー・ハインズのように専門を決めている者の利点だ。書庫のすべてをかばんにおさめて持ち歩けるのだ。

ポッター＆スカーペロスを性急に辞めてから落胆させられたことはいっぱいある。だが、さいわい、刑法全般にまつわる仕事に戻ったことは、それにはふくまれていない。この三年間、断われる程度に親しい相手には、はっきりと嫌だといってきた。じっさい、わたしは会社法のしくみや、さまざまな会社に依頼された知的犯罪の数々にうんざりしていた。独立してからは、守備範囲がせばまったが、この世の中と、そこにはびこる悪がある限り、依頼人に不足することはない。コツは、つねに、支払い能力のある者を捜し出し、いわゆる〝先行投資〟として金をとることだ。

キャピトル郡（アメリカでは郡は市をふくむ）の裁判所は古びてはいないが、組織編成が変わってから、ここ数年のあいだに陰気な場所になってしまった。九番ストリートに面した正面玄関からつらなる大理石のパビリオンは、合成ゴム《ネオプレン》でくるんだロープでつながれた移動式支柱にはさまれてじょうご形にすぼまっている。人々を一カ所に集め、金属探知機をくぐらせ、持ち物をコンヴェアーに載せてX線検査をするための措置だ。一般カウンターの正面の薄茶色のオークの鏡板は、長年雑に扱われて、ボロボロになっている。

〈市裁判所——交通部門〉という木の表示の下に長い列ができていた。くねくねしたヘビのような列で、興奮気味のバイク・ライダーが、効率の悪さに憤慨している。カウンターの向こうでは、事務員が、深い冬眠から覚めたばかりの毛のない猛獣のように、いかにも無関心な態度で動いている。全体的に、ラッシュ・アワー時のバス停留所のような不快な雰囲気がある。

わたしは、急ぎ足で建物から出てきたブリーフ・ケースを提げた弁護士を押しのける。弁護士のうしろからは、依頼人——金のネックレスに、はでなピンキー・リングをはめたカジュアルな服装の若い黒人の男——がついてくる。若者は、弁護士が建物から出て、電話ですら連絡のとれなくなる前に、引き止めて話をしようと躍起になっている。

第十三小法廷の外の堅い木のベンチにわたしとならんで座っている女性は、ひと目見ただけでもはっとするほど美しい。黒髪が、やわらかい顔の肌に渦巻く黒い滝のように流れている。大きな丸い目が、青白い光を放っている。雑誌の表紙を飾るモデル顔負けの、体の線を露出する絹のワンピースを着ている。趣味のいい金のイヤリングと、それに合わせたブレスレットが、いかにも上品だ。そして、人間の体の状態について究極の内輪のジョークを知っているかのように、いつもくちびるをセクシーにすぼめ、謎《なぞ》めいた笑みをたたえている――二十六歳にしては、驚くほど自信にあふれている。

話し方にしても、弁護士と内々に話しているときも、言葉の選び方や遣い方に、洗練というベールが丁寧にかけられている――クィーンズ・イングリッシュではないが、それに近い抑揚を身につけている。上流階級の顧客を引きつけるためのものだ。

「きょうの予定はどうなってるの？」女がきく。ひとが聞いたら、これから社交の場に行くところかと思うだろう。わたしは、彼女をダイアナ妃に紹介するお茶の会の幹事というところか。

スーザン・ホーリーは、高級コール・ガールだ。腕に注射針の痕《あと》、足の指の股《また》に刺し傷があり、死人のように肌が青白い売春婦や街娼のたぐいではない。彼女は、少なくとも地方紙に関しては、わたしよりよく読んでおり、上流階級のパーティで知的な会話をし、著名人の名前が出てくると心得顔でうなずくことを得意としている。スーザン・ホーリーは、この街の高い地位にいる政界の人々の夜のつきあいでは、ひっぱりだこにちがいない。

この女は、静かなディナーの席で政界の重要人物や大実業家が腕にぶらさげる究極の装飾品なのである。商売のほうはといえば、山上の訓戒のあとで、バスケットに入っていた魚とパンのように、翌朝にはものすごい数の百ドル札が財布のなかに入っているのだ。

　スーザンが、答を待っている。

「裁判官と話をしてくる。ＤＡがどんな証拠を提示してくるか、知る必要がある。取引する気があるかどうかもね」

　わたしはスーザンをできるだけ長く法廷の外にいさせて、正式事実審理前協議で〝ココナツ〟の事実要約を聞くために列をつくって待っている弁護士がじろじろ見たり、きわどいジョークを飛ばしたりするのから遠ざけておくことにする。ここはまるで、トルコのバザールで検事と弁護士が州知事《バシャ》――ここでは上位裁判所の裁判官がそれに相当する――の前で、正義の値段と価値について――つまり裁判なしで示談で解決することができるかどうかを話し合っているようなあんばいなのだ。

「わたしは、しばらく向こうにいるかもしれない。きみはこの廊下で待っていたほうがいいだろう。話があるときは呼ぶ」

　スーザンが、にわかに真剣な厳しい面持ちになる。

「折れるつもりはないわ。わかった？　取り下げろといって」言葉少なに、感情のこもらない冷たい口調でいう。決断した銀行の頭取を思わせる。ばかげた要求だ。が、彼女は本気だ。

　からかうわけではないが、痛快になってわたしは笑う。ホーリーは、出張中の金持ちの実業家を装ったおとり捜査官に捕まった。捜査官は電話で交渉を録音した。訴訟事実、つまり風紀課の捜査官のテープに録音された会話には、おとり捜査らしいところはみじんも感じられない。まぎれもないスーザンの声が、カーマ・スートラにすら載っていない一連のサービスの料金として、一〇〇〇ドルを請求している。彼女は、その二分後に逮捕された。

「スーザン、前にもいったが、わたしは弁護士であって魔術師ではない。この世界では確実なことも即効薬もない」

「裁判官に話して」スーザンがいう。「理解してくれるはずよ。わたしは答弁しないわよ」

彼女は、罪状認否手続をたったひとことで拒否すると、もういうことはないというように、そっぽを向く。

「これからいうことをよく聞け」高飛車にいう。依頼人にいうことをきかせるための技術のひとつだ。「重罪の告発は、きょうは無理としても、公判前には取り下げさせることができると思う。しかし、彼らがきみをこのまま見逃すことはない。そんな考えはいますぐ捨てたほうがいい」

　依頼人に、過度の期待を抱かせない。これは法律家の第一の鉄則だ。期待を抱かせると、それがどんどんふくらむものだ。

スーザンが、さっとふりむく。「いいえ。わたしは本気よ。これで有罪になるなんてごめんよ。裁判官に話して」最後の言葉を吐き捨てるようにいう。礼儀正しい態度、洗練されたところが、はじめて消えている。客がこのビジネス・ウーマンに金の払い戻しを要求しようものなら、きっとこうなるのだろうと察しがつく。スーザンが落ち着きを取り戻す。

「裁判官にいって」――咳払《せきばら》いをしてまっすぐわたしの目を見る――「あなたもわたしも取り下げを希望してるって。わかった? 簡単でしょう」目が怒りに燃えている。単なる淡い期待でそういっているのではないのだ。だが、そう要求する法的根拠がない。

わたしは、最終承認を得てからでないと、絶対に取引はしないと約束する。数分話し合ってようやく、スーザンが承諾する。だが、完全な取り下げでないかぎり、絶対に出廷しないと彼女が釘《くぎ》を刺す。いずれわかることだ。わたしは立ち上がって法廷に向かう。

三日分の無精髭《ぶしょうひげ》をのばし、ぼろぼろのブルー・ジーンズにタンクトップという姿の薄汚い男が、弁護士のうしろから、足をひきずりながら、廊下を歩いていく。弁護士が立ち止まって、法廷の外の掲示板にピンでとめられている訴訟事件表《カレンダー》を確認する。その依頼人が、眠たげな目でスーザンをもの欲しそうに見つめて、上腕にくっきりと彫られた刺青《いれずみ》の青いドラゴンの頭を掻《か》きむしる。科学的に可能であるなら、彼の体から悪意のにおいの波が立ちこめているのが見えると証言するところだ。男が、べつのかゆいところに指を移動し、ジーンズの尻《しり》の穴からかいた。

スーザンは、男がじろじろ見ていることなど意に介していない。長年、男にいやらしい目で見られることに慣れて鈍感になっているのか。それとも、こんな汚らしい男ひとりの値段より、自分の好意を買う値段のほうがはるかに上だと考えているのだろうか。

上位裁判所の裁判官、アーマンド・アコースタが、デスクにひろげたファイルを読んでいる。頭のうしろの半分丸く禿《は》げたところが、きれいで真っすぐな黒髪の隙間《すきま》で中世の僧《そう》侶《りょ》の剃髪《ていはつ》部分のように光っている。顔をあげて、ハーフ・フレームの眼鏡の上からのぞき込んでいる。この事件を引き受けて以来はじめて、わたしは、公判でスーザン・ホーリーの弁護をしなければならないだろうと確信しつつある。依頼人が妥協しないうえに、裁判官室のジミー・ラマという存在も相手にまわさなければならない。ラマはこの事件の担当となった若い検事補、アル・ギブスの手伝いをすることになっている。

ラマは警察勤務歴三十年のヴェテランだが、階級はまだ巡査部長だ。いばって警察のバッジを振りかざす警官の悪いところをすべてそなえている。暴行と過度の暴力行使の容疑で三回告訴され、どういうわけか、三度とも無罪になっている。つい最近のこと、彼に逮捕された被疑者が、アクロバットを演じてガラスのショー・ウインドウに突っ込み、四十三針縫っている。ラマの話では、その五十六歳のおとなしい酒飲みは逃げようとしたので助けられなかったという。

アコースタが、腹立ちもあらわに顔を上げる。「いいかね、諸君、一度にしゃべってはいかん」長年、法執行者として高飛車ないい方をしてきたので、有無をいわせない口調に年季がはいっている。

わたしは、ギブスの機先を制して口を切った。「本件の告発は厳しすぎます。検事補は、売春周旋と劣情をそそる宣伝文句だけの薄弱な根拠で、これを強引に重罪に仕立て上げようとしています」

法律によれば、路上で売春婦が客をとることは、軽罪として告発されるが、それを周旋するものは、重罪で州刑務所服役の刑を科せられる可能性がある。彼らはいま、スーザン・ホーリーが自分を売るだけでなく、ほかの女性の売春を周旋しているという薄弱な仮定で彼女をがんじがらめにしようとしている。

ギブスが椅子《いす》に座ってそわそわしながら、ハイ・ティーの客のように礼儀正しく順番を待っている。彼のことは知っている。いつも大きなことをしたいと思っているが、度胸がない。

アコースタが腹立ちをつのらせ、ついにギブスをあからさまににらむ。「きみはなにか目的があって来たんだろうな、それともきみのひまつぶしのためにわれわれはここに集まっているのかね？」

ギブスがあたふたとしゃべりはじめる。「さ、裁判官、あの女性は自分のアパートメントを売春宿に使っていたのです。他の売春婦の代わりにセックスの報酬を取り立てていたところを捕まったのです」

これはかなり誇張があるので、わたしはアコースタに抗議する。スーザン・ホーリーは、ある女性とアパートを共有している。彼女が家賃と電話代を払い、同居人が食費と残りの公益費を支払っている。電話が彼女の名義になっていて、ふたりのデートの連絡手段として使われていたという事実が、ほかの女性に売春を斡旋していたという訴えの根拠だ。わたしは事実で武装し、言葉でどんどん攻撃した。明敏なアーマンド・アコースタにとっては、この説明で充分なのだ。アコースタは法の細かい複雑な部分をあまり気にかけない。

アコースタはいま、デスクの書類をパラパラめくっている。ややメキシコなまりのある、なめらかでない話し方だが、ちまたで聞くようなスペイン語ではなく、優雅で正確であり、口から出てくる言葉に、いかにも伊達男らしい豊かな響きがある。この話し方は、法執行者らしい態度と同様、あとから身につけたものだ。名前こそアコースタで、ヒスパニック系だが、彼はスペイン語ができない。わざとそれらしい抑揚で話すのは、ヒスパニック系住民が急激に増えている州の政治情況に対する迎合だ。貧乏人のために仕事をしている弁護士の話を聞いたことがある――軍馬にまたがって体制の砦《とりで》に挑んでいる若いヒスパニック系の弁護士や、〝ラ・ラサ全米評議会〟や〝アメリカ・メキシコ弁護基金〟などのヒスパニック系組織で働いている人々だ。彼らの仲間うちでは、アコースタは〝スペインのココナッツ〟と呼ばれている。縮れ髪で肌が浅黒いという外見なのに、中身は雪のように真っ白だということだ。アコースタは常に積極行動（差別されてきた少数民族や女性の雇用・高等教育などを積極的に推進する計画）の祭壇を拝んでいるが、少しでも彼のことを知っているものなら、彼が理事に名前をつらねる〈デル・プラド・カントリー・クラブ〉で、バンカーをならしたり、美しい緑の芝を刈っている褐色の整備人より、理事の白人たちとのほうが共通点が多いことを知っている。しかし、これまでのところ、アコースタは、裁判官として優秀であるし、裁量もまともだ。わたしの味方だ。

アコースタは検事補をじっと見つめている。「検事補、事実かね？　答弁の取引が目的で、本件を重罪事件にしようとしているのではないかね？　もしそうなら、本法廷はそのようなことには賛成できない」

「そのようなことはありません」ギブスが否定するが、むなしく響く。

アコースタが返答を待つあいだ、しばらく空白の時間が過ぎる。ようやくその空白を埋めたのは、ギブスではなかった。検察側のうしろのほうから聞こえてくるガラガラ声の人物だった。「裁判官、正確には少し違います」ラマが割り込んできた。「われわれは、彼女の協力を求めているだけです」

ラマ、ギブス、わたしは、もう二カ月近くこの小競り合いを演じている。わたしの依頼人はもっと大きな集団の一部らしい――彼女らを利用して得票や政治運動に影響力を及ぼそうとするロビイストなどの人々に奉仕するフランチャイズ組織の夜の女たちなのだ。ラマは彼女らの顧客リストがほしいのだ。ハリーはそのリストを〝性交手帳《ボインク・ブック》〟と呼んでいる。警察は知的犯罪の捜査をしており、その顧客リストはそのかなめの証拠になる。

「あの女はわれわれの配慮を望んでる」ラマがいう。「あんな女、押し倒して押さえつければいいんだ」

「え？」アコースタがいう。

「大物について、情報を吐かせるんですよ」ラマがいう。

「ほう」アコースタがいう。

「つまり、彼がいいたいのは、被告が重要な証人であるということです」ギブスがいう。「票集めや他の公務のために被告の供応を利用した高官の身許《みもと》を被告は知っています」

「つまり、本件は贈収賄事件だというのかね？」アコースタがいう。

「大きな意味ではそうです」ようやくわかったのか、というようにラマがうなずく。

「巡査部長、どうしろというんだ。きみらが彼女に口を割らせたいという、それだけのために、重罪の公判に持ち込めというのか――しかも、その大胆な主張をもとに」アコースタは唖然《あぜん》としている。

「ひとことでいえば、そうです」ラマは、精いっぱい無表情をたもっている。

「裁判官、われわれは彼女に協力してほしいだけなのです」ギブスは、ラマがこれ以上ボロを出さないうちに黙らせて、事態を繕おうとする。

「証言することと引き替えに、売春行為の軽罪の答弁だけで許してもいいとわれわれは考えています」

「承服できません」わたしはいう。「裁判官、わたしの依頼人がほかの犯罪の共犯者であるという証拠を検察側が持っているなら、わたしにはそれを見る権利があります」

「あんたにはなにも見る権利はないよ」ラマが口をはさむ。「これは内密の情報だ。あんたの依頼人の訴追手続とはなんの関係もない」

「しかし、おたくの言葉だけでは納得できない。なにか示してくれないと」

わたしたちは、アコースタ裁判官を介さずにやりあった。わたしはラマと向かい合い、秩序が乱れたことに面食らっておたおたしているギブスを飛び越して、言葉を浴びせた。

わたしはラマに、なんの権限でここにいるのかと詰問する。ラマがわたしの依頼人を逮捕したわけではないことを指摘する。「最近は警察がＤＡの代弁をするとは知らなかったな」

ギブスはこれにむっとする。わたしを不愉快そうに見ている。ラマが椅子《いす》から立ち上がろうとする。

「諸君、やめろ。いいかげんにしなさい」アコースタが、海をしずめようとする預言者のようにデスクに手をかざす。

「被告人は答弁しません。こちらがもっと情況を把握するまで、当然ながら証言もしません」

ココナツが、はじめてわたしという存在に注目する。「そうだ。もちろんマドリアニ弁護士のいうことが正しい」アコースタがにこりとする。わたしが、この事態を一挙に打開する手だてを差し出したからだ。「取引を行なうときは、当然弁護士を介さなければならない」

「われわれは、名前を教えてほしいだけなんです」ギブスがいう。「ちょっと協力するだけです」

「法廷が協力することはできない。協力できるのは被告人本人だけです」ギブスがドアをちょっぴり開けたところに、わたしはすかさず靴を突っ込む。

「彼女に召喚状を出すこともできます」ラマが、泥のなかの水牛のようにもがいている。

「憲法第五修正を行使することもできます」わたしはいう。「証言が彼女に不利益になる場合には、供述を強要することはできません――それに、わたしの記憶では、売春も贈賄も、ひとりではできないはずですがね」

アコースタは、もっと重要な他のことが気になって、しだいに、そわそわしだしてきている。視線をそらしているので、それがわかる。

「被告人をここに連れてきましょうか。そうすれば、証言をする意志があるかどうかわかりますし、どのような条件でするかもわかるでしょう」

わたしの提案は、アンモニアのビンのように、ココナツを昏睡《こんすい》状態から目覚めさせる。

「いや、だめだ、そんな時間はない。きょうは裁判の予定が詰まっている」てのひらを外に向けてふって拒否する。「それに、わたしの長い経験からすると、被告人を答弁の取引や和解交渉の場にかかわらせるべきではない」

かんぐっていたとおりだ――スーザン・ホーリーの商売はたいへん繁盛していたにちがいない。

わたしは最後の切札を出す。「念のためいっておきますが、わたしは被告人から、完全な取り下げでなければ承諾するなとはっきり指示を受けています。この提案に乗れば、被告人は証言するかもしれません」

「とんでもない」ラマが立ち上がる。

「そうでしょうね。しかし、取り下げないかぎり、彼女の証言は得られないでしょう」

「おい、いいか……」ラマが、ギブスの横をまわってこちらに向かいかける。

「巡査部長、座りなさい」アコースタはやり合う元気を失っている。彼のバリトンが壁にこだまする。「本件は、日をあらためてつづきを行なうことにする」

アコースタはギブスに、被告人の証言の免責について考えるようにという。法廷の日程が詰まっているので、自分の法廷でこの裁判は行なえないと告げる。ラマはカンカンだ。しかし、アコースタはラマと調子を合わせるのに嫌気がさしている。日程が合わず、押し問答がある。三週間後ということで落ち着く。刑事事件の弁護で最善の弁護方針――それは時を稼ぐことだ。これで時間がつくれる。現時点で、スーザン・ホーリーにとって一番ありがたくないのは、迅速な裁判だ。

「弁護人――」アコースタがわたしを見る。「本件について次回集まるときは、被告人を法廷に連れてくる必要はないと思います。わざわざ不必要な手間をかけることはない」

「わかりました、法廷がそれでよろしければ――それに検察側も異議がないようですし」

ギブスを見ると、口を開きかけている。

「法廷はそれを希望します」アコースタがいう。「検察側も異議がないようです」自分のせりふを法廷に奪われたギブスが、口をポカンと開ける。立ち上がって法廷を出ようとしたとき、アーマンド・アコースタがゆったり椅子《いす》にもたれて背すじをのばし、ほっとした表情を見せるのが目にはいる。スーザン・ホーリーが、この裁判官の隠しどころを握っていいなりにしたのは、これが初めてではないにちがいない。もっとも、そのときは、ふたりきりで、挑発的な情況だったはずだ。取り下げられるだろうという彼女の目算も、まんざら淡い期待ではないかもしれない。

6

ベンの死後、何日も、タリアのことで彼につらい思いをさせたと責め立てる心の声に悩まされている。葬式はすでに過去の出来事、きのうのニュースだ。わたしはオフィスでひとり、バーボンを注いだ背の高いグラスのとなりに置いた《トリビューン》をじっと眺める。折り目の上の三面記事の写真を見る。

タリアは、少なくとも光がコダックのフィルムにぶつかった瞬間には、いかにもそれらしい態度を示したようだ。彼女の写真が一面を飾っている。顔を黒のレースでつつみ、〈アルマーニ〉の喪服を着たタリアは、じっと悲しみに耐える上品な女性に見える。わたしを見てとばかりに、聖堂の階段の三段目で、首をまっすぐのばし、顔を覆うレースを風になびかせて立っている。足りないものといえば、長い上着を着て、棺《ひつぎ》に別れを告げるよちよち歩きの子供ぐらいのものだ。写真の下の説明文の太字の見出しには、〝悲嘆にくれる未亡人〟とある。タリアは場面設定を心得ている。

わたしはバーボンをひと口飲み、最後にふたりで会ったときのことを思い出す。以前は高級なリゾート・テニス・クラブだったがいまはさびれている、コートに囲まれた川向こうのホテルの暗い部屋。

ベッドの彼女の側に寝返りをうつと、タリアの下腹が横たわっていたあたりのシーツのひだが、わたしの情欲の残滓《ざんし》でかすかに冷たく濡《ぬ》れているのがわかる。タリアは、いかにもけだるそうに、ふんわりしたレースの下着を拾い集めながら、部屋を歩き回っていた。沈黙は、彼女が情熱のあとに逃げ込む避難場所なのかもしれない。しばらくつき合ううちに、タリアが無邪気そのものだということがわかった。ありきたりの社会通念にとらわれる必要のない金持ちの娘が無邪気なのと似ている。ニッキーと別居したあと、わたしたちはしばしば会ったが、わたしはホテルで記帳するときはいつも、冬なら丈の長いコートの厚い衿《えり》を立て、つばの広い帽子を深くかぶっていたし、暑い夏のさなかには、顔の大部分が隠れるばかでかい黒いサングラスをかけていた。トルストイの小説の登場人物よりも多くの偽名を使った。

しかし、タリアは、あるがままの姿だった。驚いたことに、よく行く何カ所もの密会用モーテルや街道沿いのラブホテルの受付と、すぐにファースト・ネームで呼びあうほど親しくなった。彼女の頭には、ひと目を忍ぶという言葉がなかった。

「ニッキーは元気？」タリアがきいた。「お嬢さんは？　サラは元気？」

「その話はしない約束だろう」

「だって、あの子、かわいいんですもの」

タリアの興味と気づかいは心からのものだった。わたしの取り分、つまり給料に加算するボーナスが少なかったとき、二度ばかり助けてもらった。短期の貸し付けではあったが、当時のタリアとの関係のおかげだった。タリアはだれに対しても母性愛を抱いているから、いまにして思えば、わたしとの関係のためではなく、サラのためであったのかもしれない。タリアは小さな生きものや子供を傷つけることができないたちなのだ。

「元気だよ」わたしはいった。

タリアがふりむき、わたしがベッドで目を丸くしてじっと見ているのに気づいた。

「あなたの考えていることをあてるのに、賞金一セント」

「それだけの価値しかないのか？」

「聞いてみないとわからない」

タリアはベッドの足もとのほうに、薄いテディーに身をつつんで立ち、鏡をのぞきこんで、長いブルネットの髪を頭の上で巻いてまとめていた。左足を化粧台のストゥールにのせ、体操のようなポーズになった太ももの筋肉がぴくぴく動いていた。テディーの右脚の繊細なレースのトリミングが腰のところまで割れて、尻《しり》の割れ目に食い込んでいた。その姿勢だと、太ももとやわらかな尻の山の境の性欲を刺激するひだがくっきりと見えた。欲望が高まったことをおぼえている。タリアといるといつもそうだった――あっという間に興奮するのだ。彼女とのセックスで男性のものすべてを出しきったすぐあとに、また彼女の長い脚、くびれた腰、そしてうなじの繊細な髪に目がいってしまうのだ。

「それで？」タリアがいった。わたしの内面を映し出す鏡、心情の吐露を待っていた。

「ほんとうに、なにを考えているか知りたいのか？」

「ええ」タリアがいった。

「きみがこの部屋を出る前に、もう一度襲いたいと考えているんだ」わたしは悪意にみちた笑いを浮かべようとする――ジャック・ニコルソンよろしく、目を細めてにらむ。薄暗い部屋で彼女を見ているわたしは、欲望のかたまりだった。

タリアはくすくす笑った。「ごめんなさい。だめよ。ベンジャミンに会うことになってるの」タリアは社交仲間のあいだでは、頑固にベンの名前を略さずにいう。はじめは、人前で甘えるようにそう呼んでいた。だが、若い妻と年配の夫という組み合わせの例にもれず、しだいに無愛想ないい方に変わり、そのころには、そう呼ぶたびに、鞍《くら》がきしむように耳ざわりに聞こえた。

「今朝オフィスを出るとき、彼から電話があったの。暗い重大な秘密ですって」タリアが、深刻ぶって眉毛《まゆげ》をあげる演技をした。

とたんに、嫌な予言でも聞いたように、胃にしこりができた。「どんな用事だろう？」

「さあ。ベンジャミンのことだもの。その気になったら、先週の食料品の買物メモから陰謀をでっちあげるひとよ」

「仕事の話をしたほうがいいんじゃないか」わたしはいった。「仕事の打ち合せということになってるからね」

が、タリアは、不安になるどころか、気にもかけなかった。

「忘れてはいけない。名目は仕事なんだ」わたしはいった。「ベンが、この四カ月間、週二回なにをしたかときいたらどうする？　合資会社の契約の件をまだ処理していないのは、きみと会う口実のためじゃないか」

ベンが、みずから、わたしとタリアの関係のきっかけをこしらえたようなものだった。不動産取引の法律手続に際し、ややこしい付帯条件でしくじることのないように、タリアに法律の専門家をつける必要があると、ベンは考えたのだ。わたしは不動産取引のことはよく知らなかった。だが、その仕事は、ベンの信頼する被後見人であり、新参のパートナーであるわたしがやることになった。タリアは不動産仲介業の資格があったが、取引をまとめるのはベンで、タリアに顧客をまわして事業をつづけさせるという仕組みになっていた。タリアは、彼女の名義でベンが設立した会社の金で真珠を買ったり、ベンツに乗ることができるのだ。

「そんなにびくびくしないで。平気よ」タリアがいった。「だって時間給でしょ」そして、げらげら笑った。

そのことで、タリアはちょっと欲望を刺激されていた。ベン・ポッターの事務所は帳簿操作にこれを利用しており、タリアといっしょにいるとき、わたしは帳簿上では一時間一七五ドルの報酬をもらっていることになっていた。わたしが早く絶頂に達して、ちょっと早めに情熱をほとばしらせ、満足に相手ができなかったとき、タリアは欲求不満の状態でベッドの端に腰かけ、ふりかえってわたしを見る。「情けないわね。六分単位で加算されているのよ」

しかしその日は、タリアが服を着るのをベッドに横たわって見ながら、わたしはベンがタリアとふたりきりで会うという話が気になってしかたがなかった。はぐらかされるのはごめんだった。

「ベンにきかれたらどういうつもりだ？」わたしはしつこく尋ねた。

そのときのタリアの姿は、鋳型にはめられた銅像のようにわたしの脳裏に焼きついている。タリアはうつろな目でそこに立っていた。思ったとおりだった——なにも考えていなかったのだ。そうか、わかった、ベンにきかれたら、その場しのぎの答をするのだ。果てしなく長い時間が過ぎたあと、彼女はわたしを見てウィンクをした。「わかったわ。ベンにはあなたたち弁護士が不動産を売ったときにいつもいってることをいうわ。限嗣相続財《フィー・テー》産《ル》（報酬〔フィー〕と尻〔テール〕にひっかけている）の説明に手間取ったっていうわよ」タリアは腰を折って背中を丸め、てのひらをストゥールにおいて、肩越しにわたしを色っぽい目で見つめ、引き締まった尻《しり》のふくらみをこちらに向けてふった。そして女学生のようないつものくすくす笑いをした。

彼女の言葉や滑稽《こっけい》な動作には、一種独特の香りがあった。当時はよくわからなかったが、いまにして思えば、なんの香りであったか明確に識別することができる。それは、わたしの出世が煙となって消えていく香りだった。

人生とそのドラマにまったくの気紛れで立ち向かうのは、タリアのいやしがたい性情であり、憎たらしい特質のひとつだった。わたしがいまでは胃腸薬のマーロックスを使う幅広い世代に属していることなど、彼女は知る由もなかった。

「まじめな話だ」わたしはいう。「ベンにどういうんだ?」

タリアが立ち上がって背中を丸め、片方の手で太もものひだのあたりのレースをひらひら動かした。シーツの下の一物が、いっぺんに硬くなる。

「ねえ、あなたってほんとうにA型人間ね」彼女がいった。

「なんだって?」

「A型の性格よ。だれかれかまわず敵意をいだき、目的もなく時間にせわしない——どこもかしこも」精神分析医にふきこまれたのか、ずいぶん専門用語を知っている。

「五分前はなにも文句をいわなかったじゃないか」

タリアがふりかえり、わたしを見てにこりとした。「だって、衝動的な気持ちいいセックスが好きなんだから、しかたないでしょう」これはある程度事実なので、タリアは笑わなかったが、きらきら光る歯――ゴルフで焼けた肌と対照的な真珠のように真っ白な歯をのぞかせた。

タリアと会っているころ、中年の危機にさしかかっていたわたしは、いままでに経験したことがないような興奮の高まりを教えられた。タリアとのつきあいは一時のもので、今後はもう経験することがないもの――あとになって記憶を再生するとき、自分の子供時代を映した映画を見ているような気にさせられる人生のひととき――だったと、いまは確信している。

タリアが、だしぬけによつんばいになって、ベッドの端からわたしのほうに這《は》ってきた。交互に揺れているよくしまった日に焼けた尻《しり》、レースにふちどられた割れ目が、暗い照明を浴びて、うしろの鏡に映った。

タリアは、大きな丸い黒い瞳《ひとみ》でわたしを見て、くすくす笑った。そしてまた唐突に、シーツの下に頭をつっこみ、起き上がりかけているわたしの突起をくわえこみ、いかなる理性をもしのぐ説得の技術を駆使しはじめた。

7

〈ユニバーシティ・クラブ〉にいく途中、ベンの葬儀会場の聖アンナ聖堂のかたわらを通る。聖堂の建物はギリシャ・ローマ様式で、ほかのところにあれば、畏敬《いけい》の念とまではいわなくとも、敬虔《けいけん》な気持ちを起こさせるかもしれない。南に一ブロックと離れていないところに、白い円屋根に金色の球の載っている銅葺《どうぶ》きの州議事堂があり、おかげで聖堂は小さく見えて、ただの装飾過剰の建築物のようだ。昼食時になると、忙しい役人、足早に歩く秘書、騒々しいロビイストたちが、食べかけの残飯に群がるうじ虫のようにうごめくモールを、わたしはさっさと通り抜ける。

夕方になると、Kストリートのモールは、べつの住人——乞食、アルコール依存症、そしてちらほらといるホームレス——に明け渡される。彼らは、汚い酒屋がならぶJストリートと十数ブロック北の救護院のあいだをおもな根城にして、市の中心部をうろつきまわる。わたしは、十番通りの信号のある交差点で立往生している人だかりをのぞき込む。乞食が、信号のところで逃げようのない観客を相手に、流れるような演技で訴えるが、信号を待っているところをつかまった連中は、そわそわしながらも、無関心を装っている。信号が変わり、人の群れが動くと、乞食は、日陰になった日よけの下から雑貨屋のゴミの散らかった入口へとふらふら歩き、また赤信号になるのを待つ。

〈ユニバーシティ・クラブ〉は、荘厳なビクトリア朝の白い建物にある。前世紀に建てられたときは鉄道王の家で、長年にわたり、気まぐれな娘たちの家、レストランを経て、最近まで葬儀屋として使われていた。二年前に〈ユニバーシティ・クラブ〉とその役員が解体寸前のこの建物を救い、今ではキャピトル・シティ法律家協会を含む市民団体の定例会議の場となっている。法律家協会の会議への出席はほとんど強制的で、裁判官とつきあったり、ほかの弁護士から紹介を受ける場となっている。

なかは狭く、バーに使われているクルミ板張りのもとの客間は、すべて立ち席だ。わたしは、五、六枚のドリンク・チケットを持って、人ごみを押し分ける。

場所をこしらえるために、肘《ひじ》で多少かきわける。注文をして、両手にグラスを持ち、バーから戻り、ラウンジのクッションつきの椅子《いす》に座りかける。

「葬式に来なかったな」だみ声が耳にはいる。わたしは見上げる。トニー・スカーペロスはベンのパートナー（法律事務所の正式メンバー）で、力関係からして、ポッター&スカーペロス法律事務所の権力を受け継いでしかるべき人物だ。

「トニー、元気ですか」

「きみにあそこ——葬儀場で会わなかった」

「慈愛の海にわたしの姿を見つけられないとは、どうしたことですかね」

「ふむ」彼がうなずく。

「仕事はどうです？」わたしはきく。

「順調だ」彼がいう。「ふん、順調そのものだ。パートナーは脳みそを吹き飛ばす。一週間ずっと、レポーターや警官がオフィスをかぎまわる。けさはニューヨークの馬鹿《ばか》から電話が入った。全国ネットのテレビ局の関係者だ。奴らは大スクープを探しているのさ。小説まがいの特ダネだよ。国民の視点とかいってな。最高裁判所裁判官指名有力候補が自殺だと。とんでもない奴だ」スカーペロスが、許しがたいというように、その男をなじる。「最初の質問が、〝事件についてどう思いますか？〟だ。こう答えてやった。〝そうですな、オフィスの天井に髪の毛とか灰色の物がいっぱいこびりついているが、全体としてそう悪くない〟馬鹿野郎が」

その荒っぽい描写を聞いて、ポッター&スカーペロス法律事務所はベンの死によって原動力をかなり失ったのだということを思わずにはいられない。独創性を失ったことは間違いない。

スカーペロスが、わたしの前に来て、典型的な南欧風のやり方で握手をもとめる。いつも日焼けしていて目立たないが、額には深いしわが刻まれている。高価なウーステッドのピン・ストライプのスーツは、仕立てがじつにたくみなため、上半身が引き締まって見える。スカーペロスの装いはいつも入念で、一七〇センチ足らずの身長を大きく見せるように工夫されている。それにくわえ、靴のかかとが上げ底だ。

取り巻き連中はどこに置いてきたのだろう、とわたしは考える。スカーペロスは、めったにひとりでいることがない。かならず、年季奉公の部下、出世をねらう若い弁護士など、スカーペロスの自我に調子を合わせることを唯一の仕事としている連中を引き連れている。事務所にいたころ、ベンにそういう仕事を頼まれなかったのは、じつにありがたいことだった。

スカーペロスが、断わりもなく、わたしの向かいの椅子《いす》に座る。これまでずっと、ベンがヒギンズ教授、スカーペロスがイライザ役を演じてきた。彼はギリシャ移民の二世で、誇り高く、少なくとも自分では、自力でトップにのし上がったと考えている。もともと愛敬のいいほうで、法廷より、政治の分野に精通している。じっさい、事務所における地位を確立したのは、地区の運営委員会、計画部門、市の無数の委員会をあやつる技量と影響力によるところが大きい。スカーペロスは不動産のこととなると、ミダス王顔負けなのだ。相応の弁護士報酬を支払えば、貧乏人が子供を殖やすように、土地規制の適用除外を行なわせることができるのだ。

われわれは、しばし儀礼的な会話をつづける。世間話をするには気づまりな情況だ。自殺は、かならずだれの心にも後悔の念——自分がなにかしていたら防げたかもしれないという自責の念——を呼びさます。スカーペロスの場合は、それが転じて、延々とつづく追悼《つい》《とう》話——自分とベンが、若いころ、田舎の未熟な司法制度のジャングルに文明を築こうと必死になっていたころの思い出話になる。

スカーペロスが急に途中で話をやめ、まるで潜在意識から重大な事柄が這い出してきたかのようにわたしを見る。

「ところで、きみらのあいだにはなにがあったんだ？　きみはいきなり歴史上の人物になってしまった」

思ったとおりだ。ベンはわたしとタリアとのことをだれにも話していない。ベンは、とことん体裁を重んじる誇り高い人間だった。ベンに近い人間は、わたしが事務所を辞めたのは、だれも知らない仕事上の問題の結果だったと思うにちがいない。

「ふたりだけの問題だった」わたしはいう。「友達のあいだでよくあることです」

「まるでベンの女房と不倫してたみたいに聞こえるぞ」スカーペロスが笑い、うしろを向いて指を鳴らし、酒を注文する。一瞬、うらない師と会っていたのだろうかと思う。彼がふりむくより早くウェイトレスがやってきたので、目の色を読まれずにすむ。ようやくこちらを向いたとき、スカーペロスはぼんやりほほえんでいる。千里眼ではないことがわかり、ほっと安堵《あんど》の息をつく。

「一杯おごろう」彼がいう。

「もう二杯目です」わたしは、なみなみと注がれたグラスを持ち上げる。

スカーペロスが、バーボンのダブルを注文し、わたしが事務所を辞めたことに話題を戻す。今後、ベンの事務所を辞めた理由をきかれたときには、個人的なことだといわないほうがいい。それを銘記する。

クーパーのいうとおりだった。エメラルド・タワーで話をした二日後、警官がもの静かなFBI捜査官をひとりともなってやってきた。ウォンの店でどんな話をしたかと質問された。わたしは、無関係なことをひとつだけ伏せておいた。最高裁に行くことになっているとベンが打ち明けたことを話した。タリアとのことで腹を割って話したことはいわなかった。ついにその話題になる。どうして事務所を辞めたのかきかれた。ポッターとわたしのあいだに意見の食い違い、不和があったのか。わたしははっきり否定して、シャロン・クーパー記念基金の信託管理人になってくれないかとベンに頼まれたことに話題を移した。これは、警察がロー・スクールに問い合せて、確認することができる。十分とかからなかった。去っていくとき、彼らは納得しているようだった。

「それじゃどういうことだ？　仕事のことで口論でもしたのか？」スカーペロスがいう。

「そんなところです」わたしはいう。

「わたしのところに相談に来ればよかったのに」

「なぜ？」

「わたしはベンにかなり影響力をもっていた。ベンはわたしを尊重していた」

沈黙を守る。が、目が合うと、彼はわたしの考えを読む。

「ほんとうだ。ベンはわたしの判断を尊重していた」

この男、ラリッているのか、という考えが浮かぶ。

「あれだけ長いあいだいっしょにやっていたんだ。尊重しあうようになってあたりまえだ」スカーペロスがいう。

わたしは薄笑いをやめて真顔になるが、なにもいわない。

「きみみたいな有能な人物をやめさせるのは馬鹿《ば か》げている。わたしがやれば、ぜったいに仲直りできた」

「ひとつだけはっきりしてることがありますよ」

「なんだ？」

「いまとなってはそれを知るすべがない」

「たしかに。そのとおりだな」

彼の目が半透明になる。ベン・ポッターのパートナーから世界に向けたメッセージ——のちのちまで心に残り、くりかえし他の人に伝えられるような叙情的な言葉を考えているのだとわかる。ウェイターが来て、言葉が口をついて出る前に消える。スカーペロスがグラスをとって、こちらを向いたときには、もうそれを忘れている。

「電話しようと思っていた」彼がいう。「ちょっと話がある」

わたしは、問いかけるような視線を向ける。

「デリケートな話なんだ」

それにおそれをなすトニー・スカーペロスではあるまい、と思う。

「きみの依頼人に、ホーリーという女がいるだろう？」

わたしはうなずく。彼がスーザン・ホーリーとどういう利害関係があるのだろうかと考える。

「話によると、たいした女らしいな」スカーペロスが小さな氷をかじる。

「あなたとどういう利害関係にあるんですか？」

「依頼人で困っている人間がいる。ちょっと厄介なことになっている」

その依頼人がホーリーと知り合いなら、下半身の揉《も》め事にちがいない。

「そのホーリーという女が手を貸してくれるかもしれない」

「どういうふうに？」

「ここでは話せない。二、三日後、わたしのオフィスで。いまのわたしは取引相手としては最高だ。悪いようにはしない」

これが、スカーペロス流の弁護士の仕事だ。すばやい取引。倫理は問わない。

「どういうたぐいの話です?」

スカーペロスが、グラスを持っている手をふる。「ハロルド・ストーンだ」わたしの肩越しに会釈する。「ストーン裁判官を知っているか?」

わたしは首をふる。

「いい男だ」彼がいう。「ほんとうにいい男だ。紹介する」

やれやれ、と思う。

スカーペロスが、椅子《いす》から腰を浮かす。

「トニー・スカアーペロオース」耳ざわりなどら声だ。ヴェスビオス火山のどろどろの溶岩のように、うしろでそれが噴き出す。スカーペロスが立てと合図する。わたしは立ち上がってふりかえる。

「ハロルド、会えてうれしい」スカーペロスは、裁判官のお偉方をファースト・ネームで呼んでむだ話をすることが商売だ。

ストーンは、ずんぐりした大男で、顔の大部分は、垂れさがった肉のかたまりだ。しゃべると波のようにうねる頰《ほお》のたるんだ肉の表面では、毛細血管が破裂しているように見える。

ストーンの表情がふいに暗くなる。仕事柄、お手のものだ。

「お悔やみ申し上げます。裁判官一同になりかわり、お悔やみ申し上げます」しばらくのあいだ、スカーペロスはストーンの手を見つめていたので、薬指にキスしようとしてるのかと思う。だが、彼はただ時間を稼いでいるだけだ。吟遊詩人が、影響力のある聴衆を前に、言葉を捜しているのだ。

「偉大な人物だった」スカーペロスが唾《つば》を飲み、黙想を終える。「彼のような人物は、この市には当分現われないだろう」そのせりふを、見えないテレプロンプターから盗んだかのようにつぶやく。

内緒話がはじまり、ふたりは横隔膜に響くような低い声でやりとりしている。わたしはそこに立っていると、役立たずの鉢植えの植物のような気分になる。ようやくスカーペロスがわたしを見る。

「ハロルド、紹介したい人がいるんだ。ポール・マドリアニだよ。ポールは、以前、うちの事務所にいたんだ」

ぐんにゃりした手が差し出され、わたしはストーンに値踏みされる。以前、という言葉のほのめかしを、ストーンが察する。困ったようにほほえみ、こちらにはもう目もくれずにスカーペロスに注意を向ける。

「ポール、また、時間のあるときに話をしよう」

「え？」

「いまはだめだ。あとで、わたしのオフィスで」スカーペロスは、割り振りを間違えて連れてこなかったいつもの取り巻き――無能な男たちの臨時の代役を、いつのまにかわたしに演じさせる――ストーンに対する虚勢なのだろう。

ストーンはわたしが離れるのを待っている。

「来週わたしのオフィスに電話して、アポイントメントをとってくれ。そのときに、ゆっくりそのことを話そう。きみの依頼人のことを」

行き場を失って立っているとき、わたしの頭に浮かぶのはこのひとことだ――〝この馬《ば》鹿《か》野郎〟。

「予定表を調べないと。来週はかなり予定が詰まっている」

「そうか。でも時間をつくってくれ」ギリシャの帝王の命令だ。スカーペロスが、わたしに答えるすきをあたえず、きびすを返し、ストーンとともに離れていく。

「なんとかしてみよう」歩いていく彼のうなじに向けて声を投げる。

わたしは、〝どうせ帰ろうと思っていたところだ〟とつぶやくことで、どうにか誇りを守り、まだいっぱいのグラスを犠牲にして立ち去る。そのときはじめて、自分はいずれポッター＆スカーペロスを辞める運命にあったのだと気づく。タリアとの不倫の件を無事生き延びたとしても、ベンの死に耐え、トニー・スカーペロスの飾り物にされることを強いられてまで、ベンのいなくなった法律事務所で成功することは、わたしの誇りが許さないはずだ。そう思うと、ずいぶんと気が楽になる。

8

わたしは、家の裏のリンゴの木のゴールデン・デリシャスを一袋分採り、ニッキーの家への定期的な訪問に、仲直りのしるしのつもりで持っていった。

三歳になる娘のサラが、流しのとなりのカウンターの前の椅子《いす》の上に立ち、リンゴの皮むき器の把手《とって》をまわしている。サラは「どうして？」を連発している——「どうしてリンゴは丸いの？」——「どうして黄色いの？」——「どうして種があるの？」

わたしは究極の答をいう。「神様がそう創《つく》ったからだ」

サラはいう。「どうして？」

流しのところからわたしを見ているニッキーと目が合う。

このようなとき、特に大きな家で孤独を感じるときには、苦痛が頂点に達する。サラはなにも知らず無心にはしゃいでいるが、わたしの子供時代のように、愛し合っている両親とともに成長することはないのだ。それが意識にのぼる。サラは、あっというまに崩壊した家庭の産み出すものへと変わるだろう。

「ちょっと買物に行ってくる。あなたたちが帰ってきたときには、いないかもしれない」

ニッキーの口調はとげとげしい。サラといっしょのわたしを見て、ニッキーは、わたしがいるほうが幸福かもしれないと、決意がぐらつくのを感じたのだ。が、彼女は立ち直りが早いのが取り柄だ。すばやく体勢を立て直し、また元の完全に無関心な態度に戻る。

「サラを公園に連れていこうと思っていた。きみもいっしょに来たらどう。外で食事してもいい」

「やめとくわ」冷淡な口調でいい、背中を向けて、流しにかがみこむという仕草で効果を強める。「しばらくふたりだけのほうがいいでしょう」

「サラも喜ぶよ」

「だめ。やることがあるの」にべもない。

それ以上いうのはやめる。ニッキーはいやになるぐらい丁重だ。しかし、いまのふたりのつながりは、あくまで、束ねたとび色の髪、桃色の丸々とした頰《ほお》、オリーブのような焦茶の目のサラが中心だということを痛感する。サラがわたしたちをつなぐ鎖の輪だ。わたしは何度も、ニッキーに家を譲ろうとした。わたしが彼女のアパートに引っ越すといった。しかし、ニッキーは受け入れない。ニッキーは、このような点で頑固に誇りを守っている。自分が出ていくと決めたのは、彼女だった。

いま、ニッキーは皿洗い機に洗剤を入れている。「どう？　仕事はうまくいっているの？」

「扶助料をとどこおらせたことはないよ」

「そういう意味じゃないの」ふりかえり、苦笑しながらわたしを見る。「あなた、いつでもわたしのいったことを曲げて解釈するのね」

ニッキーが怒っているのか、戸惑っているのか、わたしにはわからない。

「冗談だよ」

「いいえ、皮肉よ」彼女は傷つき、無言でわたしを見る。狼《おおかみ》がこの家に来ないように、つまり弁護士を近づけない方策として、わたしたちは毎月扶助料を渡すことで同意した。それは、危険な放射能の雲のような存在となっている。意図したわけではないが、わたしはニッキーの心のなかの復讐《ふくしゅう》の女神を解き放ってしまった。そういうすさまじいところがあろうとは、これまでまったく気づいていなかった。彼女は、些細《ささい》な事柄であれ、大きな問題であれ、議論になると、気の弱い相手が屈伏するまで、自分の意見を主張する。しかし、金を催促しなければならないような立場におくと、たちまち言葉に詰まり、負けてしまう。思うに、もし養育費の支払いをわたしが止めたなら、福祉予算の支出で収支が不健全になっている郡がわたしを捜し出し、恥ずべき男という汚名を着せるまで、彼女は黙って苦しむのだろう。万物は援《たす》け合うものだとする創造主も、ニッキーを創《つく》るときには、窮乏のときには人に頼るという不可欠な要素をふきこむのを忘れたのだろうか。

ニッキーは、当面は独立してやっていける。彼女はいま、小さな電子機器会社でコンピュータ・プログラマーとして働いている。どうやら、彼女がサラの次に愛しているのは論理（コンピュータの電子回路の原理・法則）らしい。別居の直前、運よくコンピュータの勉強をしていたから、その仕事を得ることができたのだと、わたしに思わせることもできただろう。しかし、それがただの僥倖《ぎょうこう》ではなく、計画的であったことを、わたしは知っている。

彼女が勉強をふたたびはじめたことは、結婚生活を放棄して飛び出す前から、わたしのもとを去ろうと考えていて、遠大な計画をたてていたことを示している。この訪問ではいつも、そういう兆候に気づかなかった自分の鈍感さを思い知らされ、一種の鬱《うつ》状態になる。が、心の奥底では、気づいていたとしても、結果は変わらなかっただろうと確信している。

「ベン・ポッターのことは気の毒だったわね。あなたはずいぶんさびしい思いをしているでしょうね」この言葉にはふくみがある。人の死を願ったことはないが、何度か楽しみながら死亡記事を読んだことがある、そうクラレンス・ダロー（一八五七―一九三八。アメリカの高名な刑事弁護士）が認めたことを思い出す。ニッキーにとって、ベンの死はそのような事件なのではないかと思う。

「あなたたちの付き合いはずいぶん長かったものね」ニッキーがいう。

わたしと彼女よりも長いといいたいのだ。

ニッキーは、わたしがポッター&スカーペロスを突然辞めた理由を、いまも知らない。関心がないのか、きいてみる勇気がないからなのか、いまもってわからない。彼女はここのところかなりの苦痛を背負い込み、それを冷たく淡々とした態度で覆い隠しているが、そのうわべがごく破れやすいものであることは一目瞭然《りょうぜん》だ。別れてからわたしは、少なくとも自分の頭のなかでは、ニッキーとサラという家族を、人生において二番目の位置においていたことを認めた。ニッキーはこの戦いでわたしの出世という敵に勝てず、それを自分の人生における例外的な失敗であったと考えている。

「あの法律事務所は忙しいところだったよ。弁護士は忙しいものなんだ」

「わかっている。でも、とにかく、ベンはあなたが裏切らなかったことに感謝していたと思うの」一瞬わたしの目を見据えて、お茶の葉でうらないをしているようにわたしの瞳孔《どうこう》をのぞきこんだ。「長い時間、書類の打ち合せをしたり、早朝まで公判の準備をしたんですもの。ベンが用のあるとき、あなたはいつもそばにいた。単なる仕事の域を超えていた。ベンにどう思われるかということが、重要だったのね。あなたはそのことばかり考えていた。それがとても大事だったのね」

そのとおりだ。いまさら気づいても遅いが、ベンの精神的な励ましのひとことだけで、蛍光灯が光る穴蔵のようなオフィスで何時間も単調な仕事をつづけた甲斐《かい》があったと思ったものだ。

ベンは、六十年のうち少なくとも四十年は、一貫して世界一精力的な人物だった。彼は週七日働いた。法律家としての仕事と学問的な研究のほかに、数多くの政府や民間の委員会の仕事をした。組織の長として、補佐役として、一流だった。仕事が人生だった。仕事中毒だった。

ニッキーがベンを信用しなかったのは、それが理由かもしれない。だから好きになれなかったのかもしれない。ベンはニッキーには特に愛想がよかった。しかし、ニッキーは、理由はいわないが、ベンのそういうふるまいを、錬金術でも見るような疑いの目で見た。ベンとのつきあいと結婚生活のあいだに摩擦が生じるだろうということは、はじめから予感があった。いずれは、どちらか片方が相手を食いつぶすことになるはずだった。ベンの病気が感染していたわたしは、どちらが犠牲になるか、おおよその見当がついていた。わたしは、がむしゃらに仕事を求めるようになっていた。それがわたしたちの結婚生活に終止符を打ったのだ。

「あなたは仕事が大切だったのよ」ニッキーがいう。わたしの代弁をして、正当化してくれる。

わたしはそれを自明の理として、反駁《はんばく》しない。

「彼女、どうしているの？」ニッキーがきく。

「だれ？」

「ベンの奥さん――名前は、えーと――トリシア？」

わたしは、一時的に知りあいだった人の名前を暗い記憶の底から捜し出すふりをして、しばし黙っている。

「タリアだ」

「そう、タリアよ。どうしているの?」

「ずっと会っていない。さあ、なんとかやっていくだろう」

「でしょうね」

こんな会話をしていることが信じられない。

「法律事務所のほうは、これからどうなるの?」ニッキーが、カウンターを拭《ふ》きながらきく。

「さあ。つづけるだろう」

「新聞が、ベンのことをいろいろ取りざたしているでしょう。いろんな憶測が飛びかっているわね」

「新聞はいつも憶測ばかりだ。それが連中の仕事なんだから」とわたしはいう。

「彼女、困っているでしょうね」

「どういう意味?」

「タリアよ。自殺についていろいろ論議があるでしょう。気分がいいわけがないもの」

「そうだね」

「彼女、手を貸すっていってきた?」

「タリアよ。あなたが事務所に戻る手助けをしましょうっていってきた？」

「え？」

わたしは内心、ショックを受ける。が、口ごもらない。間髪を入れず否定する。「あそこに戻りたいはずがないだろう。それに、彼女がどう関係があるんだ」

ニッキーが流しのところでふりかえって、〝わたしの目は節穴じゃないのよ〟という顔をする。タリアのことを知っているのだ。口もとに広がる薄笑いにそう書いてある。驚きがわたしの顔をよぎったにちがいない。彼女は事実の半分しか知らない、つまりタリアとわたしはもう関係ないということまでは知らないはずだと思うと、心が痛む。しかし、それはいえない。わたしは巧みに分別ある人間のふりをしていたが、薄っぺらな演技をニッキーに見透かされていたのだ。ほかになにか知っているだろうか、といぶかる。しばらくじっと見つめかえす。ニッキーがまばたきをして、視線をそらす。きっとかまをかけているのだ。女の直感をよそおって。わたしは危険を冒さないことにする。正面切って対決するのを避ける。

「憶測が飛びかったり、いろいろな論議があるのは当然だ。最高裁判所裁判官に指名される人が自殺することはめったにない。ベンが死んで、事務所はずいぶん大きな穴があくだろうね」

「そうね」効果を上げるためか、しばし間を置く。「だからいま、そのことをいったんじゃない。穴を埋めることよ」痛烈な皮肉がその言葉にこめられている。

「さて、そろそろ出かけるとしよう」意味深長な会話が、急に嫌になる。「行くぞ」サラを持ち上げて、肩の上でバランスをとる。

「気をつけて」

「え?」ふりむいてニッキーを見て、いかにも母親らしい出かけるまぎわの注意を待つ。彼女はスポンジを流しに落とし、わたしをまっすぐに見つめて立っている。

「気をつけて。信用しないほうがいいわよ」

サラのことではなく、わたしの記憶によると彼女が二回しか会ったことがない女性——タリア・ポッター——のことだとわかり、その言葉が稲妻のように襲いかかる。

土曜の朝に娘といっしょに公園にいくと、ふたつの仕事をこなすことになる。サラが梯《はし》子《ご》を昇ってすべり台をすべり、走りまわるあいだ、わたしはジャングル・ジムで懸垂をして、砂場で腕立て伏せをする。アスレチック・クラブの会員をやめた代わりの安上がりな方法だ。それも、二世帯を養っていくためにあきらめた数多くの贅沢《ぜいたく》のひとつだ。ブランコを二十分、すべり台を五、六回、それから十ブロックほど離れたところにあるアイスクリーム・パーラーに向かうという手順が、儀式のように決まっている。わたしはサラを遊び場から出し、ほかの子供たちが抜け出さないように、金網の門を閉める。ふりむいて、サラを見る。

「まいったな」

サラがコンクリートのところを離れて歩きまわり、足首まで泥で汚れている。スプリンクラーの栓がこわれたおかげの冒険だ。

「ママに叱《しか》られちゃうよ」サラを追いかけるが、手遅れだ。二本の小さな足で水を撥《は》ねとばし、足と上半身の下の方が泥で斑点《はんてん》だらけになっている。

「――ずいぶん前になるが、マドリアニ君、もっと太陽が差し、もう少し涼しければ、ずっと長生きできるときみにいったね」

過去からの声が、生い茂るシダの茂みの奥に消えてゆく。わたしは首を伸ばす。シダの茂みの蔭《かげ》だ。幽霊がベンチに座っているのが見える。見慣れたあの笑みをたたえているが、顔はやつれて青白い。昔日の面影はないが、十数年前にわたしを採用し、郡の検察官に任命したサム・ジェニングズが、目をきらりと輝かせて、わたしを見上げる。

サムがベンチから立ち上がる。

「ポール、また会えてうれしいよ。きみの子かね？」サラのほうに顎《あご》をしゃくる。

「ええ」

サラの汚れぐあいは、もう手がつけられない。手で泥を膝《ひざ》になすりつけている。

「いくつ？」サムがきく。

「三歳です」

「と半分」サラが指を三本上げて、話にくわわる。

ジェニングズが笑う。サラの目を見ようと、低くかがむ。「わたしも昔、きみぐらいの年の娘たちがいたんだよ」

サラは目をまんまるにしている。「その子たち、どうしたの?」

「大人になったんだよ」

彼の古巣を去ってポッター&スカーペロスに入って以来ずっと、会いたいと思っていた。事務所をやめてから、彼に電話してみようと考えたこともあったが、病人の玄関先に自分の問題を持ち込むのはどんなものだろうと思ってやめた。自分の代理としてダンレーの死刑執行に立ち会ってくれと電話で頼まれたとき、サムの病気がどれほど重いかを知った。自分がやりたくないことを、人に頼むような人ではないのだ。

肌が蠟《ろう》のように透き通っている。放射線と化学物質の副作用だ。かつてはわたしとおなじ体格だったサムを、わたしは見下ろす。腰が曲がり、嵐《あらし》のなかの藁《わら》のようにやせている。察するに、この状態は、体をむしばむ癌《がん》のせいではなく、治療と称するおぞましい医学的技術のためではないだろうか。どのみち、勝てない戦いであることは明白なのだ。

わたしたちは、木に登ろうとしている灰色のリスに気をとられているサラを目で追う。もう手のほどこしようがない汚れようだ。サラをつかまえることはしない。あとでわたしがニッキーに黙って叱られればいい。

サム・ジェニングズは、根っから愛想のいい人だ。生まれたときからずっと笑顔だった、というような顔だちをしている。しかし、そういう特質が、後天的な捕食動物的な感覚を隠しているということに気づかず、取り返しのつかないことになったものもいる。郡の首席検事として退職するまでの三十年間、サム・ジェニングズは、死刑に相当する犯罪を行なったものを六名、州のガス室に送り込んで永遠の眠りにつかせている。

「昔の仲間に会いますか？」わたしはきく。

「選挙で落ちたのではなく、自分から辞めたおかげで、その恩恵にあずかっている。いつでもオフィスに立ち寄れるからね。だが、ネルソンはわたしをあまり歓迎していないようだな」

「どうしてでしょうね」

「わからん。わたしがいると管理体制にひびがはいるとでも思っているのかね。この姿を見たまえ。彼の敵になるとでも思ってるのかね」

「あなたが、あちこちでなにか吹き込むとでも思っているのかもしれませんよ」わたしはいう。「たとえば検事補などに」

「わたしが？　まさか」つとめて無邪気をよそおっている。あの目の輝きが見間違いでなければ、こういうふうにとぼけるのは、これがはじめてではないだろう。おそらく推薦状を書いてくれと頼まれているにちがいない。検察局のだれがネルソンに対抗して立候補するのだろうと、考えをめぐらせる。ネルソンは、サムが引退したときに空席を埋めるために任命されたにすぎない。選挙では実績を示す必要がある。

「きみのほうはどうだ？　独立してやっているんだろう？」

わたしは渋い顔をしてみせる。「そりゃあ楽しいですよ。儲《もう》かっているかときかれたいですがね」

「金がすべてじゃない」彼はほほえむ。

「国から年金をたんまりもらってるひとからそういわれてもね」

「検察にずっといることもできた。虹《にじ》を追いかける必要はなかった」

「うーん。いまはあまり楽しいところじゃないらしいですよ。うわさによると」

「わたしの時代より、政治色が強くなったかもしれんな」

「そいつはずいぶん控え目ないい方だ」

サムが笑う。「わたしが知ってるひどい法律事務所《ファーム》も似たようなものさ」

話したがっている様子はないか――つまり、事務所を辞めた理由を打ち明けたがっている様子はないかと、サムがこちらをうかがうあいだ、気まずい沈黙が垂れこめる、結局、なにも得られない。

「人生の悲劇という奴だな」サムがいう。「ベン・ポッターだ。あの男は成功する素質を絶対に持っていた。彼が最高裁裁判官に指名されたことで、この市は全国地図に載ったかもわからん」

「まあね」だが、世の中は脈々と動いている。けさの朝刊に載っていた。大統領はほかの人間を最高裁裁判官に指名した。政府は口をぬぐい、ベンに最高裁裁判官になる話を持ちかけたことを認めない。

わたしは、沈黙して、その話題を打ち切ろうとする。サムは、わたしがベンの法律事務所に移ったことを喜ばなかった。彼はプラトンのごとく、人が人生における適所を捜しあてたとき、最終的判断を下す。彼は最初からわたしがポッター&スカーペロスに向いているとは思っていなかったのだ。

「納得いかん」サムがいう。

「なにがです？」

「彼を殺す動機だ」

このまじめな知性の固まり、サム・ジェニングズがじっと黙っているのを見る。彼の言葉が、下手な冗談ではないことはわかっている。

「いったいどういうことです？」

「ネルソンのところのものからきいたんだが、警察の動きが全体的におかしいと感じたそうだ。自殺のときの手順とはどうもちがうらしい」

「たとえば？」

「ポッターのオフィスと廊下の奥のエレベーターは、もう一週間以上も証拠保全のテープを張ったままらしい。鑑識が泊まりこんでいる」

「念入りにやってるだけですよ」わたしはいう。「ＦＢＩがかかわってるから」

「役所同士、張り合っているだけだというのか」

わたしは、〝見当もつかない〟という顔をする。

「そうは思わない」サムがいう。にんまり笑っている。内部情報を知っているというたぐいの笑いだ。

「ポッターのオフィスの階の業務用エレベーターだぞ」話の趣旨がわかっているかどうか確かめようと、こちらを見る。「それを警察が封鎖していて、一週間近くも使用禁止なんだ。管理人や配達の者は怒っている。そう聞いた。警察はあてずっぽうでやっているわけではあるまい」

わたしはもう一度渋い顔をする。決定的なせりふを待っている。キャピトル・シティのお偉方が、納税者の金を無駄づかいして、幻覚とシャドー・ボクシングをするのは、いまにはじまったことではない。

「ポッターがオフィスで自殺したのなら、デスクを調べたり、カーペットに掃除機をかけるのはわかる。でもどうしてエレベーターを？」

わたしは精いっぱい、それがわかったら教えてもらいたいものだ、という顔をする。

「だれでもわかることだ。そうではなかったんだ」

「なにが、そうではなかったんです？」

「ベンはオフィスで死んだのではない」

「死体はオフィスで見つかった」あの晩、エメラルド・タワーの外でジョージ・クーパーとかわした会話のことを口走りそうになったが、ぐっとこらえる。

「うわさでは――」サムがいう。「警察は業務用エレベーターのなかで血痕《けっこん》と髪の毛をみつけた。もし自殺だったとすれば、だれかが死体を運んだことになる」

「どこで聞いたんですか？」

「デュエイン・ネルソンではないよ」サムがいう。歯をむきだして笑っている。情報源はぜったいに教えないだろう。だれかの生存がかかっている。このような事件で、検察局のものが秘密をもらしたら、職をうしなうことはまず間違いない。

9

きょう、月曜の朝、ジョージ・クーパーを捜すのに、わたしは陰気な七階建ての郡刑務所中をもぐらのように這《は》いまわるはめになる。模範囚と在監者千人を収容するように建てられた刑務所に、いまでは二千五百人があふれている。優良受刑者は、外部通勤制度により日中は解放され、夜になると過密状態の監房に戻り、ひからびた果物のようにつめ込まれる。コンクリート一体構造の建物は、破産状態のいまの自治体の記念碑のようだ。建物の正面は、どちらかというと保育所にふさわしいような陽気なオレンジ色の金属の鏡板で、場ちがいな感じがする。屋上は、らせん状の鋭い有刺鉄線を取りつけた金網の柵《さく》で囲まれている。運動場を厳重に包囲して脱獄を防いでいるのだ。

法執行の序列にあって検屍《けんし》官の部門は地位が低いので、郡検屍官にはこんな設備しか用意されていない。予算編成の時期、郡の上層部は、有権者ではない死人のことをほとんど顧みようとしない。そのため、監獄の地下にもともと駐車場として作られたがらんとした場所で、クーパーと七人の同僚が、夏の厳しい暑さのなかや、冬の濃霧の重苦しい湿気のなかで、たいへんな作業をしいられている。

クーパーは座って、わたしをじっと見ている。午前九時だが、一時間前から働いており、合成ゴムのエプロンに名も知れない人間の体液のすじができている。ジョージ・クーパーは、友達にノウというのが好きではないたちで、目には心からの気遣いが表われている。

「ポール、力になりたいんだ。わかるだろう。でも、こんどの件は、ネルソンが厳しい箝《かん》口《こう》令を布《し》いている」ジョージ・クーパーは、舌の上で冷えた蜜《みつ》のようにアルファベットの母音をひっぱる、南部人特有のなまりがある。

ジョージ・サローヤン・クーパーと知りあって一週間たつと、だれでも彼のことを〝クープ〟と呼ぶようになる。なかなかの美男子だ。鬢《びん》にいくらか白髪が混じった真っ黒な髪を左できれいに分けている。先が少し上向きの形のいい上品な鼻、深く窪《くぼ》んだ茶色の目、常にほほえみをたたえているくちびるが、性格のよさを物語っている。歯はまっ白で、歯ならびがよく、それを引立てている手入れのゆきとどいた豊かな黒い口髭《くちひげ》は、かすかに白髪が混じって、口もとの笑いじわにつながっている。

手にスライド・ガラスを何枚か持っていて、その一枚をカウンター脇《わき》のテーブルの上にある立体顕微鏡に差し入れる。「手に袋をかぶせろといっておいたのに」クーパーがいう。「いつも手には袋だ」

わたしは、彼がいらだっているのもおかまいなしに、にっこり笑う。

「だめだ！」クーパーがいう。「連中は、死体の手を固定しないで運んでくる。担架の横でぶらぶら揺れているような状態で。死体は体を掻《か》いたりしないのにな」目を細めて顕微鏡をのぞきこむ。わたしに背中を向けて、ひとりごとをいっている。

クープは、サウス・キャロライナ州チャールストンの旧家の出身で、一家のはみだし者だ。両親の期待にそむいたわけではない。彼の父も祖父も医者だった。が、彼らは生きている人を診ていた。

クーパーとは、七年前からのつきあいだ。もっと長いような気がする。彼は南部人特有の気さくな性格で、のんびりした育ちのよさが魅力だ。彼のことを知っている十二人に、あなたの親友はだれかときいたなら、口をそろえてジョージ・クーパーというだろう。わたしも彼の魔法にとらえられているから、わたしにきけば十三人に増える。

そのように温和で、性格の秀でたクープだが、わたしのつきあう他の友人たちと明確にちがうのは、なにか不吉な影のようなものが感じられることだ。深いつきあいでなければ、その不気味な幻影をクープの職業のせいにするかもしれない。事実、それはある程度当たっているかもしれない。しかし、彼の仕事が陰鬱《いんうつ》であることが、異端者的なふるまいの原因なのではない。クープが死者を扱う法医学を狂信者のごとく追究しているという事実が、その根底にはあるのだ。死者はジョージ・クーパーに話しかけるのだ。彼は死者の通訳、墓の向こうから送られた有機体の手紙の翻訳者なのだ。ジョージ・クーパーにとって、それは神聖な職業なのだ。

わたしは、ポッターの死に関する情報を引き出そうと、クーパーを説得し、おだてる。クーパーは話を聞いてくれる。ローンの話を聞く銀行員のように無口だ。顕微鏡から目を離し、壁に押しつけてある空の車輪付担架の端に腰かける。

「お嬢ちゃんは元気か？」クーパーがきく。

クープとつきあっていると、いらいらすることがある。

「元気だよ」

「シャロンがあの子ぐらいだったころをおぼえている。娘は仕事が気に入っていた。きみに礼をいわなかったかな」

わたしは首をふり、沈黙を守る。胃にしこりができるのがわかる。ベンが死んだいま、ロー・スクールの莫大な〈シャロン・クーパー信託財産〉はどうなるのだろう。ベンジャミン・G・ポッターという名の前に、かすんでしまうのではないだろうか。

「いい弁護士になっていただろうな」わたしはいう。

クープがうなずく。目がうるんでいる。それを袖《そで》で拭《ふ》く。シャロンの検認があまり進展していないことはいわない。ファインバーグの件は空振り三振だった。〈ユニバーシティ・クラブ〉で彼の大演説を聞いたあと、周到に接近して、悩みを話した。ファインバーグは引き受けてくれなかった。〝忙しい〟と彼はいった。それで、振り出しに戻った。しかし、クープには、ほっとするところがある。ごり押ししないのだ。忍耐強さは、南部人の美徳だ。

「べつの手がかりを捜している。シャロンの死について」

警察ではこの事件は未解決のままになっている。シャロンの車は、単独事故を起こし、道路をはずれて木に激突した。だが、現場の証拠から、彼女がそのとき運転していなかったことがわかった。クープは、運転していた人間を自力で見つけだそうとしている。

「衝突がシャロンの死因ではなかったことを知っているか?」彼がいう。

わたしは首をふる。この会話をつづける気にはならない。

「助かっていたかもしれない。きっとそうだ」彼がいう。「あの子は火災で死んだ。いっしょに乗っていた奴は助けることができた」

「それはどうかな。警察に任せたほうがいい」

「警察はいまのところ、あまりよくやってるとはいえない。実質的には手がかりはなにもない。町から三五キロ離れたあの土手の道を歩いていれば、だれかに見られていたはずだ。どう思う?」

調子を合わせて、わたしはうなずく。

わたしが初めてクープと会ったのは、検察にとって絶対に確実な殺人事件《スラム・ダンク》の起訴の仕上げにかかっていたときのことだ。被告はケチなポン引きで、自分のところの売春婦に麻薬を売った罪に問われていた。その売春婦が麻薬のやりすぎで死んだのだ。クープはそのとき、すでに出廷して、反対尋問を済ませていた。だが、弁護側が再喚問し、最後のまぎわの懸命の尋問を行なった。クープは、出廷し、作成中の書類を提出するように命じられた。クープが法廷に登場したとき、いかにもプロフェッショナルらしくふるまっていたが、そのじつ動揺しているのがうかがえた。召喚状はその日の朝に届けられ、その直後に、弁護側の口達者な弁護士、その月に麻薬中毒者や売人の代弁者となっていたアンディ・シェアから電話がはいった。シェアは、例によって、電話口で検屍《けんし》課の職員の半分をおどし、なじって、期限に遅れて届けた召喚状に従わせようとした。

法廷の外でクーパーと打合わせた三分のあいだに、わたしは彼が不気味な変貌《へんぼう》をとげるのを目のあたりにした。召喚にかかわる法的な問題の下調べにわたしがてんやわんやになっているあいだ、クープはそわそわしていた。やがて、薄気味悪いほど平静になった。わたしは、法廷弁護士ならだれでも経験する災難——いうことをきかない証人——を、運命の女神がわたしのもとによこしたのではないかという不安にかられた。

クーパーが法廷で証人席についた。最高裁裁判官のミリアム・ワトキンズから六〇センチほど下の席に座った。シェアは、尊大な態度でクーパーに報告書を要求した。クーパーが、手もとのマニラ封筒に手をつっこみ、シェアにばらばらの書類の束を手渡した。

クーパーは、書類が整理できていないことを詫《わ》びた。椅子《いす》を立って最敬礼するようなことはしなかったが、態度は丁重だった。

シェアは書類の束を受け取り、不愉快そうに頭をふりながら、ぶんどった書類を使えるように整理するために弁護士席に引き下がった。

クープが、熱情のこもった目を、ワトキンズ裁判官に向けて、南部人らしい謙遜《けんそん》な態度で、法廷用のコピーを作成しなかったことを詫びた。まるで世間話をするように、裁判官に弁解した。シェアは書類の順序を入れ替えるのに忙しく、裁判官席の対話に注意が向いていなかった。

シェアから異議が出ないので、クープはいくらでもしゃべりつづけることができた。黒い口髭《くちひげ》の下の口をほころばせ、にやりと品のいい笑みを浮かべたが、洗練された魅力の蔭《かげ》にすぐに隠されてしまった。

クープは、裁判官に、召喚状がその日の午前八時に届けられたこと、五分後にシェア弁護士が電話してきたという情況を話した。自分の名前を耳にして、シェアが初めてテーブルから顔を上げたが、時すでに遅かった。クープはしゃべりつづけた。

クープは、シェアが強引に要求したことを告げ、彼の言葉を引用していいかときいた。

裁判官は不思議そうな顔をしたが、肩をすくめた。

「シェア弁護士はこういいました。引用します。〝きょうの午前九時までにてめえのケツを法廷に持っていかねえようなら、歯ブラシを持ってたほうがいいぜ。てめえの虫食いの役立たずのチンボコを侮蔑《ぶべつ》罪でぶちこんでやるからな〟」

六十代の女性の陪審員ふたりが、椅子から落ちそうになった。ワトキンズ裁判官の顔が深紅に染まり、それに匹敵するのはシェアの耳たぶの色ぐらいだった。クーパーが調子に乗ってしゃべるあいだ、シェアは耳を真っ赤にして、弁護士席でぽかんと口を開けて座っていた。

「裁判長、シェア氏がどこで解剖学を教わったのか想像もつきませんが、これは裁判にたずさわるものが国家公務員に対していう言葉ではないと思います。いかがでしょうか？」

ワトキンズ裁判官は口ごもり、口に手をあてて咳払《せきばら》いをし、しばらくたってから、なんとか裁判官らしいといえる見解を述べた。

「シェア弁護士は相応の譴責《けんせき》を受けると思います」裁判官がいった。

「それで結構です」クープがシェアに向けてにやりと笑った。

シェアは、自分の依頼人にとって紙くず同然となった書類の束を、守銭奴《しゅせんど》のようにかかえてじっとしていた。

シェアの強い主張で、法廷はそのあと陪審に、シェアの法廷外での失言に関するクーパーの証言は無視するようにと指示した。しかし、退廷するとき、クーパーはそっとつぶやいた。「無視できるはずがないじゃないか」

白いスモックを着た若いインターンが、わたしたちのあとから部屋にはいった。インターンが、クープに書類をはさんだクリップボードをわたす。クープが書類にさっとサインして、クリップボードを返し、インターンが部屋を出ていく。

「で、ポッターのことだが、どうだったんだ？」わたしはきく。

「わかっているはずだ。なにも教えられない。このあいだの晩、ベンのオフィスの外で、話すべきではないことまでしゃべった。あとで後悔するかもしれないな」

責めるようにいう。わたしの判断がかならずしも信頼できないというほのめかしに、いささか傷つくが、なおもくいさがる。

「クープ、情況はよくわかる。ただ、いろいろうわさが耳にはいるんだ。ＤＡの調査員がポッター＆スカーペロスに関係のあるものは、しらみつぶしに質問しているそうだ。鑑識が白い手袋をはめ、何度となく現場を調べている」

「これよりも、うまくやってるといいが」クープが、手にしたスライド・ガラスをたたく。

「被害者は、爪《つめ》でずっと荒地を耕していたみたいだ」

「クープ、いったいどうなってるんだ？」わたしはいっそう真剣になり、なおもいいつのる。

「あの夜、われわれがポッターのオフィスの外で話をしたことを、もしネルソンが知ったら、チンボコの皮を切れないナイフではぎとられちまう。わたしに会うことを、だれにもいっていないだろうな」

「ぼくがそんな馬鹿《ばか》だと思うか」

「ご好意に感謝するよ」

クープが、一メートルほど離れたテーブルの上のブンゼン・バーナーのところへ歩いてゆく。べたべたした黒いものが、炎の上の透明なガラス容器のなかで、ぶくぶく泡立っている。クープが、その大きなビーカーを持ち上げてゆすり、気味の悪い液を少しまぜてから、バーナーの上に戻す。

彼が困っているのがわかる。わたしは、検察の人間すら、自主的にしゃべったというジェニングズとの話を教える。それを聞いて、職務上の配慮といったことを忘れてくればいいのだがと思う。だが、秘密は鋭い刃物とおなじで子供と馬鹿者の手に渡してはならないと警告した人間は、ジョージ・クーパーをそこにふくめるのを忘れている。なぜなら、クーパーは子供でも馬鹿でもないからだ。

クープが、〝そいつらがほんとうにしゃべったとしたら、全員まとめてとっちめられるにちがいない〟というように、意味ありげな笑いを浮かべて、わたしを見る。

「だれが検屍《けんし》解剖をやった？」わたしはきく。

答は聞くまでもない。クープがやったという事実が目に書いてある。

「自殺したなんて信じられない。彼は友人だった。なにがあったか知りたい」

長い溜息《ためいき》が返ってくる。「この情報をどこに持っていくつもりだ?」

「自分の墓まで持っていく。クープ、誓う。絶対にだれにもいわない」神聖な誓いの表情を精いっぽい浮かべ、デス・マスクのようにそれを顔に貼《は》りつける。右手を挙げる。「ひとこともらさないと誓う」

疑いの色がクープの目に表われている。無理もない。官僚機構のなかにあって苦労し、こうした誓いを何度となく、警官、記者、息子や娘が麻薬のやりすぎで死んだのではないということを聞きたがるうちひしがれた家族の口から聞いているのだ。

「まだ終わっていない。大部分は分析中だ。しかし、賭《か》けるとしたら、苦労して稼いだ金を自殺には賭けない」

そのとき、クープがいくつもぎこちない動作をする。鼻にしわを寄せ、手術用の手袋を脱ぎはじめる。この話にはまだ先があることを暗示している。

「詳細は教えられない。それを納得してくれ」

「わかった」交換条件がなにもないとき、譲歩するのは簡単だ。

「仮の話としておく。いいな?」

「いいとも」

「死後の血液の流れについて知っているか?」

わたしは肩をすくめる。

「人体は、死に際し、かならず一定の流体反応を示す。鼓動が止まると、ほぼ四リットルほどの血液が一番低いところにたまる。一時間あるいは二時間で血液が凝固する。一番低いところで、組織や血管に閉じこめられる。つまり重力に左右される」物理の法則であるかのように、即物的に描写する。

「死斑《しはん》分布だ」彼がいう。「おぼえているだろう。検察官をやめたのはそう昔のことじゃないからな」

わたしはうなずく。

話をどういう方向にもっていこうとしてるのかがわかった。専門家証人になったつもりでやろうというのだ。これは法律用語で〝意見〟と呼ばれている。証拠法上、証人は通常、憶測を述べることを禁じられており、実際に見た事柄や直接の知識以外のことは証言してはならないとされている。〝意見〟は〝事実〟と区別された例外だ。社会制度とおなじように、法は特別な人間に対し特別の規則を適用している。医師などの専門家は、専門的見解に基づいて仮定的情況から明白な結論を導くことが許されている。数限りない公判を経ているベテランのクープは、この真実の追究からの乖離《かいり》に熟達している。専門家のなかにあって、彼はこの道の名人だ。

「椅子《いす》に座ったままで死んだ人間は、月へ行く宇宙船に縛りつけられていないかぎり、体液が一番低い位置、おそらくは臀部《でんぶ》と大腿部《だいたい》の裏側にたまるはずだ」彼は、大腿部という言葉を長く引き延ばして発音する。「だから……」パイプをつけようとして、マッチをするために言葉をとぎらせ、火皿に手をかざす。特別にブレンドした煙草の香りが、ホルムアルデヒドのにおいと混じる。

「だから……」クープが、数回軽く吸う。「頭の残っている部分を背もたれに載せて椅子に座っている死体を見つけて、死斑を調べ、体液がすべて上半身と足の裏側に均等にたまっていることがわかったとしたら――なにかがおかしい。その人間は横たわった状態で死に、まず間違いなく、死んでからしばらくのあいだ、たいらに仰向けになっていたことになる」

「ポッターの死体は、死後動かされたということか?」

クープが、仮の話、という芝居を中止してうなずいた。「では、もっと具体的な話をしようか」

「というと?」

クープが、ブンゼン・バーナーのところへ戻り、沸騰して泡立っている不気味な黒い液体を見る。青白い泡が表面に浮いている。試験管ばさみでビーカーを持ち上げると、わたしのほうをむいた。「コーヒーは?」彼がきく。

わたしは、その液体から目を離さずに首をふる。クープは自分の想定《シナリオ》を語りつづける。

「これをやった人間は、法医学の知識がまったくない。それとも、そいつ、もしくはそいつらは、細かいところをあまり気にしていない」

わたしは、大きな疑問符を顔に浮かべる。

「あまり計画的ではなかった」クープがいう。「われわれがオフィスにはいっていくと、彼は頭の上半分がない状態で、役員用の高級な革の椅子《いす》にもたれかかっていた。十二番径の上下二連銃が、いかにもそれらしく脇《わき》の床に転がっていて、一発が発射されていた。銃に指紋はなかった。そこに置いた者がきれいに拭《ふ》きとったんだ――自分の指紋ばかりか、ポッターの指紋も。いいか、自殺する前には、ものすごく汗をかく。ポール・ニューマンばりの冷静な奴でないかぎり、銃のいたるところに痕跡《こんせき》を残す。が、ポッターの場合はそうじゃなかった」

頭を撃ち抜いた現場は、いやというほど見ている。クープの描写を聞いて、その光景を頭に描く――わたしが知っているベン・ポッターの顔をあてはめて。

「そして血痕《けっこん》――ベン・ポッターと同じRhマイナスB型――が廊下の奥の業務用エレベーターで見つかる。多量ではないが、充分だ。ベンを運んだ奴は、そのエレベーターを使ったのだ」

「銃の持ち主は？」

「ポッターだ。ハンティングに使っていた。イタリア製で、重く、細工がほどこされている——高価なものだ」

「銃は、いつもはどこに置いてあったんだ?」

「夫人の話では、ふだんは自宅のポッターの書斎の鍵《かぎ》のかかる戸棚に入れてあったそうだ」

クーパーが、棚からコーヒー用のマグカップを取り、パイプを歯でしっかり嚙《か》みしめて、濃い液体を少しだけ注ぐ。アラビアの原油のようにどろりとしている。バーナーの上のビーカーを置き換えて、口からパイプを取る——片手にはブライアーのパイプ、もう一方にはコーヒーらしきものを持っている。

「それじゃ、殺人という線で捜査しているのか?」

クープが、あいまいな表情で、首をそらし、天井に向けて、完璧《かんぺき》な丸い輪を吹き出す。にっこり笑う。ほんの一瞬、南部人のやさしさが、職業意識の殻を破る。

「わたしなら、それに賭《か》けるね」ちょっと間をとり、マグカップからひとくち飲む。嚙まなければならないほど濃いような感じだ。

「もうひとつの見方、違う説もある」彼がいう。

わたしは彼の顔を見て、新説の開陳を待つ。

「ポッターは、信用、名声、利益などに悪影響をおよぼす情況で死んだのかもしれない——事故かもしれないし、他人が引き金を引いたのかもしれない。あるいは、情欲、女がからんでいるのかもしれない――わかったものじゃない。著名な弁護士、力のある法律事務所のパートナーだ。評判を大事にしなければならない。不名誉な死に方だったとすれば、それを取り繕おうとする人間がそれこそ大勢いるにちがいない」

「きみの意見は？」わたしはきく。

「わたしなら殺人犯を捜す」二番目の説は、ひと目をそらすまやかしにすぎない、という口調だ。

「なぜ？」

「だれにせよ、そいつはポッターを法律事務所のオフィスに運ぶのにかなり手間をかけた。一か八かの賭《か》けだ。どこかの原っぱに運び、ハンティング用の服を着せて、地面にころがしておくほうが、もっと簡単だったし、結果的にいかにもそれらしく見えた」ウィンクする。「ハンティング事故の犠牲者。いや、だめだな。わたしが感づいていただろう」クーパーがほほえむ。「しかし、名誉が気になるのなら、それが一番いい方法だろう。やはり、オフィスに彼を運んだ理由は、自分の痕跡《こんせき》を隠すためだ。それに――」一瞬言葉をとぎらせる。「――警察にべつの人間を疑わせるためだ」

「警察は容疑者を絞っているのか？」

「そこまでは聞いていないようだな」クープがいう。急に満面に笑みをたたえる。そしてびしびしときめつける。「いいかげんにしろよ。容疑者が絞られていたとしても、わたしがきみにいうわけがない」ふりむいて、うしろの引きだしから新しい手術用手袋を出しながら、くすくす笑う。

クープが、片方の眉《まゆ》を上げてウィンクする。ふたたびパイプをしっかり嚙《か》みしめて、マグカップをうしろの棚に置き、音をたてて左手に手袋をはめる。ふりむいてドアに向かう。少なくともいまは、これ以上は聞き出せない。だが、別れぎわの表情はきわめて意味深長だった。ジョージ・クーパーのプロフェッショナルとしての洞察力を信頼するなら――わたしはつねに確信をもって信頼している――わたしの最後の疑念のかけらは、きれいさっぱり取り除かれたといえる。ベン・ポッターは殺された。いま、わたしはそう思っている。

10

火曜日の朝、九時半になろうとしている。裁判所から戻ると、デスクのまんなかに電話のメモの束がある。嘆きの種の山だ。依頼人からの訴訟手続延期の要請。今週の末、サラに会いにくるかどうかを尋ねるニッキーの電話。ささいな麻薬事件で答弁の取引を提案するDA（地区首席検事）の伝言。メモの束に、トニー・スカーペロスから電話があったというメモが押しこんである。きょうの午後二時に彼のオフィスで会いたいという。好奇心がつのる。

その日の午後、ポッター＆スカーペロスのオフィスは、いつになく堅苦しく静まりかえり、異様な雰囲気が漂っている。創立者のパートナーに対し、丁重に哀悼《あいとう》の意を示しているのだろう。

事務所を辞めるまで、ポッター＆スカーペロスのオフィスは見慣れた場所だった。エレベーターの外の装飾過多のマホガニーのカウンターに門番よろしく座っている受付の前を無造作に通りすぎ、ベンのオフィスと、その秘書がいるなかの受付を通って、廊下の奥の根城へと出勤したものだ。

事務所は、キャピトル郡で商業地としてもっともプレステージの高いエメラルド・タワーの三フロアを占めている。三年以上も前、建設工事中に財政的スキャンダルに巻き込まれたこの建物は、湾曲した巨大なコンクリート一体構造で、緑色の半透明の窓が、キャピトル・モールの西の端にある幅の広い曲がりくねった川の脇《わき》の敷地で、雲に向かってそびえ立っている。建築としても政治的にも、モールの反対側にある州議事堂と対照をなしている。議事堂の建物には行政の二部門が入居しているが、エメラルド・タワーは行政府の〝第三の砦《とりで》〟で、常にロビイストの一団が、行政委員会や政府の機関の好意を得ることに汲々《きゅうきゅう》としている。数ある法律事務所のなかで、ポッター&スカーペロスはこのビルにいるという冒険を実行した最初の事務所だった。この場所と、それが事務所の未来の方向にとってなにを意味するかということを、関連づけて考えたことは、一度や二度ではない。

受付の若い女――名前はバーブラ――に近づきながら、わたしは笑みをたたえる。親しみをこめたつもりだ。きょうは、それが冷淡に事務的に受けとめられる。

彼女の挨拶《あいさつ》は堅苦しく、笑みもぎこちない。従業員のあいだに不安が芽生えているのだ。現代のアメリカの企業の変転は、多国籍企業から街角の靴屋にいたるまで、中南米のバナナ共和国でクーデター後に近衛部隊が入れ替わるのと似ている。事務所の従業員は、自分たちの行く末を思い巡らしているのだ。王が死に、その影響を受ける人々の運命に影を落とす不安の塵《ちり》がまだ落ち着いていない。バーブラが、受付ロビーの椅子《いす》をわたしに勧め、来たことをスカーペロスの秘書のフローレンスに伝えるという。

受付ロビーの一番奥の隅に、ふかふかのクッションのソファ二脚が、幅の広い壁の空間を横切る双子の黒い雲のようにならんでいる。来訪者がここに来ると、ブリーフ・ケースに山刀《マチエーテ》とジャングル用ヘルメットがはいっていなかったかと確かめたくなる。腰の高さの鉢に植えられたフィカス、フィロデンドロン、シダ、ゴムの木のジャングルに家具調度が埋もれている。湿った土のにおいが、かすかにあたりに漂っている。わたしはソファには座らずに、壁の豪華な掛け布や、部屋のほぼ中央に置かれた台座の上の現代陶磁器二対を眺めて、広々とした受付ロビーの変化に思いをめぐらす。どれも、わたしがいたころにはなかったものだ。こうした企業の富の象徴をみれば、どんな大企業でも、たいがいその奥の個々の部屋がどうであるか予想できる。それらの美術品は、報酬に見合うだけの仕事をしてもらっているかという疑問を感じる依頼人に、高額な弁護士報酬を楽にすんなりと吐き出させる吐剤の役目を果たしているのだ。

窓の外に広がるキャピトル・シティのパノラマをじっと眺めていると、ガラスにちらちらと動きが映る。背後からだれかが近づいてくる。

わたしはふりむく。

「ハイ」彼女がいう。

タリアが、本と見おぼえのある品物がいくつかはいった小さな箱を抱えている。大理石のペン・セットはベンのデスクにあったものだと気づく。タリアのことでありとあらゆる想像をめぐらしたとしても、この役柄だけは想像がつかなかったはずだ——オフィスからベンの私物を運びだし、妻の義務を果たす未亡人という役柄だけは。

「ハロー」わたしの声は平板でうつろだ。

「ちょっと待って」彼女は受付カウンターに戻って、カウンターの上に箱を置くと、バーブラに指示をあたえる。ベンのオフィスにまだ箱がある。重すぎる。手伝いがほしい。わたしはじっとしている。ようやく彼女がふりむいて、フィロデンドロンに隠れるように立っているわたしをまっすぐ見る。しばらくのあいだ、ただ見つめ合っている。凍結した池に立ち、まわりの氷が割れはじめたようなあんばいだ。それぞれ相手が先に動くのを待っている。わたしが競争に勝つ。彼女がふたたび寄ってくる。

「元気だった?」彼女がいう。

「ああ」

派手な色のタイト・スカートの腰の前で、手をきちんと組んでいる。ふたりきりでいるときに、タリアに対して哀悼《あいとう》の意をよそおっても、なんの意味もない。夫の鼻先で丸一年ほどわたしと寝ていたこの女は、いまは礼儀正しく内気にしている。わたしたちは、顔をつきあわせて、黙って見つめ合う。柔順な事務員の典型のバーブラは、あたりに漂う緊張にも気づいていない。

「なにかの用事？」タリアがきく。

「トニーに会いに来た」

「がんばってね」

「だいじょうぶ？」そういう儀礼的な思いやりの言葉しか思い浮かばない。

彼女は顔をしかめる。「なんとか」彼女がいう。「大変よ」

わたしはうなずく。

「きのう、警察がやっとベンのオフィスにはいっていいっていったの。今度みたいなことが起こった後で警察がやることって、なんだか知らないけどずいぶん時間がかかるのね」

「そういうこともある」

「わからないことだらけよ。きっとあとになっても、はっきりしないでしょうね」

問いかけるように、わたしは眉《まゆ》を上げる。

「どうしてかしら？　ベンには生きがいがたくさんあったのに」

ほかの人間ならともかく、タリアはこういう人間なので、夫の死が殺人事件の捜査対象とされていることを知るのは一番最後になるだろう。わたしは彼女の幻想を壊さない。

「そうだね」わたしがいう。

「頭のなかで百万回くりかえしてみたわけよ。一年前に息子を自殺でなくしている友人が、〝なぜ〟と問いかけるのをやめなさいというの。問いかけるたびに暗くなるっていうの。そのとおりね」

これは、わたしと彼女の人生に対する考え方のちがいをじつによく表わしている。ベンの死が他人によるものかもしれないという話を聞く前に、わたしもおなじことを、一度だけ自問し、すぐさまあるひとつの否定しがたい答に達した——自殺ではない。

彼女がしゃべり、わたしは聞く。わりあい口数が多く、目は格別なにを見るともなくさまよっている。これがわたしの知っているタリアだ、ひと目につく場所で、元愛人、不倫の相手とべらべらしゃべり、夫の自殺の原因について、ただひとつの仮説もたてられずにいる。タリアには、ガーゼを通して撮影した写真のように、よどんだ霧を通して現実を見る才能がそなわっている。

彼女が話し、気のない聞き手のわたしはじっと立っている。タリアの背後の廊下から、過去からの顔が近づいてくる。見おぼえのある顔だが、だれだか思い出せない。

「デスクの書類のことで手伝ってほしい。どうすればいいか決めて……」男が、わたしを見て、言葉をとぎらせる。

タリアがふりむく。

「あら、トッド」声が明るくなる。「旧いお友達を紹介するわ。こちらはポール・マドリアニ。このひとは、トッド・ハミルトン。ほら、ポールのことは前に話したじゃない」

彼が手を差し出す。わたしはすばやく握手する。ふたりのあいだで、意味ありげな視線が交わされる。ハミルトンが両手を所在なげに動かし、ふたりがしゃべるとき、心のなかでくすくす笑っているような感じが漂う。タリアはわたしをあまり褒めていないにちがいない。トッドは、一番新しいわたしの代役らしい。そのとき思い出す。顎《あご》の割れた男。ウォンの店。ベンと話をした晩、タリアのテーブルにいた男だ。

「トッドは、ベンの物を調べるのを手伝ってくれていたの。わたしの恩人よ、いま、とっても頼りにしているの」強烈なピンク色の服を着たり、新しい愛人をそばに置いているという事実は、タリアが、気が動転している事務所の人間を支配しているとおぼしい社会的制約を意に介さない人間であることを物語っている。

「ああ、そう」

彼女は肩越しにふたたびトッドを見て、にっこりする。トッドは自信に満ちた笑みをたたえている。わたしなど競争相手ではないといいたげな笑みだ。物欲しそうにうるんだタリアの目が、その評価を裏書きする。説明できないが、わたしは傷つく。タリアに恋心を抱いているわけではないが、中年男の自我が崩壊する。ふたりがおたがいに夢中になって幸福感に浸り、わたしがいることを忘れたも同然にそこに立っているのを見ていると、わたしのなかの原始的な切望が高まる。わたしは、いごこちの悪い流砂のなかでもがきながら立っている。

沈黙がつづき、世間話に移る——最近のタリアの不動産事業、トッドのテニスの腕前。タリアは家庭のことに話題を向けて、サラのことをきく。あまりしつこいので、とうとうわたしは写真のはいった財布を出しかける。トニー・スカーペロスの秘書のフローレンスが迎えにきたのでほっとする。

フローレンス・ソーンは背が高く、堂々とした女性だ。儀礼的な挨拶《あいさつ》など、彼女にとっては過去の遺物でしかない。仕事一点張りできびきびしている。

「マドリアニさん、こちらへどうぞ。みなさんお待ちです」

複数形の代名詞を聞き、胃がよじれそうになる。スカーペロスの奴、集団でわたしに対抗しようというのだ。

トッドがわたしを見てにっこり笑う。「お目にかかれてよかった」外見の洗練された男らしさの蔭《かげ》に、好感のもてる誠実さ、田舎の人間のような正直さが隠れている。タリアはあんがいいい男を見つけたのかもしれないと思う。

スカーペロスの秘書が廊下を足早に歩く。角を曲がると、そこは——わたしは凍った短剣で刺されたような気がする。一瞬足を止めて、ベンのオフィスに通じるくるみ材の鏡板の両開きのドアを沈黙のうちに見つめる。ドアは片方開いている。黒い細かい文字の書かれたカナリヤ色の警察のテープが一本、ドアの枠寄りのところから垂れている。

ベンのオフィスの向かいにある秘書の席には、だれもおらず、暗い。ベンの秘書のジョウ・アンはいない。突然思い当たる。彼女は葬式にも来ていなかった。ベンと知り合いになってからずっと、ジョウはいつも彼のすぐ近くに控えていたのだが。

「ジョウ・アンはどこ？」わたしはきく。

「ああ、カンパネリさんは辞めました」愛想のいい笑みが返ってきただけだ。これが結末だ。この事務所に十五年もいたジョウ・アンの墓碑銘は、〝辞めました〟のひとことだけだ。

フローレンスが高価な黒のくるみ材を軽くノックする。角部屋の広いオフィスのドアがなかから開かれる。トニー・スカーペロスが、レッドウッドの幹を台にした巨大なデスクの向こうで立ちあがる。くずかごは、象の足をくりぬいたものだ。一本の象牙《ぞうげ》が窓の上の壁に飾られている。これを見れば、スカーペロスが悪趣味であることがわかる。彼にしてみれば、嫌われることは名誉の印なのだろう。ディズニーが権利を売れば、彼はバンビの剝製《はくせい》を壁に飾るにちがいない。

「ポール、はいってくれ」彼がいう。「どうぞ奥へ」

「こんにちは」わたしは心をこめず、単に事実を述べるように挨拶《あいさつ》する。

彼のデスクの表面は、磨かれた黒い御影石の板だ。スカーペロスの作り笑いが、そこに映っている。彼のところに行くのに、わたしは、乾いた海岸の砂のように深い、茶色がかった灰色の絨毯《じゅうたん》を敷いた空間を横切っていく。

彼が手を差し出す。わたしはさっと握手する。背後でドアの掛け金の閉まる音が聞こえる。ふりむくと、ロン・ブラウンが立っている――ドアマン代わりに。あまり暖かい再会とはいえない。

スカーペロスが咳払《せきばら》いをする。ほかに人もいないので、彼がホストをつとめる。

「ロン、ポール・マドリアニを知っているだろう」

ブラウンが、純血のアラブ馬が砂の上を駆けるように、滑るような足取りで部屋を横切る。「ええ、ポールとは昔からの友人です。また会えて嬉《うれ》しい」手にバネがついているようにぱっと突き出し、わたしの腕を油圧ジャッキのハンドルのようにせわしなくふる。ブラウンは、こういう場面での演技がじつにうまい。きょうは会社の熱心な従業員を演じている。細い薄い口髭《くちひげ》の下に剝《む》き出した歯が光っている。

一見、ロナルド・シンプソン・ブラウンは人好きのする男に見える。風采《ふうさい》も感じがいいし、表向きは愛想がいい。不愉快なほど頼りない人間だということは、腐食しかけた金属とおなじで、圧力をかけてみないとわからない。わたしがポッター＆スカーペロスで仕事をしていたころ、ブラウンとわたしは、すぐにおたがいの摩擦係数を知った。そのときから、おたがいに距離をたもっている。

「いっしょにいてくれと、けさロンに頼んだんだ。さっ、座って」スカーペロスが笑みを浮かべ、大きな古い岩の前に置いた依頼人用の革の椅子を、大きく手をふって示す。わたしはクッションの谷間に腰を沈め、ここに呼ぼれた理由が明かされるのを待つ。

「ポール、コーヒーは？」

「結構です」黒いデスクの端に空のカップが置いてあるところを見ると、スカーペロスがこれから話すことをブラウンは先刻承知なのだ。ふたりはわたしが来るまで、その話をしていたのだ。

ブラウンが革のノートを開き、万年筆——黒いエナメルに金細工をほどこし、槍《やり》ほどの大きさの二十四カラットのペン先がついた三〇〇ドルの万年筆のふたをまわして開ける。まるで世界の貧困を終わらせる条約にサインしようとしているかのように、その棒を構えて座っている。一年前、このたぐいの万年筆が法廷の若い弁護士の手に見られるようになったころ、ハリーは彼らのことを〝槍投《やりな》げ野郎〟と呼んだ。

スカーペロスが、デスクの上の金の葉巻入れを開き、わたしのほうに向ける。

わたしは首をふる。

「吸ってもいいかね？」

「あなたのオフィスでしょう」

ブラウンが勧められるが、断わる。

太巻ではなく、不格好に葉をねじったような黒い小さな葉巻だ。二年前、スカーペロスがイタリアを旅行したときに見つけたものだ。残り少ない歯が高速道路脇《わき》に積み上げられた雪のように真っ茶色に染まったイタリア人の老人から聞いた話では、その葉巻は〈トスカネッリ〉と呼ばれるものらしい。ベンは犬の糞《くそ》だとこきおろした。スカーペロスの頭のまわりで煙が濃い雲となって漂うときに考える。ベンはきっと、煙のにおいばかりではなく、形からもそういったのではないか。中国をつむじ風のように旅行したあとの朝鮮人参茶、東欧のスパから帰ったときのおびただしい数のミネラル・ウォーターの瓶にくわえ、それはスカーペロスの一番新しい好物なのだ。児童文学の『たのしい川べ』の蛙《かえる》とおなじように、どれもいずれはスカーペロスがその前に熱中したものとおなじ運命をたどる。この一時的な〈トスカネッリ〉への執着も、おなじように消えてくれることを祈っている。

富と悪趣味で身繕いを済ませたスカーペロスとブラウンが、いよいよ本題にはいろうとする。「来てくれてほんとうに感謝している」スカーペロスが、顔を横に向けて葉巻のかすを少し吐き出し、歯とくちびるで舌の先に残ったかけらを取ろうとする。「やっぱりパートナーだな。われわれ同様、きみにもベンの死は多大な影響があったんだな」そういうあいまに煙草のかすを吐き出している。「きみがどんな理由で事務所を辞めたにせよ、それは過去のことだ——少なくともわたしにとっては。それを含んでいてくれ」

スカーペロスが間をおく。村の牧師のように、わたしに告白する機会をあたえてくれる。

「それはどうも」

「そうか、そこでだな」目の前のデスクのまんなかの、老眼鏡をかけなくても読めるように大きな字でタイプされた一枚の書類をもてあそぶ。この台本の自分の役柄を捜しているのだ。煙のなかで目がうるんでいる。

「ここはずいぶん混乱していてね。想像はつくだろう」

わたしはうなずく。

彼は、ふたたび話題の主導権を握ると、椅子《いす》にもたれた。「警察が徹底的に調べてね。うわさのたぐいは多いが、どうもはっきりしない」わたしが興味を示すかどうかうかがう。そして、見えすいたかまをかける。「なにか聞いているかね？」

スカーペロスは世間話をする人間ではないし、あまり知恵のまわるほうでもない。だが、急いでいるときは、ずばりと核心を述べるのでありがたい。

「なんの話です？」

「ベンの死だ」

「新聞で読んだことだけです」

「検察局の友人たちからなにか聞いているんじゃないかと思ったんだ。こんなときは、きみの人脈のほうが豊富だからな」

「で、あなたはどんな話を聞いているんです？」わたしはきく。

スカーペロスがなにか聞いていることは明らかだ。自分のパートナーが自殺したのだという幻想を抱いてはいない。一瞬、スカーペロスはベンの死に関する情報を引き出すためにわたしを呼んだのではないかと考える。

スカーペロスが少し唾《つば》を飲み込み、どう答えるべきか考える。

「いろいろなことだ」

「たとえば？」

「単なるうわさだ。著名人が自殺したら必ず耳にするようなことだ。殺されたといううわさだ。憶測ばかりだ」

「そうですか。ぼくは聞いていませんがね」

「そうか」彼がいう。「さて、仕事の話をはじめよう」故人のよからぬうわさを探るのはほんのオードブルだったのだ。

「さっそく本題にはいろう。いうまでもないとは思うが、あとで誤解が生じないように念を押すぞ。これから話すことは、ぜったいに秘密を守ってほしい。約束してくれるな？」

スカーペロスが、まっすぐわたしを見る。ブラウンは、口が固いのでこの仕事をあたえられたことを重々承知している。

わたしは承諾のしるしにうなずく。

「ある依頼人がいるんだが、名前はしばらく伏せておく。ある著名人だということだけいっておこう」やたらに手ぶり身ぶりが多い。スカーペロスはしばし、これからいうことすることの重みを推し量っている。言葉をとぎらせたのは、その重みをわたしに知らせるためだ。そのあとすぐ、ずばりという。「その依頼人は役人だ」これでこの町の五百人の人間のうちのだれかだとわかる。「どうやらその役人は、ひどく世間体の悪い――厄介な刑事事件に巻き込まれてしまったらしい」スカーペロスが、わたしに容疑の重大なことを伝えようと、長い重々しい沈黙をつづける。

「その人物は、複数の収賄の疑いで告発されている」ふさふさした眉《まゆ》がうつむく。葉巻をゆっくりと吸って、天井に向かって不規則な煙の輪を吐き出す。「それもセックス含みで」

わたしは顔をしかめる。初耳だ――しかし、それはわが公務員の精神程度の低さの記録を破るほどのことではない。

スカーペロスが、わたしの表情を理解し、顔が晴れやかになる。破顔一笑する。「そうだ――馬鹿《ばか》な奴だ。問題は、そいつがうちの顧客だということだ」

「おたくの事務所が引き受けたんですか？」わたしがきく。

「まあそういうことだ。この時点では、まだ助言している程度にすぎない」ただ単に仲立ちをしているだけなのだ。ポッター＆スカーペロス、いや、はっきりいってトニー・スカーペロスにとって、どのような利益があるのだろうか。この会話の流れがどうやらつかめてきた。スカーペロスが絨毯《じゅうたん》商人よろしく、わたしが興味を示しているかどうか、表情をうかがう。

スカーペロスは当初の勢いを失っている。殺し文句がいえない理由でもあるのだろうか。証拠提出の鉄則はよく忘れるが、話術はスカーペロスの生来の才能なのだ。

「きみも知っているとおり、うちの事務所は、ベンが水先案内人となり、ビジネスの依頼人が嵐《あらし》を切り抜ける手伝いをしてきたが、刑法にはあまり明るくない」

「それでぼくのところへ？」

「まあいってみればそうだ」

わたしにこのクズを引き取ってほしいのか。スカーペロスは、なんでも治せる信仰療法の医師に対するように、わたしが魔法の処方、彼の依頼人を治療できる法律の飲み薬を持っているとでもいうように、じっとこちらを見ている。そのあと、彼が必死でいろいろなパターンで苦笑するあいだ、長い沈黙がある。スカーペロスは、よくこういう表情をする。適当ないいまわしを捜して、頭のなかで言葉のサファリをやっているのだ。

「トニー、事務所がぼくを信頼してくれて嬉《うれ》しい。はっきりいおう。なにをやればいいのか、そちらの希望がわかれば、少しくらい手伝えるかもしれない」手伝いがほしいのなら、こんなものではだめだ。スカーペロスには玉座から降りてもらわなければならない。這《は》いつくばってもらうことになるかもしれない。相応の料金をくれれば、引き受けるかもしれない。

「彼はたいへんな重要人物だ」スカーペロスが説明する——実際はまだ依頼人になっても

いない顧客のことだ。「友達も重要人物だ。彼は間違いを犯したが、間違いはだれにもある」デスクの表面のぴかぴかの石の上で両腕をふり、煙が、この謎《なぞ》めいた話の一部であるかのように、それにつれて渦を巻く。

「トニー、いったいなにをしろというんだ」わたしはいらだって語気を強める。

ブラウンとスカーペロスのあいだで、目くばせが交わされる。いよいよ核心だ。答弁の取引をしている場合であれば、このときから、嘘《うそ》がなくなり、社会の利害とか公正は、まったく関係なくなる。

彼らが話し手を選ぶ沈黙の儀式を行なうあいだ、ばつの悪い間がある。ブラウンが選ばれる。彼は愛想よく上品に、歯を光らせながら、ガットリング銃の速射のように正確なリズムで言葉を発する。

「その、きみに事件を引き受けてもらいたいわけじゃない」

わたしは怒る。ロン・ブラウン――常駐のおべっか野郎――が、わたしには彼らの依頼人を弁護する力がないというのだ。

「きみはたしか、スーザン・ホーリーの弁護人だったね」

わたしは答えるそぶりも見せないが、ブラウンは答をもとめていない。突然、〈ユニバーシティ・クラブ〉でのスカーペロスとの会話を思い出し、話が読めてくる。

「きみの依頼人は、われわれの依頼人にある大問題を呈している」ブラウンがスカーペロスに視線を向け、わずかな間合いがある。「彼女が証言しないという確約がほしい」

「なんだって?」わたしは怒るどころか、唖然《あぜん》とし、興味をそそられる。ロン・ブラウンは、わたしの世代特有の慢性会社病にかかっている。彼はゼリーのような知的勇気しか持ちあわせていない。彼の頭のなかで独自の考えが浮かんでも、それは孤独のあまり死んでしまう。傍観者として意見の不一致や戦いをずっと見守ってきたブラウンは、異常なほど早く勝者をかぎ分ける。戦いが終わって落ち着くと、敗者を埋める土をスコップで最初にかけたのがブラウンだったということしか周囲はおぼえておらず、彼の音頭で勝利の凱歌《がいか》をあげるのだ。彼は、われわれの世代の会社や市民の指導者に特有の疑り深い性格をすべて具現している。端的にいえば、ロン・ブラウンは、政治家としての才能に恵まれている。

彼の動きは素早い。「わかってくれ。偽証をそそのかしてほしいとか、裁判を妨害してくれと頼んでいるわけではない。きみの依頼人には、憲法第五修正によって自分が有罪になるおそれのある証言を拒む権利がある。われわれが望むのはそれだけだ。彼女が黙っていてくれれば、それでいい」

ブラウンは抜け目ない。だが、この程度の刑法の知識では、面倒は避けられない。

「もし彼女が免責されたら? もし彼女の証言がいかなる刑事訴訟でも彼女に不利になるよう使用できないとされたら、どうする?」

ブラウンがわたしを見る。顔がベールで覆われたように、表情が暗くなる。

「彼女は証言しない」あいまいな口調で、明言しているのか、質問しているのか、よくわからない。

「法廷侮辱罪で留置場に送られたり、証言するまで、証拠保全のために勾留《こうりゅう》される場合もありうる」

　またしばらく間がある。スカーペロスが居心地悪そうにしているところを見ると、この気まずさは伝染するらしい。ブラウンの額に玉のような汗が浮かぶ。「彼女が沈黙を守ってくれれば、その報酬にかなりの金額を出そうという人間がいる。彼女が協力すれば、もういまのような稼業に精を出さなくともすむようになるといっておこう」

　いまわたしは怒っている。まるで夢を見ているように、これは現実離れしている。ジミー・ラマが激怒するのが目に見えるようだ。スーザン・ホーリーは、ポッター＆スカーペロスの政治的に重要な依頼人と寝ていた。そして、彼らは彼女の口を封じようとしている。

「この話はなかったことにしよう」わたしは立ち上がり、ドアに向かいかける。

「ポール、頼む」スカーペロスが、ふたたび会話の音頭をとる。てのひらを冷たい石の天板に広げ、立ち上がっている。葉巻の煙で赤くなった目で訴えている。

　しばらくのあいだは、好奇心が怒りを和らげる。「この件でそっちの事務所はどういう利益があるんです？」

スカーペロスが、真顔でわたしを見る――感情のこもった表情に明るいネオンで〝これからいうことは口からでまかせだ〟と書いてある。「この依頼人は著名人だから、われわれも心配なんだ……」

わたしは笑う。目下のものらしい丁重なくすくす笑いではなく、腹をかかえてげらげら笑う。「なあ、トニー。その男はずいぶん薄汚い奴のようだ。いくらあなたでも、そいつといっしょに自分の名前が新聞に載るのは嫌でしょうね。頼むから、著名人うんぬんのたわごとは、新聞と陪審向けにとっておいてくださいよ」

スカーペロスが、とってつけたような演説をやめる。愛想笑いもやめる。ワイシャツ姿なので、胸の下に盛り上がる贅肉《ぜいにく》が揺れるのがはっきりわかる。ブラウンは真顔だ。

「ふむ、ロン、われわれの依頼しようとしている弁護士は馬鹿《ばか》じゃないようだ」ブラウンの口もとの不快な笑みに、ちらと厳しい色が表われかけている。ここぞとばかりに、ブラウンが追従笑いをする。

「ポール、まあ座れ」スカーペロスが椅子《いす》を示す。「不正ではないかというきみの懸念を解消してやりたい」静かな口調で話しはじめる。いまはこの会合の主導権を握っている。ふたりとも、想像以上のやり手だ。

事態の重大さを把握するわたしの鋭敏さを、スカーペロスは褒める。ブラウンの不用意な持ちだし方をわびる。ボスにあやまりを指摘されているあいだ、ブラウンは居心地悪そうに革張りの椅子でもじもじ体を動かしている。スカーペロスは、ベンがわたしを高く評価していたのも当然だといい、自分を卑下しつつ、自明のことを認めた――自分は法廷弁護士としてはとりわけ優れているわけではなく、いわゆる〝ビジネス〟の分野で才能を発揮している――と。保護者めかした笑いを浮かべる。信者に助言をあたえようとする田舎の牧師のように、デスクの上で手を組む。

「この事件、この依頼人は非常に重要だ」スカーペロスがいう。「どれほど重大な意味を含んでいるか、きみには想像もできないほどだ」

「そうですかね」

「きみがわたしのことをどう思っているか知らんが、わたしは――この事務所は、断じて、倫理に反することや不正なことをきみに頼みはしない。それだけは含んでいてくれ」その確約が本物であることを強調しようと、陰気な重苦しい間を置く。

「きみの依頼人が免責を受けて侮辱罪に問われるような場合、きみが弁護士として、もっとも彼女の利益になるような方策をとらなければならないということはわかった。彼女の沈黙に対して報酬を申し出るのはやめる――わたしも、事務所も、それは提案しない。だが、きみときみの依頼人にいっておこう。もし彼女が、憲法第五修正の権利を主張し、証言しないことを選択すれば、その決定により発生する法的費用はすべてわれわれが負担する。われわれの依頼人は、ミズ・ホーリーに、弁護費用全額——通常のこの事務所の料金の上限、つまり準備には一時間二五〇ドル、法廷にいた全時間については一時間三〇〇ドル——の報酬を支払うという提案を出している」

「依頼人とは、だれです？」わたしはスカーペロスにきく。

「それはいえない」ブラウンが答える。

「信頼関係だ。わかるな」スカーペロスがわたしを見て、にたりと笑う。

「それで？」ブラウンが、椅子《いす》に座ったまま前に身をのりだしている。「答は？」

確実なチャンスと倫理を天秤《てんびん》にかけたとき、ロン・ブラウンの出す答はいつも決まっている。だから、ブラウンにしてみれば、答はわかりきっているのだ。

「その質問に答えるのはぼくではない。依頼人だ。ぼくから彼女に話します。それしかいえない。そちらの提案を伝える義務が、ぼくにはある。数日中に返事します。しかし、わかってもらいたい。ぼくとしては、彼女には勧められない。これは彼女がひとりで決めることです」

たちまち、スカーペロスが笑みを浮かべ、安堵《あんど》の表情を浮かべる。「やっぱりきみは頼りになる。ベンはいつも、きみがこの町一番の有望株だといっていた。磨かざる珠《たま》だと」

ベン・ポッターがそんなことをいうわけがない。わたしは、スカーペロスのうしろの窓と、数百キロ東のハイ・シエラ山脈のぎざぎざの縁に目を向ける。そのとき、ベンの口から聞いた教訓を思い出す。〝いいか、人間が誘惑に抗しがたいのは、本心では、どうあってもはねつけようとは思っていないからだ〟

11

わたしは、グラスの底の紅茶色の液体のなかで氷が溶けはじめている酒を、ちびちび飲んで座っている。〈トッパーズ〉は、早くから込んでいる。いつものように、戦況を語り合うほろ酔い加減の弁護士とロビイストの群れが、カウンターにのしかかり、下腹にたこをこしらえている。騒がしい声がクライマックスに達し、笑い声が爆発し、店の反対側の端の一団が、大声で自慢する権利を競いあっている。

短いタイト・スカートにスパンコールのトップという服装のふたりの女が、目立たないようにおとなしくして、バーのストゥールに寄りかかり、立法府の議員らが一ブロック離れた議事堂で午後の会議を終えるのを待って早番の時間を過ごしている。

〈トッパーズ〉はベンに紹介してもらった店だ。議事堂の連中、弁護士、そしてほとんどは接待のための時間が充分にある酒飲みのロビイストたちのたまり場だ。邪魔がはいらないようにと思い、いつもの〈クローク・ルーム〉ではなく〈トッパーズ〉にしたのだ。

レオ・カーンズが、テーブルのあいだを縫い、丸々とした赤い顔でにやにや笑いながら、よたよたとこちらに近づいてくるのが目にはいる。レオは、しわだらけのスーツにエネルギーを流し込んだような感じの精力的な小男だ。白のドレス・シャツの衿《えり》をくつろげ、ネクタイの結び目は、外に向かって腹のカーブがはじまる胸の中間まで下がっている。

「レオ、よく来てくれた」

差し出された太った手をわたしは握った。席につく前から、レオは、カクテル・ウェイトレスをやっきになって捜している。口を半びらきにして、視線をバーのカウンターにいる女たちに据える。「愛してるぜ」彼がいう。どうしようもなく時代遅れで、趣味の悪い男――それがレオ・カーンズだ。彼のように心をこめて握手をする警官をほかには知らない。彼は職業を間違えたのではないか、と思うことがよくある。なぜなら、こんな優秀なセールスマンにはお目にかかったことがないからだ。仕事場では、どこの留置場でもやる例の芝居で、悪い警官と対立するよい警官の役を、いつでもできる用意をしている。丸々とした顔に笑みをたたえた愛想のいいこの太った小男は、刑務所の人口過密に一役買っている。レオは、困ったときにはやさしそうな人間と話をして、自分たちを悩ませている秘密を打ち明け、気持ちを楽にしたい、だれかに理解してもらいたいという、容疑者の自然な欲求を高めるのだ。

レオは得意満面だ。〈トッパーズ〉は、裁判所の向かいにあって弁護士と一部の警官の行く〈クローク・ルーム〉より、ずっと格が上だ。ここでは、娼婦もそれほどあつかましく自分の商売道具を見せびらかさない。それに、商売道具そのものも、あまり使い古していない。

「それで、電話で話せない重要なことってなんだ?」レオはそわそわしている。二本の指でだらしなくVサインを作り、ウェイトレスを呼んでいる。ダブルのバーボンの水割りを注文する。

彼の酒が早く来ることを願いつつ、わたしは冗談をいって質問をかわす。情報をきき出すあいだ、目の保養と酒で気をそらせておきたい。

レオがテーブルの反対側で、一五〇センチの体を七センチほど椅子《いす》に沈ませる。もう少しで深みにはまって見えなくなるところだ。いつも不思議に思い、ききたいと思っていることがある。地方検事局所属の捜査官になるにあたって、レオはどうやって身長制限をくぐり抜けたのだろう。職場の集まりがあるときはいつも、レオは目立っていた。しかし、身長が足りない分を、アイルランド人のあつかましさと抵抗しがたい愛敬でおぎなっている。

「レオ、待遇はどうなんだ?」

「文句をいってもしかたがないからな」

わたしは、あまりあからさまにならないように、ベンの事件と捜査の展開のことに話をもっていこうとする。まず、皮切りに、注意をそらすための話題を出す。DA(地区首席検事）が大きな政治スキャンダル事件に迫りつつあるとのうわさが広まっている。ラマは、わたしの依頼人から、いわゆるホーリーの〝性交手帳《ポインク・ブック》〟、つまり顧客リストを手に入れようとしている。

レオとわたしは思い出にふける。レオがＤＡのネルソンについて話す。「ひどい野郎だよ」彼がいう。捜査官のひとりが、町一番の高級な区域で郡の公用車を路上に駐車し、リアシートに寝泊まりしていたところを捕まって以来、ネルソンはご機嫌ななめだという。「そいつは大家とちょっとしたことで揉めて、出ていったんだ。新しい家の敷金と前払いの家賃が用意できなかった」レオがいう。「それで車のリアシートで独りで暮らしていたんだ。ＹＭＣＡでシャワーを浴びて、郊外のガソリン・スタンドのトイレを使い、フロントのバンパーにくくりつけたコンロで飯を作ってたんだ。信じられるか？　公用車のナンバー・プレートを見た市民が苦情をいったんだ」レオが笑う。「ネルソンの野郎、いまおれたちに、毎晩車を郡の駐車場に戻させてる」

それがレオの一部の友人たちの暮らしを妨害していることは想像にかたくない。午後二時半に家路を急いでいた連中が、車を駐車するために五時に戻らなくてはならなくなったのだ。人生は厳しい。

ようやくわたしは切り出す。「この政治的事件についてなにか知ってるか？　ラマがやってる大きな事件だ」

レオは眉間《みけん》にしわを寄せて、質問に質問で答える。「おまえさん、まさかかかわるんじゃないだろうな？ 弁護の一翼をになうとか？」

「そうじゃない。ほんの少し利害関係がある依頼人がいるだけだ」レオに嘘《うそ》をついてもあまり意味がない。

「あの街娼《フッカー》、ホーリーか？」彼がきく。意味ありげな笑いを浮かべてわたしを見ている。レオは最高の尋問技術を会得している——できるだけ聞き手にまわり、意味深長な長い間に耐え、相手にその先をいわせる。アメリカンフットボールのディフェンスのように、いつも会話のなかで相手のミスを待っているのだ。

わたしは、〝彼女のことを街娼といいたいならどうぞご自由に〟というように首を大きくかしげ、笑顔でうなずく。ホーリーだといいあてたことには驚かない。警官の仕事は、ときおり恐ろしい出来事が持ちあがるものの、あとはずっと退屈な時間がつづくということはだれでも知っている。長い日常業務のあいだ、警官は仲間同士や、惨事の現場に駆けつけたマスコミ関係者など、話し相手がいればだれとでもおしゃべりをする。ラマがみずからホーリーの予審を担当したことにより、この町のバッジをつけた連中はすべて、スーザン・ホーリーの苦境を、ドーナツを食べ、コーヒーを飲みながらあれこれと話題にしているにちがいない。

「新聞を読んだだろう。新聞に載っていることがすべてだよ」

わたしは、ホーリーの名前が新聞に載っていなかったことを指摘する。

レオが、あきらめ顔で肩をすくめる。「ラマは強引に彼女に口を割らせようとしているんだな」

「必死でな」

「真実と正義とアメリカの道理のために、世界を救う聖戦をやろうというわけだ」レオがいう。「赤いマントと青いタイツでも着りゃいいんだ」それを思い描き、ふたり声をそろえて笑う。

ラマと、固い結束の秘密結社のようなものをこしらえている警官たちの奇怪な動きについて最初に教えてくれたのは、このレオだった。法と秩序を守るこの連中は、仲間にはいるとき、〝身をもって信頼を得ろ〟という奇妙な儀式を行なっていた。応募者は、勤務中に女と寝なければならない。創立会員は、それを同僚の警官の妻や恋人とやった。この連中にとって、検察局のモットー〝仕事第一〟には特別な意味があった。

レオの酒が来る。彼が財布に手を伸ばす前に、率直さを得るための小さな投資として、わたしは二〇ドル札をテーブルの向こうのウェイトレスに差し出す。ウェイトレスは札をつまみあげて離れる。

「おれの意見を聞かせてやろう。あんたの依頼人の女は四十八手を使ってそいつらを裏切るべきなんだ」

「いや、奴らもそれはもうためしているだろう」

レオが笑う。その言葉が、彼の奥にひそむ感じやすい好色な部分をくすぐる。

「真剣な話だぜ」彼がいう。「そのほうが社会にずっと貢献する」

「そんなにひどい状態なのか？」

レオが、下手なテノールを思わせる下品な笑い声をあげて、くすくす笑う。そんななまやさしいものではないというように首をふる。

「政治家は救いがたい」自然の摂理であるかのようにいう。

会話の核心に到達する前に、もう少し探りを入れることにする。

「トニー・スカーペロスと彼の事務所について知っていることは？　この件にかかわっている依頼人がいるかどうか知ってるか？」

レオが肩をすくめる。

「スカーペロスについては、うわさしか知らない。州政府《ダウンタウン》の連中にだいぶ影響力を行使しているらしい。汚らしい政治の評判をさらに落としている奴さ」

がぶりと酒を飲む。「奴の母親は最後の瞬間に腰をひいたんだ。この点はみんな意見が一致している」

わたしは目で問いかける。

「トニー・スカーペロスのいいところはみんな、妊娠した夜、父親の股《また》のあいだにこぼれたといわれている」

　レオは、テーブルのまんなかのプレッツェルを取ろうと、むっちりした手を伸ばす。

「ラマは、なにか捜査を進める確証をつかんでいるのか？」わたしはきく。

「断片的なものだろう」レオがいう。「しかし、ラマのことだ。拷問と、暗い部屋と、少し時間をやれば、奴は奇跡を起こす。異端審問も顔負けという奴さ」

　カウンターでは、秘書や行政部門の職員その他の政治家の取り巻きの群れが増えはじめている。その連中のために、ミニ・スカートの女ふたりは端に追いやられつつある。女のひとりがハンドバッグを持ち、わたしたちのすぐ前のテーブルに移動する。レオが目を皿のようにして見ている。この小男らしからぬ、野心的なもくろみをいだいている。もちろん、それにはきっかけが必要となる。だが、ほんとうにやりがいのあることに直面したとき、レオ・カーンズはぜったいにひるんだりしない。

　入口付近が急にざわざわして、ウーステッドのピン・ストライプのスーツ姿の三人の男が、取り巻き連中を引き連れて、さっそうとはいってくる。先頭の男は、この州に一週間以上滞在し、二回以上地元のテレビのニュースを見たことがある人間ならだれでも知っている人物、州議会下院議長のコーリー・トランブルだ。

　レオがその集団を肩越しにちらと見て、また右手のテーブルの女性に視線を戻す。彼女は脚を組んでおり、いまは太ももの大部分が見えている。彼女の注意は、議員たちとその後でこびへつらうロビイスト連中に集中している。

「彼女、あのスカートにもうひとつ、獲物を仕留めたしるしをつけたいらしいな」レオがいう。

わたしはうなずいてほほえむ。

「風俗課がここに来たら、手柄は思うがままだな」

そうかもしれない、とわたしは思う。だが、その機会はないだろう。〈トッパーズ〉は、一種の地域的な不文律により、地元の警官を店に入れない。議員と他の州政府の役人は、市の北部や南部の田舎では、いい獲物だ。しかし、議事堂のドームの影が届くようなところにあるここでバッジをつけている人間といえば、守衛ぐらいだ。大多数は年寄りかアルバイトの学生で、コーリー・トランブルか州上院のその同類の配下だ。

「どう思う？　ラマが疑うようなことがあるのか？」わたしは、必死で形勢を逆転し、レオの注意を会話に戻そうとする。

「こっちがききたいぐらいだ」売春婦の脚をいやらしい視線で眺めながら、ゆっくり話す。「あの女の弁護士はあんただろう」氷を噛《か》んでから、ふりむいてわたしを見る。「ひとつ確実なことがある。なにか握っているんなら、彼女は取引できる立場にある。ラマはこの事件が昇進への近道だと確信しているし、ネルソンの奴、これが大きな新聞記事になると踏んでいる。近ごろのオフィスの雰囲気からして、奴はマスコミをたきつけて州のすみずみまでこいつをひろめるだろうな。世間では、政治スキャンダルとポッターの事件を、ネルソンが早急に解決できれば、次期の州司法長官になれるかもしれないといううわさだ。上と前に進む――こいつは政治重力の第一法則だ――つねに上と前だ」

彼は氷のかけらをさがして、舌でグラスの底をなめながら、ウィンクする。酒をおごってもらった分は、もうしゃべったということだ。スーザン・ホーリーが完全な取り下げを期待しているのは、やはりはかない夢想ではない。

わたしはウェイトレスに手をふって、レオのほうを指差す。レオが、踏み切りの遮断機のように手を上げて制する――中絶を咎《とが》める法王のように。もういらないというのだ。が、わたしがうなずく前に、厳しい表情がくずれ、暑い日に氷が溶けるように手がだらりと垂れる。「まあいいや、もう一杯」彼がいう。「おなじやつ」

わたしはふたたび財布を出す。ウェイトレスがグラスをさげてバーに向かう。

こっちはまだしっぽをつかまれていない。それに、レオの意見で、ポッター事件にひとつの突破口が生じた。

「きみらは、ポッター事件についてなにをつかんでいる?」わたしはきく。

レオが、わたしを見てにっこりする。「世界中の半分の人がその答を知りたがっている」ウィンクする。「じきにわかる」

「新聞であれこれ取りざたされているが」

ネルソンはわざと情報をリークして、何人かの容疑者の名が挙がっているといっているが、名前や詳細は明かされていない。古くさいはったりだが、マスコミには通用している。それが、この話題をつづけて第一面に載せてもらうために記者室に投げられた生肉というわけだ。つぎはすごい記事が来るとにおわせているのだ。ネルソンが逮捕や起訴のような動きを起こすとき、《タイムズ》や《トリビューン》のような巨大なネットワークのマスコミは、すでにウォームアップを終えているから、いつでも駆け出せる。ネルソンは馬鹿《ばか》ではない。例によって、タリアはこういったことには無頓着《むとんちゃく》のようだ。夫の殺人捜査の記事とおなじ版に、彼女が、どこかのマハラジャの気に入りの愛人のような服装で慈善事業の催しに出席している写真が社会面に載っている。

「そうだな」レオがいう。「この事件の記事の活字を組み終えるまでには、北アメリカの木は半分ばかり切り倒されているだろうな」

「そこまで迫っているのか?」わたしはいう。

彼がうなずく。「奴らの言葉がほんとうだとすれば」

レオは秘密を知っている。熱い燃えさしをポケットに入れている男のようなものだ。口に出したくてうずうずしている。

「きみはたしかポッターとずいぶん親しかったな」会話の重荷をわたしに転化しようとしている。

「友人だった」わたしはいう。

レオが、ついにこらえきれなくなる。

「教えてやろう。ネルソンは最近、ずっと忙しくしている。真夜中までオフィスで残業しているし、特別顧問団は三晩つづけて会議だ」テーブルにさらに身を乗り出し、数デシベル声を落とす。「奴は、あすの朝、記者会見をするといっている。正式起訴状をとったんだ」

その言葉を強調しようと、テーブルを二本の指でたたく。

これにはわたしも驚く。この州では大陪審が正式起訴状を出すのは、ふつうの場合、検察が起訴に政治的責任を負うことになるような著名な被告人のかかわる事件のみだ。

わたしは片方の眉《まゆ》を上げる。

燃えさしが熱くなっている。レオは落ち着きがない。

「奴は――ネルソンは、こういう仮説をたてている。はじめから、つねにおなじ方向を指しているように見えた。磁石が北を指すように」

「だれのこと？」わたしはきく。

「陽気な後家《メリー・ウィドウ》さん。ポッターの女房だ」まわりを見て、われわれの会話にだれも耳を傾けていないことを確かめる。「大陪審はきょうの午後二時過ぎ、タリア・ポッターに対して、単独訴因、第一級謀殺の疑いで正式起訴状を出した」

それを聞いて、レオ・カーンズとこのテーブルから吹き飛ばされるような気がする。あまりのことに呆然《ぼうぜん》として、レオと目を合わせていることができない。まさか、というように顔をしかめる。口を開いたらなにをいうかわからないので、そういう演技が精いっぱいだ。わたしは言葉を失い、動くことができず、くわしい話をきくことができない。レオの言葉に釘付《くぎづ》けにされたかのように。

「特殊な情況下における殺人として」レオがいう。殺人容疑の公判に際し、身柄を拘束されるかもしれないという意味だ。さらに、有罪を宣告されれば死刑になるかもしれないということだ。

狭い緑色の部屋で死ぬまぎわのブライアン・ダンレーの姿が、一気に記憶によみがえる。サンクェンティン刑務所におもむき、国の名のもとに死刑を執行するのを見たときのことを思い出す。

「あの女には愛人がいたみたいだな。はっきりいうと、ポロのチームが馬を飼うように、何人も色男を収集していたようだ」彼がいう。「ネルソンは彼女がずっと前から年寄りの亭主にあきていて、愛人のひとりといっしょに金目当てで亭主を殺したと思っている。なにしろ金持ちだったからな」

「夫を厄介払いするのなら、殺すより簡単な方法がいくらでもある」タリアならベンを追い払うために殺しかねないと思うが、なんとかその考えをふり払い、その仮説をしりぞける。

「ところが、婚姻前契約がある」レオがいう。

わたしは〃ほんとうか？〃という顔をする。

彼はうなずく。「やっこさんも、ホルモンのためにビジネスの感覚をうしなったわけではなかったらしい」

ベンはそういう男だ。根っからの弁護士だ。

「すごく厳しいものだ」レオがいうのは、この契約のことだ。

彼は話をやめて、売春婦のテーブルに来たロビイストのほうを見る。しばらくなにもいわない。なにか小耳にはさんだのか、ふたりを吟味するようにじっと見ている。値段の交渉をしているのだろう。ふたりはいっしょに立ち上がり、バー、そして、三人の議員、トランブルとその取り巻きに向けて歩いてゆく。

「これも余禄だな」レオがいう。その女の長い脚を露骨に物欲しそうな目つきで値踏みしている。一種独特な目つきだ、と思う。ふつうの男のいやらしい目つきではなく、小柄な男が背の高い女に向ける例の目つきだ。なんとなくおかしみがあり、いやらしい印象が薄い。

「厳しいというのは？」レオに、さっきの話のつづきをうながす。

「えっ？」

「婚姻前契約だよ」

「ああ、そうそう」レオは片手で薄くなりつつある髪をなでつけ、ネクタイを少しまっすぐにするが、結び目のほうは意に介さず胸の半ばにずりおろしたままにしている。彼の存在にも気づかない女たちのために、めかしこんでいるのだ。

「そうだった」しばらくのあいだ、わたしのほうに注意を戻す。「契約といっても、幸福な結婚を保証するものじゃない。離婚しにくくするためのものだ」レオが、テーブルごしに身を乗り出し、金の羊毛のありかを告げようとするかのように、顔を近づけた。「こういうことだ。彼女が遺産をもらえるのは、彼が死んだとき、ふたりの結婚がつづいている場合に限られる。そのときはすべてもらえる。そうでない場合は――」わたしにウィンクする。「彼女、果物屋の屋台でもはじめたほうがいいな」

わたしは呆然《ぼうぜん》としている。タリアもベンも、婚姻前契約のことなど、ひとこともいわなかった。いや、いうわけがない。これは、セックスの回数や、どういうやり方が好きかというようなこととおなじで、夫婦のあいだだけのことだ。いくらタリアが軽率だといっても、そんなことはぜったいにしゃべらないだろう。また、ベンにとっては、ビジネス、つまり、教皇の皇位継承の儀式とおなじ扱いを受けなければならない、仕事上の秘密だったのだ。

「ネルソンは、ポッターの妻が愛人のひとりと深入りしたという線で動いている。一晩かぎりの情事ではあきたらなくなった。それで、彼女と彼女の愛人が被害者を殺して自殺に見せかけた」この説が通用するかどうかは今後のお楽しみだというように、レオは片手をテーブルの上でふった。

意外な事実を聞かされ、わたしは凍りついたように動けない。タリアはいつだって日常の些細《ささい》なことには不注意だが、そういう契約があるという厳しい現実を忘れるようなことはぜったいにありえない——頭のなかでそうささやく醒《さ》めた声がある。

わたしはクープの分析を思い出す。ベンを殺した人物はしろうとにちがいない——タリアはなにひとつ計画的にやったためしがない。それが彼女の特徴だ。レオ・カーンズが、なおもしゃべりつづけるのを聞くあいだ、そうした事実がわたしを悩ませる。レオの声は、テーブルの下に地獄の入口でもあって、そこから聞こえてくるように思える。

レオが、例の悪魔じみたかん高い声でくすくす笑う。「彼女の愛人を捕まえれば、もっとくわしいことがわかるさ。そいつは、協力しないとガスをしこたま吸うことになるからな」

12

「それじゃ、きみに参加してもらえるんだね？」チータムがきく。ギルバート・チータムは、ポッター＆スカーペロスから、わたしの履歴書を入手していた。「たいしたものだ。わたしもトニー――いや、スカーペロス君と同意見だ。きみはすばらしい次席弁護人《キーナン・カウンセル》になるよ。われわれのチームに強力な味方がくわわることになる」わたしの見るところ、タリアの弁護団《チーム》はチータムがリーダーで、ロン・ブラウンがその使い走りという構成のようだ。

「ポッター夫人の意向だが」チータムがいう。「最初からきみを選んでいたよ。わたしに異存のあるはずがない」タリアのことを、殺人罪で告発されている被告人ではなく、皇太后であるかのように話す。

チータムは洗練されていて、言葉遣いはきれいに切ってマニキュアをほどこした爪《つめ》とおなじようにきちんとしている。しかし、借金取りのように油断なく探るような目つきで、白い池の黒い瞳《ひとみ》がつねに隠された好機を捜してさまよっている。太い眉《まゆ》は、頭の豊かなくせ毛とおなじように白髪が混じっている。

わたしの履歴書をデスクに置いて、チャコール・グレイのウーステッドのスーツの袖《そで》からそれぞれ一・五センチほどはみ出た、のりで固めたフレンチ・カフスをもてあそぶ。彼のことはうわさでしか知らない。ギルバート・チータムは、フェデラリスト党の創設会員のひとりだという。二年前、欠陥商品——乗っている人間を押さえることができずフロントガラスの向こうに行かせてしまうシートベルト——を製造した大手自動車メーカーに対して、陪審が、一億二五〇〇万ドルの賠償金を認めたとき、彼の名が全国紙の新聞の見出しに載った。数週間後、公判の裁判官が、それを八〇〇〇万ドルに減額したときには、見出しは以前より小さく、まんなかのページで多数の記事にまぎれていた。このように、ギルバート・チータムは、陪審の感情をあおり、マスコミをあやつる能力を持っている。

彼の電話は、きのうの夜遅くかかってきた。電話が鳴ったのは、十時を過ぎていた。わたしは電話番号を電話帳に載せていないので、おそらくタリアかスカーペロスに聞いたのだろう。けさ早くに、ここ、ポッター＆スカーペロスで会いたいといってきた。

そして、われわれは見慣れた場所、当局の想定を信じないとすればベンの死の現場とされているこの場所に座っている。チータムは弁護団を集めるためにこのオフィスを使っているのだ。

チータムは腕を組み、尻《しり》をベンの巨大なデスクの出っ張りにのせて、芝居がかったそぶりでバランスをとる。そのうしろはがらんとしている。高い背もたれのついたベンの革張りの重役用の椅子《いす》がなくなっている。たぶん建物の管理者が気をきかせたのだろう。あるいは、進展しつつあるこの殺人事件の物的証拠として、数枚なくなっている頭上の天井タイルとともに、警察の倉庫にあるのだろうか。

チータムが、ふさふさした濃い眉《まゆ》の下からわたしを見下ろす。わたしは、五、六〇センチと離れていない依頼人用のやわらかい椅子に座っている。これはちょっとよそよそしい。わたしがタリアの弁護団でチータムのナンバー2、つまりキーナン弁護人《カウンセル》となる申し出を承諾するのであれば、おたがいに仕事仲間らしい態度をとるべきだ。

チータムがいう。この告発はばかげている。手品もどきに煙と鏡で構築された犯罪訴追手続だと断言する。検察はヨガの行者よろしく魔法を使ってこの告発を行なったのだ、と身ぶりで示し、両手を高々と挙げて派手にふりまわす。タリアは、隅のソファに静かに座り、腕組みと組んだ脚という、チータムの言葉を裏書きする防御的な姿勢をとっている。

スカーペロスは、例のイタリアの犬の糞《くそ》を噛《か》みながら、ソファの反対の端に座っている。少なくとも、火をつけないだけの礼儀はわきまえているようだ。たぶんタリアに、多少は気をつかっているのだろう。

この州では、死刑を科しうる事件の被告人は弁護人二名をつけることになる。ひとりは弁論を主に受け持つ弁護人であり、もうひとりは有罪となったときに刑の宣告手続を受け持ついわゆるキーナン弁護人――ルールを作った人の名にちなんでこういわれている――だ。タリアが有罪になったときは、キーナン弁護人として、刑罰の軽減を訴えたり、検察が死罪に相当すると主張している〝特殊な情況〟を論難し、タリアを死刑執行から救うことがわたしの仕事となる。

この事件において、当局はふたつの特殊な情況を告発の事由としている――経済的利益を得るための殺人で、なおかつ待ち伏せを伴う殺人（州によってはこれを第一級謀殺とする）だったとしている。しかし、チータムはこの事件におけるわたしの役割は、まったく表面的なものであり、形式的に必要なだけだと請け合う。予備審理の段階で、検察の訴えを打ち崩すという。タリアは公判に出ないですむというのだ。

タリアは、それを聞いて、いかにも嬉《うれ》しそうな顔をする。

新聞はきのうの記者会見の記事でもちきりだ。デュエイン・ネルソンが、ベンの殺人事件をどのように解決したのかということを、詳細を省きつつ述べ、この事件が経済的利益を得るための計画的な殺人だったことを、あまり制約をつけずに述べている。《タイムズ》だけは最後の内輪話として、ネルソンが記者会見場を出しなに投げられた質問に対するコメントを載せていた。捜査は未確認の共犯者を捜して続行中だという。

チータムは期待をこめてわたしを見る。「それで、このパーティに参加してもらえるんだね？」まるで菓子つきの茶会であるかのような口調だ。

「検察の主張事実を、あまり高く買っていないようだが」

チータムが顔をしかめる。「証拠すべてに目を通したわけではない。しかし、これまで見たものはすべて――」ひそめた眉が、まるでこめかみに糊付《のりづ》けされたネズミのように動く。「――情況証拠ばかりだ」首をふりふりいう。「どれも実体がない」

それは、タリアがベンの口に銃口を入れて引き金をひくところを見た証人がいないということにすぎない。

刑事事件の陪審が、情況証拠による推論（証拠法において証明されたある事実からべつの事実を導きだすこと）を根拠に有罪判決を出すことは珍しくないと、チータムに念を押す。

「きみはまさか、彼女が有罪だと思っているわけじゃないだろうな？」チータムが、わたしの依頼人への忠誠に疑問を投げかける。

「どう思うかは別問題だ」

「そうはいかないわよ」タリアは、もうおとなしくソファによりかかってはいない。身をのり出して隅に掛けている。「信じないの？　わたしにあんなことができると思う？」

わたしたちは視線をからませるが、わたしは質問を無視して考えつづける。「肝心なのは、陪審が証拠からどういう結論を導くか、また、証拠がどういうふうに提示されるかだ。ノミ屋でもやるかね？」

「なんの？」

「この州で、陪審がたったひとつの情況証拠にそそのかされたために、重罪刑務所に入れられた人間の数について賭《か》けをやるのさ」

タリアが黙りこむ。それが考え直す材料になったのだ。

「チータム君に陪審員制度の瑣末《さまつ》なことまで講義する必要はないだろう」スカーペロスが横槍《よこやり》を入れる。右手の人差指と親指で葉巻を持っている。端がすっかり嚙《か》みつぶされ、濡《ぬ》れている。唾《つば》がソファの肘掛けに落ちるが、気づかない。タリアがギルバート・チータムと知り合いになった経緯がわかりはじめる。スカーペロスはこの事件の仲介料としていくらもらうのだろう？　スカーペロスにとって、法律は知的職業の場ではない。裕福な依頼人を小麦の先物や豚肉のわき腹肉のように取引する広大な商品市場なのだ。弁護士が〝紹介した依頼人から得た報酬の山分け〟をしてはならないという規則を知らないかのようにふるまっている。

「それに――」スカーペロスはいう「すべてを一括取引にすることもできる。きみのホーリーという女の件をひっくるめてもいい。きみはタリアの弁護で大きな役割を果たす。われわれが気づく間もなく、きみはこの事務所に戻っているというわけだ」この大胆な提案に少し笑う。

わたしはそれを考えてぞっとする。

「考えたことを口に出しただけだ、トニー。気づいたことを」わたしはいう。

「もっともな意見だ」チータムがいう。「なるほど。もちろんきみは正しい。われわれもきみとまったく同意見だ──情況証拠が命取りになるかもしれない」

チータムが複数代名詞を使ったおかげで、タリアはいっそう肝が縮んだだろう。

「きみの最初の仕事はあらゆる証拠を集めることだ」チータムがいう。「手続の数が旧約聖書の章と節の数ぐらいある証拠開示申請で攻めていこう。ネルソンがこの事件に関してそろえている書類を、ひとつ残らず手に入れる。そいつをたたきつぶすんだ。書類の嵐《あらし》、紙吹雪のオンパレードだ。向こうが事件の準備ができないように、書類を捜してつぎつぎと提示する。そして、それをきみとわたしで入念に調べる」

この熱のこもった会議はわたしが話に乗ることを前提としている。

「それもいいだろう。しかし、その前にまずタリア──ポッター夫人──とふたりだけで話がしたい」

「なんだと……」スカーペロスが、はた目にもわかるほど機嫌をそこねる。

「いや、いいんだ」チータムは両手のてのひらを上に向けてスカーペロスのほうに伸ばした。「話がしたいのならどうぞやってくれ。ポッター夫人とポールが納得のいく取り決めをするのも大事なことだ」

チータムは、民事裁判に関しては辣腕《らつわん》かもしれないが、依頼人ととりわけ特権的な関係にあるわけではない弁護士が、自分のいないところで依頼人とふたりきりで話をするのを許すようでは、あまり賢いとはいえない。これが今後の弁護の成り行きを暗示しているように思えてならない。

わたしが厚いカーテンを引き、窓から光のはいらなくなった広い空き部屋で、わたしたちはふたりの孤独な存在のように座っている。タリアはわたしを見ない。視線は足もとのカーペットに向けられている。

「どうしてこんなことになった？」わたしはようやくきく。

デートで帰りが遅くなり、鞭《むち》でたたかれたティーンエイジャーのように、タリアが肩をすくめる。

「あの弁護士だよ。無能すぎる」

ようやくタリアが顔を上げて、ちょっと悲しげに笑う。「わたしが選んだんじゃないの。チータムとトニーはずっと昔からのつきあいなのよ」

スカーペロスとチータムはおなじ学校だったようだ。タリアの話によると、スカーペロスは何年も前からチータムに事件を融通しているらしい。タリアから得たわずかな情報から推測すると、スカーペロスは事件を仲介して、チータムと弁護士報酬を山分けしていたらしい。たぶん事務所の事件のうちいい事件を選びだし、何パーセントかの弁護士報酬をポケットに入れていたのだろう。ベンはこのことを知っていたのだろうか。

「問題は、どうやって彼を辞めさせるかだ」わたしはタリアにいう。

彼女から答はない。

「そんなにひどい？」彼女がいう。

チータムは、彼女の事件で世間の注目を集めるのが目的にちがいないということを話す。バギー・ショーツをはいたごつごつした膝《ひざ》のサーファーが、ブリーフ・ケースに乗ってあぶなっかしくサーフィンをやっている姿を描写する。それを聞いたタリアがちょっと笑う。

「トニーは自分が一番だと思っているのよ」

「だろうね」

彼女は少し譲歩して笑う。タリアは、事務所のものならだれでも知っているスカーペロスをだしにした古いジョークの数々を知っている。

「でも、わたし、お金がないの」彼女がいう。

「なんだって？」

「ほら、例のあなたが手伝ってくれた不動産の共同経営に全財産をつぎこんだの。ベンが死んだので、わたしが持っているほかの資産はすべて凍結されているの」

「事務所の権利は？」

「トニーが買いたいといっているの」彼女がいう。「でも、検認が済むまで売却できない」

「家は？」

「共有財産よ。わたしの分の半分を担保に借りられるかもしれないけど、それだけよ。それで、トニーに頼まなければならなかったの。手を借りられるのは彼だけだったのよ。ベンが死んでからずっと、歩合だけでやってきたの。そこに今度の告訴でしょう。弁護士報酬なんて払えないわ」

未亡人が動きがとれないあいだに、スカーペロスはしっかり地歩を固め、両替商をやっていたのだ。

「スカーペロスがチータムに報酬を払うのか？」

彼女がうなずく。「ローンなの。すべて終わったら、ベンの権利から返せばいいといわれて……」彼女の声が、ハッピー・エンドではないほかの筋書きにはっと思い当たったように消えていく。

わたしたちは、薄暗いオフィスを、試合にのぞむボクサーのようにうろうろ歩きまわる。

「まさかそんなことは思っていないでしょう？」

不審な音を聴いた犬のように、わたしは首をかしげて彼女を見る。

「わたしがやったと思う？」彼女がいう。「わたしにあんなことができると思う？」彼女にとっては、わたしが無罪だと信じているかどうかが重要なのだ。

わたしは、ためらわずすばやく首をふる。本心だ。彼女がやったとは思っていない。だが、仮にやったと思っていたとしても、タリアにも、ほかの人間にも、そのことは黙っているだろう。そう思ったなら、タリアが自分の弁護のために証人席に立つとき、偽証を教唆したことになる。わたしは優秀な弁護士の信条を学んでいる。知らないにこしたことはないのだ。

「それじゃ、手を貸してくれるのね」

わたしはうなずく。

突然、タリアがにっこり笑って距離を詰める。両腕をわたしの首に巻きつかせ、温かい頰《ほお》をわたしの頰に押しつける。

「ありがとう」タリアがいう。「ほかに信じられるひとがいないの」

顔が血のような温かいもの——タリアの涙——で濡《ぬ》れる。やわらかな手、長く細い指が、わたしのうなじを愛撫《あいぶ》する。寄りかかる彼女の膝《ひざ》がわたしの股《また》のあいだにはいり、ふたりの体がぴったりとひとつになる。

わたしの腕は、脇《わき》で力なくだらりとしている。気まずい思いを彼女が察する。わたしが反応しないのでわかる。

タリアが身を離し、よそよそしい態度になると、すぐに落ち着きを取り戻す。「なんてお礼をいったらいいのか」打ち負かされたように身を引く。いまは背中を向けている。バッグのなかをかき回している。クリネックスで目をぬぐいながら、ふりむく。ふたりだけのとき、タリアが感謝の気持ちを表わすのに困っているのはこれがはじめてだ。

「ねえ、ほんとうのことといって、どう思う？　勝ち目はどうなの？」

「一週間後、こっちが証拠に目を通してからきいてほしい」

「あなたなら、きっとほんとうのことを教えてくれる」タリアは、バッグから出したコンパクトで化粧をなおしている。

「それはぜったいたしかだ」わたしはいう。

ずいぶんそっけない約束だといいたげに、タリアがこっちを見る。

これは重大な問題だから、わたしはぜったいに言葉を飾らず率直にいう、とタリアにいい聞かせる。

タリアがくちびるを噛《か》む。「そうね。わたしもそうしてほしい」

「それが成功させるための唯一の方法だ」

彼女はおとなしく承諾の意を示す。が、いくぶん目に怒りを宿している。タリアはいままで、わたしにこういうあしらいを受けたことがない。知り合ってからはじめて、わたしは、彼女の女の手管、性欲を刺激し、理性を情欲で麻痺《まひ》させる力に異議をとなえている。

「チータムさんに、手伝うことにしたっていってくれる？」彼女がいう。

「ああ」

彼女がドアに向かう。

「もうひとつ質問がある」わたしはいう。

タリアがふりむく。

「理解できない。どうしてベンの遺産を自由に使えないんだ？」

「婚姻前契約があるのよ」彼女はいう。「これがすべて片づかないとベンの資産にはいっさい手をつけることができないの。遺言執行者の指示で」

言葉を継ぐひまもなく、タリアは疾風のように出ていく。閉じるドアの影だけが残り、彼女に不利な証拠を調べるとき、動機についてはこれ以上調べるまでもないということを悟る。

13

サラの誕生パーティの前に部屋を整頓しようと、わたしは家中をひっかきまわしている。サラの小さな友達を呼んでこの家で誕生祝いをやることを、ニッキーは快く承諾してくれた。ソファと対のテーブルのほこりをはたきながら、その上の、結婚前の幸せだったころのニッキーと自分の写真をじっと見つめる。

ニッキーに初めて会ったときのことを思い出す。生物の教科書をかかえ、想像する余地をほとんど残さない小さなビキニ姿で大学のプール・サイドに立っていた。恋に落ちたことがわかった。彼女の生き生きした話に耳を傾け、彼女がさんさんと輝く太陽の下で首をかしげて友達といるのを眺めるとき、彼女がくすくす笑うたびにホルモンの分泌をおぼえた。

ニッキーは、結婚して子供ができてから何年もたつと、白髪の混じった銀色の髪になったが、当時はまだ、太陽の光を受けると金色の筋が光る明るい茶色だった。髪を長くまっすぐ伸ばし、片側をいつも指で耳のうしろにかきあげていた。ずば抜けた美人だった。ブロンズの女神のように日焼けして、頰《ほお》に雌鹿の斑点《はんてん》に似たそばかすが少しあった。

わたしがリーダーをつとめていたサークルは、わたしがめちゃめちゃに惚《ほ》れているという うわさでもちきりになった。彼女を追いかけて図書館に行き、彼女を見るために、閲覧室で近くの席を確保した。ある晩、わたしは彼女がデートしたあと寮に戻るのを見かけた。その男は背が高く、姿形がよく、しかも金持ちだった。その男がぴかぴかのシボレー・コルベットから玄関まで彼女を送るのを、わたしは見ていた。そのとき、彼女が彼のくちびるに軽いおやすみのキスをするのが目にはいった。心臓が送りだしているのが血ではなく鉛であるかのように、胸が急にずしりと重くなるのを感じた。

何週間か黙って苦しみながら傍観していたが、ある晩、勇気を奮いおこして図書館に行き、ロビーの上の橋から下りてニッキーのそばへ行き、断わられるのではないかとおそれながら、ためらいがちに、ラウンジ・チェアーの彼女のとなりが空いているかどうか尋ねた。彼女はわたしを自信ありげな顔で見て、〝空いているわ〟といった。そしてにっこり笑い、手でそこをぽんとたたいて、わたしのことを待っていたかのように、席を勧めてくれた。

その晩わたしたちは、セコイアメスギの天蓋の隙間《すきま》から夜空のもやのような天の川と星がのぞいているところを歩き、いっしょに寮に帰った。本屋のそばの喫茶店に立ち寄った。わたしのいったたわいもないことを楽しんでいる様子のニッキーを見て、わたしはだんだん自信を深めた。喫茶店を出て、スパイスとエスプレッソの匂《にお》いにヒマラヤスギとセコイアメスギの香りが混ざるなかで手を伸ばすと、彼女の暖かい手が待ち受けていた。その後、わたしが彼女といっしょにいるとき、彼女の女友達たちがくすくす笑うのを聞いて、図書館でニッキーに近づく前から、自分がこの軽薄な女の子たちの話題になっていたことを悟った。それを思うと嬉《うれ》しかった。ずっと前からあこがれていたこのすばらしい女性のほうも、わたしに好意をいだいていたのだと思って悦に入った。

こうした神秘や欲望が、まったく失われたわけではない。いまもニッキーは、怒っているときが一番官能的だ。ちょうどいまのように。

「よくそんなことができるわね。あなたって、ほんとうにろくでなしね」ニッキーは、腰に手を当てている。ニッキーの脚はいまでも細く力強く、ぴっちりしたジーンズに下半身の体の線を浮き上がらせて立ちはだかり、キッチンに通じる廊下をふさいでいる。

わたしは彼女をよけて通ろうとする。両手がバースデイ・ケーキの食べ残しと溶けたアイスクリームの載った紙皿でふさがっている。

「彼女は依頼人だ」わたしは居間の客たちに聞こえないように小声で彼女にいう。

「嘘《うそ》ばっかり」

わたしの仲直りの申し出は、失敗に終わったようだ。ニッキーが出ていく前はふたりの家だったこの広い家でサラのバースデイ・パーティをしようと提案したのだが、わたしがタリアの弁護人をつとめることになったというニュースで、それが台なしになってしまった。それがけさの朝刊に載り、ニッキーは来てからずっと、赤外線追尾ミサイルのようにそのことばかり追いかけている。

「タリアは依頼人だ」わたしはいう。

「へえ、近ごろはそういういいかたをするの。だまそうとしても無理よ。彼女、あなたの愛人だったんじゃないの」ニッキーはたしなみを忘れ、あらんかぎりの大声を張り上げている。向こうの部屋にいる子供たちの母親、つまり彼女の友人たちが、聞き耳をたてている。彼女は腰に手を当てたまま、あとずさりでキッチンに行く。

「彼女は殺人罪に問われている。ポッター&スカーペロスから、弁護団にくわわってくれと頼まれた。それだけのことだ」

「否定しないのね、彼女と関係していたことを」ニッキーが前をふさいでいるのでゴミ箱に行けず、手の皿からアイスクリームが床に垂れはじめている。

戦術上のあやまりだ。タリアとの交際についてニッキーが非難したとき、否定しなかったのは、はっきり認めたのとおなじことだ。わたしは心のなかでほぞを嚙《か》む。

「どういえばいいんだよ?」

「彼女の弁護人をしないっていいなさいよ」

「それは無理だ。引き受けてしまったんだ」

「じゃあ、気が変わったっていうのよ」

「商店街に買物にいくわけじゃないんだ」

彼女の目はいま、白熱したふたつの石炭のように燃えている。「くたばっちまえ《ファック・ユー》」

ニッキーはいつも、罵《ののし》りの言葉を、激怒したときの最後の手段としてとっておく。いま、激しい口調でそうどなった。三歳の子が、廊下の向こうで母親の膝にまとわりつき、無邪気な目で上を見て「ママ、〝ファック〟ってどういう意味？」ときくのが目に浮かぶようだ。

「ねえ、この話はあとにしないか？」

「いいえ。いま話すのよ。もうじき帰るわ——サラといっしょに。わたしは真実が知りたいの。彼女と関係があったの？」

わたしはしばし口ごもる。だが、嘘をついてもしかたがない。ニッキーはどうせ、心のなかでわたしに有罪判決を下している。

「うん、おたがいに惹《ひ》かれていた」

「まあ、〝惹かれていた〟ですって？」ニッキーがゲラゲラ笑う。わたしの妻は人を嘲笑するのがじつに得意だ。「もっとはっきりいえばいいじゃないの、クソッたれ」今晩の怒りはかなりすごい。

「わかったよ。関係があった——でもそれはきみが出ていったあとのことだ」そのことで、不倫の罪だけでも軽くなると思いたい。

しかし、ニッキーはそう思ってくれない。「だからどうでもいいだろうというの」

「ぼくたちが別れる前は、彼女とはなにもなかった。いまもなにもない。もう終わった。いまのふたりの間柄は、第一級謀殺罪に問われた依頼人と弁護人という仕事の関係だ。それ以上のものじゃない」

「馬鹿」ニッキーがまだ悪態をつくが、こんどは泣いている。わたしは胃のぐあいがよけい悪くなる。

「話し合おう」わたしは彼女にいう。

ニッキーは流しのところで背を丸め、泣きながらぬれたふきんで目を拭《ふ》いている。うすうす察してはいたし、疑ってもいたが、タリアと浮気していたことをはっきり聞かされて、打ちのめされたのだ。

「聞いてくれ」わたしは彼女の肩に触れる。彼女がふりほどく。

話をする機会をあたえてくれ、そうわたしは訴える。

「パーティにもどらなきゃ」彼女はそういうと、キッチンを出てすすりあげる。彼女が暗い廊下のなかほどで立ち止まり、落ち着きを取り戻すのが見える。そしてさっと部屋にはいっていく。「プレゼントを開ける時間よ」快活にいうが、風邪をひいたように声がかすれている。

そして、わたしたちは、向こうの部屋で待っている女たちの前で、何事もなかったかのようにふるまう――彼女たちが帰るまでは。

ニッキーとわたしは、傾きかけた夕陽のなか、パーティに来た五、六人の子供たちがさんざん荒らしていった居間に、ふたりきりで座っている。床に包装紙とリボンの切れ端が散乱している。ソファのサイド・テーブルには、受皿付きのからのコーヒー・カップが何客も置いてある。サラは、前に寝室に使っていた部屋――いまはほとんど家具が残っていない――に行き、プレゼントの新しいおもちゃで遊んでいる。

「きみが彼女のことをどう思おうと――」わたしはいう「彼女はベンを殺していない」

「確信があるの？」

大草原の農民が雨を予報するように、自信ありげにうなずく。

「なるほどね。長年の経験だ。愛人の勘というわけね」涙が皮肉に代わっている。

「きみやぼくがベン・ポッターを殺さなかったように、タリアも彼を殺していない」

「仮にそうだとしても、だれかほかの人に弁護させればいいでしょう」

「ほかの人間が弁護をする。チータムという奴だ。ぼくは単なるキーナン弁護人で、彼の補佐をするだけだ」

「その人に頼まれたの？」

「そういうことだ。困っていたんだ。ここの出身じゃないから。迅速に動ける人間が必要なんだ。スカーペロスがぼくを推薦した」

タリアの希望だったことは伏せておく。ニッキーの敵意が、使い古した電池のように弱くなってゆく。いつまでも怒っていられないたちなのだ。ニッキーはいつも、怒りを持続させるのに苦労する。あっという間に激怒の頂点に達したと思うと、感情的に疲れ果てて怒りがしぼんでしまうのだ。

「でも、やめようと思えばやめられるんでしょう?」

わたしは首をふる。「もう遅い」

すでに証拠開示申請を提出したことを説明して、根気よくなだめようとする。したがって、わたしはいま、公式な彼女の弁護人だ。やめるためには、正式な代替の弁護士を用意するか、法廷の同意が必要なのだ。予備審問が迫っているので、そのどちらも無理だ。

「きみがこんな思いをするとわかっていたら、引き受けなかった。でももう遅い」

「わたしの気持ちがわからなかったの? 浮気して不愉快な思いをさせたうえ、こんどはもう遅いっていうの。彼女との約束のほうが大事なのね。わたしたちのことなんか、なんとも思っていないのね」

「考えが足りなかった」この最後の告白で、けりがつくことを願った。

ニッキーはソファの反対の端に落ち着き払って座っている。脚をそろえて深く座り、両手を膝で組んで、膝の上でしっかり握り締め、爆弾を落とす。

「でも、一種の利益相反があるんじゃないの？」

わたしはとぼける。「どういう意味？」

彼女の目に怒りが宿っている。「弁護士が依頼人と寝ているのは正常じゃないでしょう」

「もう終わったっていったじゃないか」

「ああ、そう。過去形なら、弁護士が依頼人と寝ていてもいいのね」

倫理上の難問をわたしに残して、ニッキーがソファを立つ。

「ねえ、これが終わったら三人で、週末に海へ行こうよ。昔みたいに」わたしはいう。

「まず無理でしょうね」

楽しいバースデイ・パーティのあといっしょに過ごす夜に期待して、ベッドのシーツを替えておいたのが無駄骨だったことがわかる。ニッキーが家の奥に行き、サラに帰るしたくをするようにいう。

「後始末は手伝わないわよ。いい？」

ニッキーは、真顔でわたしを見る。最近の彼女の言葉はみなそうだが、その言葉にも二重の意味がこめられている。

「ああ、なんとかなる」

「そうだといいけど」

14

「あの宦官《かんがん》野郎はどこだ?」ハリーがきく。

チータムがいないときのロン・ブラウンは影のようだ。実質的な仕事はなにもせず、金の糸を必死で捜すけちん坊のように、われわれの様子を探る。スカーペロスとチータムに進捗《しんちょく》情況を報告する最初の人間になろうというのだ。追従が彼の商う品物であり、通貨でもある。

「われわれの邪魔をしないかぎり、どこにいようが知ったことか」わたしはいう。

「これが終わったら、あいつになんていうつもりだ? どうなってるのか、知りたがるぜ」

「あいつにはできるだけなにもいわないようにする。チータムが来たら、ぼくが差しで悪い知らせを伝えるさ」

春の長い昼下がりのことだ。わたしは書類の山の上でうとうとしている。壁の時計は、夏時間に直され、わたしの体内時計を混乱させている。子供のころから、わたしは時間をもてあそぶ奴には無性に腹が立つ。

谷の向かいのキャピトル・モールの高層ビルに、長く細い影が落ちている。早くも書類の嵐と化しつつあるこの事件の書類の山を前に、必死で眠るまいとする。

タリアが相続するはずになっている権利を担保にスカーペロスが金を貸し、五桁《けた》の弁護士報酬がはいったので、わたしはハリーに手伝いを頼んだ。ポッター＆スカーペロスの会議室にこもり、わたしの十数件の証拠開示申請により、検察のコピーから出てきた証拠書類の山を調べている。チータムは街を出ている。ほかの都市で、三件の大きな不正事件をかけもちでやっている。その些細《ささい》な事実を聞いたのは、弁護団にくわわることに同意したあとだった。チータムは、ここのところ、カメラの一団や、記事を書く手がふるえるような事件を捜して小さな鉛筆でメモをとるレポーターが来るようなゴールデン・タイムにしか姿を見せない。

「世間がこのでたらめをほんとうに信じると思うか？」ハリーの心は、目の前の作業とは遠く離れている。図書室に置いてあった州法律家協会の発行する上等な雑誌、《弁護士月報》を眺めている。雑誌のうしろのほうに差しかかっているが、そのあたりには、弁護士用のおもちゃの全面広告だ。司法のシンボルの天秤《てんびん》のマーク付きのゴルフボール、腕時計、スペース・シャトルよりもボタンがたくさんついている革張りの背もたれ付きの重役用椅《い》子《す》。ページのまんなかにいかだのように組んだ各種の〝槍《やり》〟――三〇〇ドルの〈モンブラン〉の万年筆――の派手な広告もある。

「ああ、忘れないうちに――」ハリーがポケットから小さな黄色い付箋《ふせん》を一枚出して、テーブルの向こうから滑らせる。「彼女の名前はペギー・コンラッドだ。独立して弁護士補助職《パラリーガル》（弁護士資格はないが、弁護士の監督のもとあるいは法の定めるところにより法律事務を処理する）をやっている」

紙切れに電話番号が書いてある。

「彼女がやっているのはほとんど、遺言検認だ」彼はいう。

わたしは、問いかけるように片方の眉《まゆ》を上げる。

「シャロン・クーパーの検認ファイルだよ」ハリーがいう。「この女性がきみの問題を全て解決してくれる」

「どうして？」

「おまえさん、助けがいるだろう」

わたしはメモを見て渋い顔をする。こういう職種の人間を使った経験がない。弁護士資格がない人を雇うとは。「ありがとう」わたしは彼にいう。「法律家協会から文句が出るんじゃないか？」

ハリーは肩をすくめる。「彼女の依頼人は皆弁護士だ。書類の記入のしかたがわからないのは、おまえだけじゃないな」

「話を聞いても損はないな」シャロンの遺言検認のファイルは、そろそろデスクに根をはやしはじめている。わたしは紙切れをポケットに入れ、自分の前に積まれた書類の山に注意を戻す。ハリーとわたしは、警察のつかんでいる証拠のほとんどをまとめあげていた。検屍と鑑識の報告から、死体をオフィスから運び出した数時間後に、ベンの死が自殺ではないという事実を警察がつかんでいたことがわかる。それにくわえて、指紋がまったく残っていないという事実がある。銃の本体に不明瞭な指紋ひとつなく、薬室に残っていたプラスティックの薬莢《やっきょう》にも指紋はなかった。弾薬を装塡《そうてん》した者は、手袋をはめていたか、布きれを使って、直接触れないようにしたのだろう。ベンの手から硝煙反応は出なかった。硝煙反応テストは、現代の銃器が発射されるときに噴出する物質――亜硝酸エステル、鉛の痕跡、バリウム、アンチモン――を、化学的に検出するテストだ。今回使われたような銃身の長い銃でも、こうした物質の残滓《ざんし》が、発砲に使われなかった手、つまり片方で引き金を引いているあいだ、銃口を口のなかに固定するために使われた手の表面に付着していなければおかしい。結論はただひとつ――だれかほかの人間が発砲したのだ。

「ちょっと不可解だな」わたしはいう。

「どこが？」

「犯人は、どうやってベンに口を開けさせたんだろう？　つまり、頭を至近距離で撃ったのなら納得がいく。しかし、被害者が自主的にショットガンの銃口を口に入れて協力するとは思えない。自殺をよそおうという相手の狙《ねら》いが見えすいているからね」

「そうだな」ハリーがいう。「撃たれたとき、意識がなかったのかもしれない」

「検屍官は体内から薬物を発見していない」

「しかし、頭に大きなこぶがあっても、あの傷ではわからないだろう」

ハリーのいうとおりだ。

凶器の銃は、弾道分析によると、十二番径のイタリア製ベルナルデリ・モデル192で、装飾がいっぱいほどこされて、高価なものだ。ベンの名前で登録されている。下の銃身に弾薬はこめてなかった。警察の報告書には、その銃は、いつもはベンの書斎の戸棚にしまってあり、タリアは簡単に書斎に出入りできたということだった。

チータムはその銃からいろいろ判断を下している。「ショットガンは、女性の武器ではない」陪審にそのいい分が通るかね、とわたしはいった。公判に付されることはない、とチータムはいう。証拠も見ていないのに、びっくりするような自信だ。

ベンの死体は、銃声を聞いたエメラルド・タワーの管理人が発見した。管理人は、オフィスにはいるやいなや、恐ろしい場面を見て驚愕《きょうがく》し、オフィスの前の外の受付ラウンジのバーブラの仕事机にひきかえして九一一に電話した。

その後、業務用エレベーターのなかでベンと同じRhマイナスB型の血痕がひとつ発見された。血の飛び散り方を分析すると、その血痕は彗星の尾のように小さな血痕をなびかせていた。それにより、鑑識班は死体が運搬された方向を判断した。遺体が貨物用エレベーターから廊下に出され、さらにオフィスへと運ばれたときに血痕がついたという結論を、鑑識は下している。

警察の報告書によると、建物のガレージの出入りには、ベンの電子カード・キイが使われている。コンピュータの記録が、そのキイを使ってビルに入ったのは、管理人が銃声を聞く約十分前だったことを示している。警察は、オフィスにはいるには、ベンのキイが使われたと推測している。

「髪の毛のことはどう説明する？」ハリーがいう。彼はテーブルの反対側においてある報告書を指差し、メモを取りながらいう。

わたしは眉をひそめる。「やっかいだ。でも致命傷じゃない」これは少し言葉を飾りすぎているかもしれない。

鑑識班は、ショットガンのロッキング・メカニズムに、人間の髪の毛が数本挟まっているのを見つけた。報告書によるとその髪の毛は〝故人の妻タリア・ポッターの頭から採取した標本とすべての点で特徴が一致している〟という。

「髪の毛なんて何カ月も前から挟まっていたのかもしれない」わたしはいう。「彼女は一度あの銃を使ったことがあるのかもしれない。ベンがスキート射撃に連れていったのかもしれない。それとも、戸棚のなかを彼女が掃除したのかもしれない」

「そうとも」ハリーが皮肉をいう。「あの女はじつに家庭的だからな」ハリーは疑念を抱いている。それが彼を雇った理由のひとつだ――自分に正直になるためだ。

「あの銃に近づけることは、いい方にも悪い方にもとれる。銃は彼女の家にある。長い年月のあいだには、髪の毛がはさまる可能性は、いくらでも考えられる」

「なるほど」ハリーはこれを受け入れないが、タリアのことを知らない理性ある陪審員なら信じるかもしれない。

死因は、多数の鉛の散弾（九号ショット）が高速で衝突し、脳が大きな損傷を受けたことだった。この散弾《ショット》は、一般的にはバード・ハンティングか、一部のスキート射撃で使われる。この一撃で脳がめちゃめちゃに破壊されている。散弾が一粒、脳幹神経節に残っていた。検屍報告書によると、撃たれたあと、ベンは意識的動作を行なうことはできなかったとされている。彼の脳は、すべての点で瞬時に死んだのだ。

「これをどう説明する？」わたしはいう。

ハリーに、検屍官の報告書の付記の一部を読んで聞かせる。検屍の際、脳幹神経節から散弾を一粒発見した。重さは〇・六九グラムだった。これは頭の空洞部で見つかった数粒の散弾や、ベンのオフィスの天井に撃ち込まれていた数百個の散弾よりかなり重い。報告書によると、九号ショット一粒の通常の重さは〇・四九グラムだ。今回の場合、じっさいには、それよりやや軽いものもあれば、重いものもあったが、脳幹神経節で見つかった大きな散弾の重量に近いものはなかった。

「報告書に結論は載っているか？」ハリーがきく。

「いや」わたしはにやりとする。「単にそう書いてあるだけだ」すべてを知りつくしているクープは、こうした事柄の結論を報告書に書かない。弁護側に結論を捜し出せといわんばかりに、時限爆弾のように仕掛け、自分が公判で証言するときに身動きがとれるよう余地を残している。わたしがまだ検事で、クープがわたしの主鑑定人としておなじ側にいたころ、彼はいつもこのようなやり方をしていた。こうして初めてクープを敵にまわすのは、たいへんな困難に直面することだ。それが、この事件にいささか気勢をそぐ側面をくわえることになった。いつかの朝は、中立的な立場にあったからああしてクープから情報を聞き出せたが、弁護側にまわったわたしを、彼はどう見るだろう？

「どうしてこうなったんだろう？」ハリーがいう。大きな散弾のことだ。

「わからない。熔《と》けてひとつになることはあるそうだ。質の悪い散弾だと、銃口を出る前に鉛の一部が熔けることがある。いくつかの散弾が熔けてくっついたのかもしれない。とにかく確認したほうがいいな」

ハリーがメモをとる。タリアの浮気について、警察の報告書には憶測がずいぶん書いてあった。ハリーはこの線の捜査に、格別興味があるようだ。警察はいろいろな目撃者を列挙しているが、大部分がうわさ話を提供しているにすぎない。タリアのメイドのマリアは、ある朝、タリアのベッドのシーツの上で男性の下着を見つけたことを、ためらいがちに認めている。ベンはその前の晩は街にいなかったし、とうてい彼の下着とは考えられなかった。警察の言葉を借りれば、〝男性用のGストリング〟で〝豹《ひょう》柄の絹の前あて部分に細いゴムひもが付いて腰の部分のバンドにつながっている〟というしろものだった。

「ジャングルの女王シーナだ」ハリーがいう。「ふたりして天井にくくりつけられたつるにぶらさがっていたのかと思うぜ」そういうエキゾチックなやりかたで楽しんだことがあるか？　というようにわたしを見る。

わたしは黙って座り、ポーカー・フェイスで彼を見る。警察が豹柄の下着の持ち主を捜しても、自分のことが知られる気づかいはないのでほっとする。それと同時に、タリアの周囲に、そんなものを身につける奴がいただろうかと考える。これは厄介だ。タリアが証人席でほかの男性との関係を否定したとき、この下着について説明を求められることはまず間違いない。

タリアの社交仲間の友人や知人は、タリアが男連れで出歩くのをよく見ているはずだ。思慮の欠如が、タリアの身に跳ね返っている。男性たちはみな、ためらいながらも、警察に供述している。警察の報告書の彼らの名簿は、さながら紳士録のコピーのようだ。警察はまだ、この殺人事件におけるタリアの共犯者をやっきになって捜しているらしい。

「クープはひとつの点で正しかった」ハリーがいう。「犯人はまったくのしろうとだった」

「そうかもしれない」

ハリーがわたしを見る。「疑うのか。銃はきれいに拭いてある。エレベーターには血痕、死亡時刻のずれ、ただの馬鹿じゃないか」

たしかに、自殺に見せかけたことは、すぐに見破られる。長時間ごまかすことはできない――そのことをわたしは認める。

「そういういいかたは控え目に過ぎる」ハリーがいう。

ハリーは最後の検屍報告書を読み終えると、裏返しにして、読み終えた書類の束に重ねる。「深刻な問題がいくつかある」重要な事柄から、順序だって述べる。

「死亡時刻だ。検屍官は午後七時五分としている。管理人がオフィスの銃声をきいたのは八時二十五分だ。警察はタリアを捜したが、家に帰ってきたのは十時近くだった。検屍官がホルムアルデヒドでラリっていなかったとすれば、ポッターはオフィスで殺されていない」

わたしはうなずく。

「そうなると、肝心なのはこの近所の女だ」ハリーがいう。「この御婦人がアルコール依存症だといううわさがあるといいんだがな」

ハリーがいうのは、ベンのロールス・ロイスが八時少し前に家の私道にとめてあったと述べている近所の女性――ポッターの隣人の年配の女性のことをいっている。

「彼女が信頼できるとわかり、おれたちがその目撃時刻に関する証言をくつがえせなかったなら、ポッターは死亡時刻に自宅にいたということになる」

「厄介だな」わたしがいう。

「陪審はこれに飛びつく。自宅で殺されたとすると、原因は家庭内のこととなる。彼女が家のなかでベンを殺したと論証するだろう」

「警察はひとついいことをしてくれた」わたしはいう。「翌朝だが、鑑識班が家のなかを徹底的に調べている。鑑識の報告書を読んだだろう。家のなかで争った形跡があったか？」

ハリーが首をふる。「なにひとつない」

「ベンが邸内で殺されたのなら、家のなかになにか物的証拠があると考えるのがふつうだ」

「考えるのがふつうだ」ハリーがこだまのようにくりかえす。「でも絶対とはいえない。戸外あるいは簡単に掃除ができる堅い床の上で行なうことができたと推測するだろう」ハリーは、われわれの主張事実の弱い部分をつつく役割を演じている。

「少なくとも、警察が調べたにもかかわらず、なにも見つけることができなかったと論証できる」

「そのとおりだ」ハリーがいう。「それに、彼らもあそこでタリアがベンを撃ったことは論証できない。十二番径だったら、いたるところに血と脳味噌が残っているはずだからな。近所の人も銃声を聞いているはずだ」

「警官役をやってくれ」わたしはいう。「では、ベンはどうやって殺されたんだ？」

「おれの推理か？」

わたしはうなずく。

「警察は、古典的な手口にこだわるだろう——鈍器で頭を一撃という奴だ」

「それは通用しない」わたしはいう。「検屍報告書には、死因が大粒の散弾《ペレット》によるものだと書かれている」

「なんとかいう組織のなかで見つかった、と」

「脳幹神経節」

「そう、神経節」

「警察は、われわれが知らないなにかをつかんでいない限り、難問にぶつかるだろう」

「奴らが難問をかかえていると知って嬉しいよ」

「ああ。死亡時刻は警察の専門家が午後七時五分とはっきりいっている。オフィスのショットガンの銃声が聞こえた時刻は、八時二十五分。だが、検屍によると、死因は脳幹神経節に入った散弾とされている。さあどうする」

ハリーが、意表をつかれて渋い顔をする。公判は人生とおなじで、わからないことが一番の恐怖なのだ。そして、現在、われわれの事件は謎《なぞ》につつまれている。

ハリーはテーブルの書類の山をいじくりまわしている。「そっちにあるんだろう、検屍報告書は」

わたしは書類の山に手を伸ばし、それを引っ張り出す。

「付記だ」彼がいう。「大粒の散弾のところだ。もう一度読んでくれ」

わたしは、読みかけたところで言葉を切り、光っているハリーの目を見上げる。

「おなじことを考えているようだな」彼がいう。

わたしはうなずき、ほとんど同時にふたりでささやく。「二発目だ」

「クーパーの嘘つきめ」わたしはいう。「奴の見つけたのは、弾丸《ブリット》の破片だ」

「チータムの奴、これで〝ショットガンは女性の武器じゃない〟説とはバイバイだ」ハリーがいう。「ベンかタリアが小口径の銃を持っていたかどうかを調べないと。持っていたとすれば、登録してあるかもしれない。つまり、警察が知っているということだ」

ハリーはさらにメモをとって、メモ帳の上にペンを置いて手をこすり合わせる。

「すべて互角になったな。でも、わたしはどちらかというと向こう側につきたいな」検察のほうがいいというのだ。「あんた、どう思う?」

「どうもかんばしくない情況だな」

「これはどうだ」彼がいう。「ポッターがオフィスから早めに帰ってきて、シーナとジャングル・ボーイがつるにぶらさがっているところに出くわす。売られた喧嘩をポッターが買い、そのとたんに小型の拳銃から一発頭に撃ち込まれる。ベッドの脇のテーブルにあった拳銃かもしれない。ふたりは、ポッターを車で運ぶ」きっと検察側の筋書きと一致しているにちがいないというように、ハリーが少し鼻にしわを寄せる。「ベンをオフィスに運び、ショットガンで一発撃つ。それを管理人が聞く。散弾が前の弾丸の破片を吹き飛ばす。あるいは、頭にはいったときにいくつもに砕けて、神経節の巨大な破片以外は、散弾と見なされたのかもしれない」

わたしは首をふる。

「どうした？」ハリーがいう。

筋書きの可能性を否定するわけではない。それに反対する材料がなにもないので、あきらめて首をふっているのだ。

「それに、これなら鑑識班の繊維分析とも一致する」ハリーがいう。

鑑識班は、ベンの衣服に二種類の絨毯《じゅうたん》の繊維が残っているのを発見した。ひとつは主に戸外の絨毯やRVやトレーラー・ハウスに使われている安物の人工繊維で、もうひとつはもう少し高級なナイロン繊維だ。後者はベンのロールス・ロイスのトランクのワインレッドの絨毯と完全に一致している。

「タリアと話をする必要があるな」わたしはいう。「事件当日にどこにいたかを裏付けるなにかがあるはずだ」タリアは、死亡時刻のアリバイがないことを告げている。彼女の話によると、ベンが殺されたとき、ある物件――遺産相続のために売りに出ているヴァカヴィルの家を見るためにひとりで出かけていた。彼女がその場所にいたことを裏付ける事実、電話をかけたり、クレジット・カードでガソリンを入れたというようなことがないかときいたが、だめだった。彼女は無人の家に、郵便受けに入れてあった鍵を使ってはいり、見終わると出ていった。ベンの死の直前と直後、地上から姿を消したも同然だった。検察がどの殺人においても重大な要素のひとつと見なす事実——すなわちタリアに殺人を犯す機会があったことを、容易に証明することができる。

背後でフランス戸が開く。ロン・ブラウンのにこやかな顔がのぞく。われわれを迎える。ブラウンはグレーのピン・ストライプに、いやに切れ込みの深いフレンチ・カフスのシャツといういでたちで、ふんぞりかえってはいってくる。片手は、引き締まった腹をつつむ上着のまんなかのボタンに添えている。上くちびるが鉛筆のように細い口髭の下でぴくぴくふるえているところを見ると、われわれの知らないことをなにかつかんだのだ。

「朗報だ」ブラウンがいう。「もう勝ったも同然だ」

「結構、朗報なら、いくらでももってこいだ」わたしはいう。

ハリーが、吐き気をもよおすという表情を浮かべている。

ブラウンが、この瞬間を楽しむために間を置く。「いままで伏せていた。デリケートな話し合いをしていたので」

「いいかげんにしやがれ」ハリーがいう。

チータムとこの宦官《かんがん》は、なにをたくらんでいたのだ。そのときはっと気づいた。彼らは地方検事と、タリアを救うために答弁の取引（通常、被告人がより軽い罪を認めるか訴因の一部のみ有罪の答弁を行なうと申し出て、検察がそれを認めるという交渉手続）をしていたのだ。チータムは思ったほど馬鹿ではないのかもしれない。

「ギル――いや、チータムさんは、ニューヨークの出版社と、タリアの事件の本を書くことで、六桁の取引をまとめた。出版社は、最高裁裁判官候補の死の内輪話に興味を示している」

わたしは、信じられないというようにハリーのほうを見る。これにはがっくりきた。「冗談はよせ」

ブラウンの声が一オクターブ上がる。「こんなことで冗談をいうと思うか？　チータムはたいへんな策士だ。この機会を利用しない手はない」

ブラウンが、われわれの前のテーブルの上に乱雑に詰まれた大量の書類を見る。

「で、きみらはどんな知恵の小石を見つけたんだ？」

ハリーはカンカンに怒っている。首筋の血管が、まるで鋼鉄のケーブルのようにふくれあがっている。

「貴様の腎臓にそいつを詰め込んでやろうか」ハリーがいう。

「はあ？」せっかくの痛烈な皮肉も、ブラウンには通じなかった。

15

タリアの家に着くと、もう午後八時前だ。チータムやスカーペロスに邪魔されないように、オフィスの外で会おうと電話でいってある。

呼び鈴を鳴らすと、タリアのたしなみのなさを知ることになる。ドアを開けたのは、彼女の若い友人、トッド・ハミルトンだ。顔いっぱいに浮かべた微笑が、玄関の明かりより輝いている。一日じゅう彼女につき添って、慰めたり励ましたりしているのだろう。ふたりで玄関先にたたずむと、近所の視線に気づく。わたしは検察側にまわって考える。ベンが殺された夜、トッド・ハミルトンはどこにいたのか。

ハミルトンは、ブランディ・グラスを持っており、琥珀《こはく》色の液体が底で渦巻いている。

「どうぞ」と、ハミルトンがいう。「なにか飲む?」

「できればスコッチを。氷はいらない、少し水で割ってくれ」

タリアの待つ居間へ案内される。黒いレースのパジャマを着て、脚を折り敷いてソファに座った姿は、ハーレムにさらわれてきた花嫁という風情だ。

飲み物を持ってきたハミルトンが、向かいの籐椅子《とうい す》へどさりと腰をおろす。ソファのタリアとわたしたちは、ちょうど三角形の三つの頂点のように向き合っている。ハミルトンはボタンダウンのシャツの胸もとをはだけて、脚を組み、片方の足のボストン・ローファーをぶらぶらゆらしている。どこからみても典型的なプレッピーの身なりだ。この体なら豹柄のGストリングも似合うだろう。

タリアは挨拶もそこそこに、いきなり今夜の会合の核心——検察側の発見した証拠に関してわたしの調べあげたこと——に移る。わたしはメモを出して、上から順に読みあげる。

最初の質問に、タリアがしばし考えてから答える。「そう、ちっちゃくて可愛らしいのだった」両手の人差指を三インチほど離して立てる。「ベンが買ってくれたの。握りが白で、きらきら光っていた。とってもきれいだった」二年前、〝毛むくじゃらの強姦魔〟として知られる婦女暴行犯が街の東側で暴れまわっていたとき、ベンに買ってもらった小さなセミオートマティック・ピストルについて、そんなふうに説明する。

「口径は？」わたしがきく。ベンの体内で破片が発見された弾丸はメタル・ジャケットの可能性があるかもしれない。だから、この点は重要だ。メタル・ジャケットなら、九ミリ口径などの大口径のセミオートマティック・ピストルの弾薬ということになる。彼女の持っている拳銃の弾薬とちがうことを証明できるかもしれない。

「知らないわ。弾《たま》がとても小さかった。ほんとうにちっちゃいの」

二二口径か二五口径だろう。女性用の武器だ。

「いまも持っている?」

「見つからないのよ――一年以上になるかしら。寝室にあるベンのサイド・テーブルにしまってあったのに」ハリーは千里眼の持ち主だ、と思う。

「去年のクリスマスにベンが出したきりよ。小さい子供が来るというので。ベンの姪《めい》とその子供たちが休みにここへ来たの。子供たちの目に触れそうな場所に置くのは危ないと思ったのね。正直いって、どうやって撃つのかも知らないのよ。ベンが一度、射撃場へ連れていってくれて、弾をこめて、何回か撃たせてくれたけれど。こんなものが必要だなんて思わなかった。でも、あなたもベンの性格は知ってるでしょう」

「ベンが殺された翌日、警察はこの家に来たときに銃を捜さなかったか?」

「捜していたかもしれない。あまりよく見ていなかったの」

「捜索令状は持っていた?」

「持っていなかったと思う。警察が呼び鈴を鳴らして、調べさせてくれませんかといったの。わたし、いいですよ、と答えたの。ベンが死んで、気が動転して、混乱していたのね。協力するのが一番いいと思ったの。なにも隠すものはないし……とにかくそのときはそう思ってたの」

令状がなかったことは、ふつうならわれわれにとっては朗報だ。なにか発見したとしても、証拠排除を申し立てられる。しかし、タリアが捜索に同意したこと、捜索がまだタリアに容疑がかかっていない初期の段階に行なわれたという事実を考えれば、それは議論の余地があるところだ。

「なにか押収したものは？」

「おぼえていないわ」タリアがその日のことを思い出そうとするあいだ、しばし重苦しい沈黙につつまれる。「小さなビニール袋を二つか三つ持ち帰ったと思う。なにがはいっていたのか知らないけれど。でも、銃はなかった。銃があったらおぼえてるはずだもの」警察が銃を捜していたかどうかはともかく、いずれにせよ見つけていない、そうタリアは確信している。「書斎から弾を何発か持っていったと思う。例の銃の弾と比較してみたいといっていたから」

「ショットガンのことか？」

「たぶん。思い出せないのよ。ずいぶん前のことだから。あのころ、べつに気にかかることがあったでしょう。あなたもおぼえているはずよ」かなり強い皮肉をこめた口調でいう。

「重要なことなのか？」ハミルトンがきく。

「あるいは。銃を捜してくれ。見つけてもさわってはだめだ。指紋がついてるかもしれない。すぐぼくに連絡してくれ」

この点に関してはタリアの確信は正しい。警察がその日の捜索で銃を発見できなかったことは確かだろう。警察の保管所にある証拠品の一覧表には載っていなかった。しかしこの情況では、検察側にとって銃の紛失は、それを手に入れたのとおなじ意味がある。ベンの体内で見つかった小さな弾丸の破片は、綿密な弾道分析をするのに充分な量ではないらしい。破片がごく小さく、しかも遺体の損傷が激しいことから、どの銃から発射された弾丸かを特定するのは不可能だ。だが、その破片が小口径の弾丸の一部に間違いないことは証明できる。さらに、銃の登録証明書からベンかタリアがそういった小口径の拳銃を持っていたことが明らかになれば、検察側の主張事実の大きな穴が埋められることになる。そうなったら、われわれは、〝ベンの頭部に撃ちこまれた弾丸は、タリアが見つけることのできない銃から撃たれたものではない〟という二重否定を立証しなければならない立場に追いやられる。こういう欠損（あるべきものがないこと）は、陪審員がとんでもない結論を導く原因になる。

「捜してみる。ぼくが手つだう」ハミルトンがいう。その声には誠実さがこもっている。ハミルトンは、きわめて純真な人間か、あるいは、とてつもなく要領がいいのだろう。どちらなのかわからない。

「その銃はすごく重要なんだろうね。さもなければ捜したりしないだろう。でも……」

「でも、なんだ？」

「ポッターさんは拳銃で撃たれたんじゃない」

「事実そう思っているのか？」

どの新聞にもそう書いてあった——というわかりきったことを口にしない程度の知恵はあるらしい。「ショットガンが使用されたという証拠をつかんでいるんだろう？」

彼はどうやら、純真な人間ではないようだ。「相反する証拠があるとだけいっておこう。われわれはいま、多数の嚙《か》み合わない手がかりを調べているところだ。では、つぎの問題に移ろう——アリバイだ。殺人のあった日のきみの所在について、もっとくわしく知りたい。前にもきいた。だが、もう一度ききたい」

この質問に、タリアはちょっと不機嫌になる。すでに何度も質問されているからだ。だが、答えてくれる。「前にいったとおり、バカビルに行って売家を見たのよ。家に戻ったのは十時ごろだった。帰ったときには警察がいて、わたしを待っていた」

タリアとハミルトンが、意味ありげな目配せを交わす。ふつうの人にあらぬ妄想をいだかせ、法律家を不安に陥れる目配せだ。わかりきっていることをふたりが悟っただけだろうと、自分にいい聞かせる。アリバイを立証するきちんとした証拠がなければ、タリアは間違いなく被告席に座ることになる。

わたしは賭《か》けに出て、カマをかける。「おいおい、それは通用しないぞ」わたしはふたりの目配せを大げさに真似して、目をぎょろぎょろ動かす。言外のふくみが伝わるように語気を強める。嘘をついて時間を無駄にするな。「ほんとうのことを、いま、あらいざらいいうんだ。さもないと、手は貸せないね」

「わたしたち、ほんとうのことをいっているのよ」タリアがいう。「いえ、つまり、わたしがということよ——わたし、知ってることをみんなあなたにいっているつもりよ」

「だが、それでは不充分だ」偽証をそそのかすことにならないようにしながら、依頼人をしゃべらせるように持ってゆくのは、なかなか難しい。「なにか忘れていることがあるはずだ。だれかと話をしたとか。途中でどこかに寄ったとか。記憶からもれている事柄があるだろう。考えるんだ」

タリアが記憶を必死でたぐるあいだ、はりつめた長い沈黙があたりに垂れこめる。すでに、タリアの署名入りの同意書をもらい、その日なにか買い物をしたのを忘れている可能性に賭けて、彼女の持っているすべてのクレジット・カードの会社にその同意書を送付してある。

「ごめんなさい」タリアはわたしの表情に焦燥を見てとる。「なにか不都合なことがあるの?」

わたしはうなずく。「ここで初めて聞いたということを、連中——スカーペロスとチータムとにいってもかまわない」チータムはどうせいいかげんなことをならべているだろうが、わたしがここへ来た理由のひとつは、彼女に真実を告げることだ。

「DAと取引をすることもできる」これは新しい可能性のはずだ。答弁の取引の可能性については、いままでだれもタリアに切り出していない。

「本気か？」ハミルトンが組んでいた脚をほどいて床におろす。椅子から身を乗りだして、信じられないというふうにわたしを見る。

「本気だ。これ以上ないくらい本気だ。ガス室行きの一歩手前なんだぞ」ハミルトンはぞっとしただろうが、それでも彼にとってガス室は抽象的な存在でしかない。わたしも彼とおなじなら、どれほどいいだろう。革紐《かわひも》で椅子に縛りつけられたブライアン・ダンレーが身もだえする姿がいまもはっきりと目に浮かび、助けてくれと泣き叫ぶ声が聞こえたような気がして、夜、冷たい汗をかいて目がさめる。もう何カ月もたつのに、どうしていまだに頻繁に脳裏によみがえるのか、不思議でならない。だが、検察側の証拠を見たいま、ダンレーのかわりに、猫を思わせるやさしいタリアの目に恐怖が宿るさまを思い描くのは、そう飛躍的な想像ではない。タリアの表情から、そういう考え方がようやく根をおろしはじめていることがうかがえる。

「チータムがどんなことをいってきたか、想像はつく」そういって少し言葉を切り、重要な話だということを強調する。「くだらんおしゃべりと楽観的な意見を山ほどならべたんだろう。ぼくは彼のことを調べた。奴は、十の訴訟のうちひとつ勝てば、それに尾ひれをつけて吹聴し、自分を実物以上に大きく見せる」チータムに関するこの調査結果が、とてつもない不安をかき立てた。「民事もひどいものだ。なかには、片足を失ったうえに、ゴミの散乱する街角で一生物乞いをするはめになった男もいる」

タリアの顔がひきつる。こんな情景をきかされて、じぶんの立場が哀れをもよおす境遇のように感じられたのだろう。彼女は、貧乏になるくらいなら、即座に死を選ぶにちがいない。

「ギルバート・チータムにとって、この事件は格別な事件ではない」わたしはいう。「スクラップ・ブックの数ページを記事で埋めるチャンスとしか考えていない。これが終われば、つぎの事件にとりかかる。それが終われば、またつぎだ。彼だって勝ちたいだろう。それは間違いない。だが、チータムのような人間は過去をふりかえらない。いいかえるなら、失われた大義に涙を流すことはない。負ければあっという間に忘れる。勝ったことだけをおぼえておく。奴らの本を出す出版社にも、おなじことを指示している」わたしのいうことを彼女が理解しているのかどうか、わたしにはわからない。

「奴が、きみの事件の本の版権を出版社に売ったのを知っているか？」

タリアが弾かれたようにこちらを向く。

「知らない」とタリア。

わたしはうなずく。「ほんとうのことだ」

ハミルトンが笑う。「ほら、そこだよ。訴訟に負けると思っていたら、版権を売るかな。そんなことをする奴は馬鹿だ」

「そう思うか」わたしはいう。「タリアが勝つにせよ負けるにせよ、ひとつだけはっきりしてることがある。ギルバート・チータムは、読者の心をとらえ、読書に没頭させるだろう。あいつは、タリアを法のいけにえにして、自分は大祭司の役を演じるのさ。ほら、古いことわざがあるじゃないか」――わたしはまっすぐハミルトンを見据える――「名前をおぼえてもらえるなら、評判のよしあしなんか関係ない。その本でもっとも大きな活字は表紙のチータムの名前だ。それは間違いない。そして本文には、奴の名前が句読点より頻繁に出てくる」

「そうは思わないな。彼は自信があるにちがいない。だって……」

「トッド、黙って」タリアは、ハミルトンの意見にはうんざりしている。

わたしのひとり舞台だ。「なげかわしいことだが、われわれが予備審問で勝つ確率は非常に低いか、あるいはゼロだというのが事実だ。検察側のもっとも有利な証拠を見た」少しためらってから、さらに衝撃的なことをいう。「ぼくの考えをいおう。きみは第一級謀殺容疑で公判に付せられると思う」

タリアが見るからに動揺する。その知らせの内容だけではなく、そっけないいいかたで告げられたこともこたえたのだ。「わたし、殺していない」

「こんなことをいうのはつらいが、やったかどうかは問題じゃない。証拠はきみがやったと告げている。それに、予備審問で検察側は、犯罪の存在、つまりベンが他人の手にかかって死んだことと、きみが有罪であると信ずべき合理的根拠があることだけ立証すればいい」できるだけ切迫した口調をこころがけ、平明に説明する。「もしきみがこれ以上なんの証拠も出せないとしたら、予審では間違いなく彼らの主張事実が認められるだろう」

「有罪になるの？」とタリアがきく。

この問いには答えず、賭け率はいま動いている最中だというように、眉を上げ、首をかしげる。

タリアもハミルトンも仰天している。早い段階で無実の罪が晴れるだろうというチータムのおとぎ話を、ふたりとも鵜呑《うの》みにしていたらしい。

タリアはいまにも怒り出しそうだ。無実だという主張を信じていないために、わたしがこういうことをいい出したと思ったのだろう。ひとしきり当たり散らして、口を閉ざす。

「あなたは自信たっぷりなのね」

ハミルトンはおとなしくなり、両手でつつむように持ったスニフターをのぞき込む。ブランディが、地震計の針の描くふるえる線のようにかすかに揺れているのが見える。現実の重さに負けそうなのだ。

ハミルトンがタリアを見る。「タリア、ぼくたち、やっぱり……」

「だめ」とタリアがいう。

ハミルトンは、DAとの取引を勧めようとしたのだろう。

タリアはようやく落ち着いて、ベンが死んだ日にバカビルへ行ったときの記憶を、わたしといっしょにたどる。が、彼女の話は、アリバイがないことを改めて確認したにすぎない。この間、最初から最後まで彼女はひとりだった。田園地帯のこの屋敷にはいるときには郵便受けに入れてあった不動産屋の鍵を使ったこと。二時間以上家のなかにいて、部屋ばかりでなく豪華な家具も見てまわったこと。前の持ち主は現代的な内装が趣味だったらしい。死んだとき相続人がいなかった。家と家具は郡の遺産管理人の手によって売りに出された。この手の物件は、検認裁判所や遺産管理官から安い値段で物件を買い取る〝四十人の盗賊〟と呼ばれる不動産投機家が買うのがふつうで、タリアとは無縁のはずだ。どうしてこの物件のことをタリアが知ったのか、わたしにはわからない。それからタリアは、給油も食事もせず、一度も車をとめずに街に戻ってきた。だれとも会わず、だれとも話をしていない。

「まいったな」とわたしがいう。

「タリア、ぼくのいうことをきいてくれ」ハミルトンが説得しようとする。「しばらくふたりきりにしてくれないか」

ふたりきりでハミルトンに話をさせたくはないが、ふたりの親密の度合いからして、どうもこういうやりとりが前にもあったようだ――わたしが来るはるか前に。

「わかった。話をしてくれ」

わたしはたちあがり、書類鞄《かばん》とノートを椅子に置いたまま部屋を出る。玄関ホールを横切り、ベンの書斎の扉がひらいたままになっているので、なかにはいる。電気スタンドをつけ、闇《やみ》を追い出す。

向こうの部屋から、タリアの拒絶の声が何度も聞こえる。ハミルトンの説得はあまりうまくいっていないようだ。

書斎は博物館の展示を思わせる。デスクの上にはベンの書きかけの書類がある。電気スタンドの下にはひらいたままの本があり、いまにも彼が戻ってきて、読みかけのところから読みはじめるのではないかという気がする。表紙を見る。《ウェスト・ダイジェスト》（ウェストは『アメリカ合衆国判例体系』を出版している法律専門の出版社）の一冊で、図書館でやるように、小口にポッター&スカーペロス法律事務所会社の社判が捺《お》してある。きっと事務所でこれを捜して駆けずりまわっているあわれな平弁護士《アソシエイト》（法律事務所のパートナーになっていない弁護士）がいるにちがいない。

向こうの部屋でタリアが、これで最後というように「いやよ」とどなり、そして静寂がおとずれる。ひきかえす頃《ころ》合《あ》いだ。

明かりをつけたまま書斎を離れ、ゆっくり居間へ歩いてゆく。居間にはいると、ハミルトンはこちらに背を向け、手入れの行き届いた広い芝生と、そのはるか向こうの撞球室《どうきゅうしつ》を窓から眺めている。

「ポール」タリアがいう。「専門家としての意見を聞かせて。見込みはどうなの?」きびきびした口調だ。

「公判までのあいだになにがあるかわからない。公判中もなにが起きるかわからない。予審で検察側の証人の証言を聞けば、もっといろいろなことがわかるだろう。だが、いまの段階で予想しろといわれれば、五分五分としかいえない」いくぶん粉飾していう。

タリアがしばらく考えてからいう。「取引はしない。負けるとしても、最後まで闘う」彼女が、思ってもいなかったような闘志を示す。

タリアが、ソファを立ち、部屋を出る。話し合いはこれで終わりということだ。

わたしはハミルトンと玄関口に立つ。タリアは見送ってくれそうにない。ハミルトンがドアを開ける前に、ふり向いて彼を見る。

「ききたいことがある」わたしはいう。「答えたくないなら、答える必要はない」

「答えられることなら」

「ベンが殺された日、きみはどこにいた？」

思いもよらない質問だったようで、顔を紅潮させる。

「単刀直入だな？」

「やむを得ない。時間がない。きみは自分が危険な立場にいることがわかっているか？」

「ぼくが？」ハミルトンが信じられないという口調でいう。

「そうだ。きみはいまこの家にいる。警察は共犯者を捜している。タリアを手伝って死体を運ぶ力のある人間をだ。ベンがどこで殺されたか知らないが、そこからオフィスまで死体を運ぶことができる人間だ。いまのところ、きみがもっともあてはまる。もっと目立たないようにしていたほうがいいな」

「そうかもしれない。だが、彼女は友人だ。友人を見捨てないという信念のもとで、ぼくは育てられた」これはわたしへの当てこすりのように思える。とにかく、彼女が困っているとき、適切な距離をおいていたのは事実だ。わたしたちの関係は、現在では純粋に仕事上のものなのだ。

「えらいな」わたしはいう。

「そうじゃない。当たり前のことをしようとしているだけだ」

「しかし、質問には答えていない。ベンが殺された日、きみはどこにいた？」

「スポーツ・クラブにいた。テニスをしていた。午後はずっと」ハミルトンが、たじろぎもせず、顔色ひとつ変えずにいう。「そこで友人たちと食事をした。九時までそこにいた」

肩ごしにうしろをふり向いて、声の届くところにタリアがいないことを確かめる。「確認がとれるはずだ」

「それはついていたな」

「ああ」ハミルトンがドアに手を伸ばしながらいう。「それじゃ」

16

予備審問まであと四日。世界の終わりを告げる時計の針が動いているとでもいうように、わたしは時間を気にしている。影のようにチータムにつきまとい、証拠の下準備をさせようとする。電話の合間に、例の弾丸《たま》の破片に関する意見を話す――銃撃は二度あったのだと。チータムは手をあげてわたしをさえぎる。ひまがないというように。

電話機はチータムの耳の延長だ。州内外への遠距離通話で、べつの担当事件の情報をかき集め、ロサンジェルスのオフィスや、ニューヨークの株式仲買人と話をし、まるで国際的フランチャイズ企業のように、他の六つの州で活動している部下たちにファクスで問い合わせて日々を過ごす。ギルバート・チータムにとって、電話で報告を受けた以外の出来事は、この世に存在しないようだ。タリアの事件の情況を訴えようとして、わたしの意見を文書にしたことがある。だが、その文書は読まれることもなく、ポッター&スカーペロス事務所で彼が使っているデスクの書類入れのなかで、ほかの黄ばんだ文書の山とともに朽ち果てつつある。

予備審問の三日前、ようやくのことでチータムを昼食にさそい出す。ダウンタウンの雑踏から離れた小さな暗いレストランの奥のテーブルへ彼を案内する。この十年、社会的地位の高い人間が、この店のドアをくぐったことはないはずだ。ここならだれにも見つからず、だれにも邪魔されない――そういう理由でここを選んだ。

「仔牛肉《ヴィール》はどうかね？」チータムがきく。

「どれもすごくうまい」わたしは嘘《うそ》をつく。

「結構。わたしは仔牛肉にする」

料理を注文すると、わたしは話をはじめる。数秒後、かろうじて聞こえるくらいのかん高い電子音が響く。テーブルの下から聞こえてくる。

書類鞄の蓋の金具を音を立てて開け、小さな電話機を取り出す。予期しておくべきだった――チータムの携帯電話への病的な執着を。

「ちょっと失礼」と、チータムがいう。

チータムが地球の北半球全域にわたる多元同時通話で話をつづけているあいだ、わたしはセロリの茎をかじり、サラダの端のほうをつつく。

メイン・ディッシュが出てくる。チータムは電話を耳にあてがったまま、仔牛肉をフォークで口に運んでいたが、不意にロサンジェルスとの通話を保留にする。彼はいう。

携帯電話に接続できる携帯ファクスを車に備えるのが夢だ。わたしは丁重に笑みを返す。この男はエレクトロニクス中毒だ。

チータムはコーヒーを飲み終えると、「勘定を頼む」とウェイトレスにいうあいだだけ電話を耳から離す。それからわたしたちは店を出て、チータムの車に乗ったが、受話器はあいかわらず彼の耳にくっついている。

ある交差点で仕事の話を終えたチータムが、わきの座席に受話器を置く。

わたしはすかさずいう。「公判の準備をはじめないといけないが、どういうふうにやるつもりだ？」予備審問の答弁で必死の防戦をしてもまず無駄だと断言する。

「きみは早くあきらめすぎだ」チータムがいう。「公判の話はまだ先だ。予審が終わってからでいいだろう」

「いっておくがね」わたしはいう。「もし予備審問で片をつけられるような魔法の弾丸を持っているのなら、いまいってくれ。だが、わたしにはごまかしは通用しないぞ」

チータムが目を丸くして、問いかけるようにこっちを見る。

「本腰を入れろ。たわごとは抜きにしろということだ。ぼくの時間を無駄にするな。ぼくはタリアとはちがう。あんたのいつもの依頼人とはわけがちがうんだ。ぼくは証拠を見た。あれだけ証拠がそろっていたら、予備審問では相当苦労することになるだろうな」ぜったいに間違いないということを強調するために、余計な言葉をはさまず、嚙《か》んでふくめるようにいった。

「おいおい」チータムがわたしのほうを見る。一瞬、チータムにかつがれているのではないかという考えが頭をよぎる。議論すべきなのか、悪気のない冗談と受けとめるべきか、わからなくなった。なぜなら、チータムも、この事件の現状は当然認識しているはずなのだ。

チータムが、ベストから革の煙草入れを取り出して蓋を開け、ぴかぴか光るセロファン紙に包まれた長い細い葉巻が五本見える。一本をわたしに差し出す。

「いや、いらない」

「吸ってもいいか？」

「あんたの車だ」

「きみはあまりにも悲観的すぎる。たしかに骨の折れる事件ではあるが、勝ち目はある」

この男は夢想家だ。

チータムが包装紙を口で破り、細長い葉巻を口にくわえる。木のマッチで火をつけると、車内に濃い紫煙があふれ出す。わたしは窓を数インチ開ける。

「骨の折れる事件ねえ」そんななまやさしいものではないということをほのめかす。

「司法手続にあって、予備審問は、訴追のための証拠物をめぐる戦いにすぎない」

それは事実だ。予備審問の唯一の目的は、根拠のない重罪の訴追請求をふるいにかけ、あやまって告発された被告人が上位裁判所で公判にかけられて苦しみ、損失をこうむるのを避けることにある。

「まず第一に」と、わたしはいう。「検察側は最小限の証明責任を負うだけだ。〝合理的疑いの余地のない証明〟の必要はない。それが予審だ。〝証拠の優越〟すら関係がない。〝相当な理由〟さえあればいい。この州でそれがなにを意味するか、知っているな」

煙にかすんだチータムの表情を見て、知らないのだとわかる。

「つまり嫌疑だ——ごく小さな嫌疑でもいい」おぞましい昔の皇室庁裁判所（独断的な裁判を理由に一六四一年に廃止されたイギリスの裁判所）の名残をとどめる不吉ななにかを思い出させるような口調でわたしはいう。「ポッターが殺害され、タリアが殺したという合理的な疑いだけで、裁判官はわれわれの依頼人を第一級謀殺容疑で上位裁判所へ送ることができる」

チータムは煙の輪を天井に向けて吐きだしながら、うなずき、微笑する。「たしかに。だが、われわれに有利な点もいくつかある」

「たとえば？」

「相手がポッターのような老人であろうと、女性がどうやって自分より大きく強い男に力で勝つことができたのか。なぜショットガンを使うのか——女の使うような武器ではないということは認めるだろう」いつぞやの自説をまた持ち出す。

「話をちゃんと聞け。警察は共犯がいるという線で捜査中だ」

チータムの脇の電話が鳴りだす。彼が取る前に、わたしは手を伸ばす。床のわたしの足もとに落とすと、電話はそこで鳴りつづけ、やがて切れた。

チータムがむっとしたようにわたしを見るが、やがて微笑する。「わかった。それで？」

「まず第一に、DAは最大級の嫌疑を抱いているし、その嫌疑はすべてタリアに向けられている」わたしはつづける、二発目の発砲があったというわたしの推論。ある証人が、死亡推定時刻にベンの車が自宅にあったことを証言するはずだ。タリアには、まるきりアリバイがない。

わたしがいい終えると、チータムはしばし黙って思いめぐらしてからいう。

「それで、きみはなにがいいたいんだ。答弁の取引を開始しろというのか」

わたしは眉を上げる。「準備もできていない公判に追い込まれるよりはそのほうがいい」

この事件に関心を払わず、時間をかけていないのを非難しているのだと、チータムもようやく悟る。彼がスパスパと葉巻を吸い、車内に煙がたちこめる。ひどく目にしみる。スカーペロスの犬の糞の煙でないことが、せめてもの慰めだ。

「きみは、わたしが職務をまっとうしていないというんだな」

「ひとことでいえばそうだ」

「きみが幼稚園にいたころから、わたしは裁判に出ている。わたしを非難するとは、何様のつもりだ」

「あんたが地獄に片足をつっこんだのを知っている人間のつもりだよ」

　言葉は返ってこないが、チータムが悪意をこめた横目でにらみ、身を乗り出してハンドルを握り締め、葉巻を噛む。

「DAと交渉したいのなら」チータムがいう。「いいだろう。やってくれ。人生はすべて交渉だという言葉もある」

「そう都合よくはいかないぞ。こいつはあんたの事件だ。ぼくはキーナン弁護人にすぎない。彼女が有罪になったあと、尻拭いする役目だ」

　狙《ねら》いはわかっている。予審の準備ができていないチータムは、わたしに未来永劫《えいごう》まで消えない罪をかぶせようというのだ。自分は公判を覚悟していたのだが、臆病《おくびょう》な奴にいい負かされた、そうタリアにはいうのだ。こっちがもっと弱い起訴内容にしてもらうように答弁の取引をするあいだ、チータムは姿を隠しているつもりなのだ。

「やめたいのか」

「逃げ出すのかときいているのなら、とんでもない」

　攻撃に転じたチータムが、少し落ち着きを取り戻し、顔をほころばせる。「きみの懸念はよくわかる。あの女が犯人かもしれないと思いはじめているんだろう」

　こいつはよその惑星の住人だ。

　わたしは吹きだす。

「笑うなよ。弁護士が疑念を抱けば、わたしにはすぐわかる。若い弁護士の考えなど、紅茶の葉のうらないとおなじように、ひと目で読める」

「わかった。あんたのタロット・カードうらない講座のチケットは、捨てずにおくよ。いまのところはね。ついでに、ひとつ教えてやろう。わたしは、彼女がやったとは思わない。だが、提示のされかたにもよるが、証拠を見た他の人間は、やったと思うかもしれない」

「それなら犯行を認めればいい。われわれはそのほうが楽だし、彼女も大きな危険を冒さずにすむ。きみのいいかたを借りれば、負けるとわかっていて必死の防戦をすることはない」

「第二級謀殺に引き下げてもらおうというのか」

「まずは故殺からだ。夫婦のことだ。激怒状態の犯行を主張する。説得力はある」

チータムの口調から、どんな取引をするか知れたものではないとわかる。

「だめだ」

「どうして？」

「感傷的といってもいいが、依頼人と弁護士委任契約を結んだなら、最大限の努力をはらう義務があると思う。それに、タリアはぜったい取引に同意しない。間違いない」

チータムが、冷笑を浮かべてわたしを見る。ふたたびうらない師めいたことをいう。

「彼女と親しいんだな」

わたしはうなずく。

「こんな諺《ことわざ》がある。〝依頼人と寝る弁護士は身を滅ぼす〟というのだ。聞いたことがないか？」

わたしは無言で彼を見る。

彼の額のしわがこういいたげだ。〝そうだ。おまえのことはよく知っている〟

「テレパシーがなくてもわかる」チータムがいう。「きみはかつてあの事務所にいて、いつの間にかやめた。亭主がパートナーと平弁護士《アソシエイト》を百人以上抱えていたのに、告発されると、あの女は突然きみを指名した」チータムは、わかりきったことだというように、車の天井を見上げる。

そうはいうが、当て推量にちがいない。裏付けなしにはったりをかけているのだ。彼の顔から笑みが消えてゆく。が、わたしの胸に、わずかな疑問、疑惑のかけらが生じる。いわゆる依頼人と弁護士の腹を割った話し合いで、タリアが心中を打ち明け、告白したのではないかとふと思う。

ハンドルを握っている指のあいだで細い煙を出しているチータムの葉巻を、わたしは指さす。「そいつになにか幻覚をもよおすものがはいっているんじゃないのか。ペヨーテのようなものが？」

チータムが笑いだす。「幻想だというんなら、そういうことにしておこう」

「まったくの幻想だよ」わたしは嘘をつき、仕事のことに話を戻そうとする。「取引をしなくてはならないとしても、予審のあとにするべきだ。検察側がどういう証拠をそろえ、検察側の証人が反対尋問にどう対応するか見極めるべきだ」

ふたたびチータムがわたしを見る。車は交差点と交差点のあいだを走っている。チータムが、カナリヤを捕まえた猫のような笑みを浮かべる。わたしが嘘をついているのがわかっているのだ。仕事の話をするとき、真顔になるのに苦労している。

「いまのほうが、有利な取引ができるかもしれない」

「もし検察が公判を維持できないようなら、取引の必要はない」

「ふむ」チータムが、葉巻を嚙みながらしばし考える。その煙幕と、話がそれたことにほっとする。

「決めるのはそっちだ」

「もちろん」チータムが高飛車にいう。

「わたしの意見が聞きたいのなら……」

チータムはやめろとはいわない。

「こちらの方針を隠すべきだと思う。予審を証拠開示の一環と見なす。相手方の証人を排除する機会だ。タリアを証言席に立たせず、こちらの手のうちをできるだけ検察側に見せないようにして、検察側の弁論の弱点をさがし、長期戦の準備をする。公判に備える」

重苦しい沈黙が垂れこめる。いいにくいことを切り出す前ぶれの沈黙だ。

「もうトニーがきみに話していると思っていたんだが」チータムがいう。

「なにを？」

「だれがこの裁判を担当するのかということだ」

「いったいなんの話だ？」

「あいにく、わたしは手が空かない」

わたしは、驚くというより、おかしくなってチータムの顔を見る。どういうわけか、チータムがなにをいっても、なにをしても、驚かない。この男の奇抜さにはおそれいる。チータムが、顔色ひとつ変えずに車の流れを見ながら、交差点に車を進める。

「利益相反という奴だ」とチータム。「予定がかちあっている。東部の製造物責任をめぐる大きな事件をかかえている。石綿《アスベスト》だ。トニーがきみに話したものと思っていた」

「トニーとはあまり話をしない」

血が凍るような心地を味わう。スカーペロスの奴がタリアにつけたこのギルバート・チータムという弁護士は、当て馬だったのだ。奴はいつからチータムの予定がかちあっていることを知っていたのか。タリアの事件はだれにやらせる目算でいるのか。

「東部の製造物責任をめぐる事件に、すくなくとも五カ月はかかりきりになりそうだ。だから……」

チータムはわたしを見て、気まずそうに笑う。「予備審問で片をつけたほうがいいと思った」自分の力をもってすれば簡単だといわんばかりに、エビを注文するような快活な口調でいう。

わたしはチータムをじっと見つめ、あまりのおかしさに笑いそうになるが、突然、あることで頭がいっぱいになる。彼はタリアの事件の本の出版契約を結んでいる。

「あんたは担当するつもりのない事件の出版契約を結ぶことがよくあるのか？」

「ああ、そのことか。問題はない。出版契約は譲渡できる。もし公判になるようなら、事件を担当する弁護士に権利を売り渡せばいい。出版社はすでにゴーストライターを用意している。わたしは何パーセントか歩合をもらうだけさ」唾液《だえき》にまみれた葉巻をくわえたまま、歯を剝《む》き出し、顔いっぽいに笑みを浮かべる。「いっただろう。人生はすべて取引だと」

「それは結構」

チータムが担当できなくなるとわかったこの事件の準備をもっと徹底的に行なうために、エメラルド・タワー・ビルの前で降ろしてもらう。彼の車が離れてゆくとき、わたしは胃のあたりに重苦しい感じをおぼえる。タリアもわたしも、相手のやり口はそれぞれちがうが、だまされていたことがわかったからだ。

17

　この州では、死刑宣告を下すのに、殺人が〝特殊な情況下〟で行なわれたという立証を必要とする。いいかえれば、凶悪な行為――単に人の命を奪うだけではなく、道徳的に悪い意図を持つ行為――だったという証拠がいる。タリアの事案では、検察側はこの点についてふたつの事実を告発している。〝経済的利益を得るために〟、〝待ち伏せによる〟殺人を行なったとしている。

　予備審問は一種の見せものだ。われわれは物好き連中の騒ぎに巻き込まれる――マスコミ、裁判所マニアとでもいうべき連中、年寄りの女、会社を退職してほかにやることがない麦藁《むぎわら》帽の男性、出廷時刻の合間で暇をもてあましている弁護士。そういったやからが、市裁判所十七号小法廷に集まっている。

　記者席のすぐうしろに、きれいに日焼けした三十代はじめのきれいな女性が何人もいて、審問の経緯をじっと見守っている。ハミルトンがいっしょだ。女たちは、熱心に応援するような仕草をする。タリアがときどきふりかえって、女たちに笑みを向ける。たぶん、テニス・クラブかカントリー・クラブの友人たちだろう。

タリアはやつれて顔色が悪い。彼女の逮捕を報じる新聞記事は、弁護士を同伴して警察に出頭し、指紋と調書をとられ、保釈金――二〇万ドル――を支払って保釈されるという、形式的手続をそのまま書いていただけだ。保釈金は、保釈保証人に手数料を払うのを避けるために、タリアの家の正味価格の一部をあてた。目下のところ現金が不足しているとはいえ、タリアの財力からすれば、二〇万ドルはたいした金ではないと当事者は判断しているのだ。裁判所は、すくなくとも現時点では、タリアに明白な逃亡の危険はないと判断したわけだ。タリアの場合はまず間違いない。彼女がこの世で愛するもののすべては、ここ、この街にある。

目が落ちくぼみ、隈《くま》ができているのは、ストレスの兆候だ。ベンが死んだうえに、その陰惨な殺人の容疑をかけられたことが、心的外傷《トラウマ》となり、ここへきてようやくそれがこたえはじめているのだろう。

現役の大物ジャーナリストも大勢集まっている――州の南部やベイ・エリアの膨大な発行部数を誇る大新聞の白髪まじりの支局長たち。全国向け雑誌の地元通信員。三大ネットワークの地方局のテレビ撮影班。小新聞の記者の群れ――だれもが傍聴席の前二列の記者席を要求して、やかましく騒ぎ立てている。

撮影用のアーク燈《とう》や携帯カメラをかかげ、バッテリーを腰にくくりつけたテレビ撮影班が、浮浪者のように戸外に取り残される。

きょうはじめて見る男がいる。空の陪審席にもっとも近い検察官席にひとりでいる男だ。初めて会うのだが、新聞の写真で見て顔を知っている。背丈が高く、肌の色が浅黒い。目が落ちくぼみ、鴉《からす》の羽のように黒い髪がひと房垂れている額は、深いしわが刻まれ、頬がこけて、いかにも思慮深そうな風貌だ。貴族的ともいえる顔だちで、あごひげを生やしたらリンカーンそっくりだろうという気がする。立ったまま、くたびれた革の書類鞄の中身をテーブルに出している。資料の書物、リーガル判の黄色い用箋《ようせん》一冊。用箋のまんなかあたりのページが、タマネギの切り口を横から見たように盛り上がっているのは、手書きでおびただしい記入がなされているからだろう。サム・ジェニングズをはじめ、さまざまな人間からいろいろなうわさを聞いているが、デュエイン・ネルソンは政治的野心を持つ男のようには見えない。

「全員起立」初老の筋骨たくましい訟廷官が、大股で廷内をまわり、裁判官席の前へ行く。大口径のリボルバーが歩調に合わせて太腿《ふともも》に当たる。「起立したままでいてください。キャピトル郡市裁判所十七号小法廷、ただいま開廷致します。裁判長は、ゲイル・オショナシー裁判官です」

通路にいた連中があわてて席へ戻る。

オショナシーが足早に裁判官室を出て、黒い法服をなびかせ、威厳をふりまきながら裁判官席への階段を上る。三十代初めの彼女は、この市裁判所の裁判官のなかでも最近の出世頭だ。

「これより予備審問をはじめます」オショナシーがいう。

それからいくつかやりとりがあり、チータムが立ちあがって、老いた肉体派男優を思わせるうわべだけ学者ぶった英語で、正式事実審理前の申立てをはじめる。これはチータムとロン・ブラウンが準備したものだ。証拠の排除が狙いだった──タリアの家で発見された絨毯《じゅうたん》の繊維と、ベンの書斎から押収されたショットガンの弾薬数発が対象だ。

ネルソンが臨機応変に、捜索令状が必要ではなかったことを、判例法を引用して陳述する。「ポッター夫人は」ネルソンがいう。「捜索に同意しました」これがとどめの一撃となる。ロン・ブラウンの役目は、正式事実審理前の申立ての発送だったが、この裁判所の四十八時間前までに送付しなくてはならないというルールを、チータムに伝えていなかったらしい。チータムはこの規則を破り、DAにけさ申立てを送付したのだ。

裁判所のローカル・ルールをチータムがないがしろにしたことにオショナシーが腹を立てているのは明白だ。故意に違反すれば、地方のルールであるだけに、その規則の制定に関与した地方の裁判官の感情をことさら害することになる。

チータムがテーブルをたたき、依頼人に対する告発の重大性を訴える。

オショナシーが片手を挙げてチータムを制する。

「ネルソン検事のいうとおりです。証拠は捜索に同意があったことを示しています。チータム弁護人、わたしはあなたが問題にしている点と、その根拠を読みました。そして、警察が捜索のために被告人の家を訪れたとき、容疑が被告人に絞られはじめていたという結論に達するような事実は見いだせませんでした。わたしの知らない証拠がなにかあるのですか？」

法律を敵にまわしたチータムが立ち往生する。持ち出す証拠がないために〝はい〟といえず、この争点で敗けるのが怖いので〝いいえ〟といえない。

「この論点については、もうひとつあります。チータム弁護人、あなたが四十八時間ルールを完全に破ったことについては、大目に見ましょう。二度と違反しないようにしてください。わかりましたね？」

チータムが小学生のようにうなずく。

「さて、本案については、捜索は被告人の同意のもとに行なわれ、強迫はなく、被告人に容疑がかかる以前のものであったと認めます。よって弁護人の申立ては却下します」

これまでのところ、チータムの戦略と論戦にいくぶんなりとも感情を動かされたのは、タリアただひとりのようだ。この闘いでまず最初に自分の血が流されたことに、おそれおののいているように見える。

ジェニングズの口ぶりから思い描いていたのとは逆で、ネルソンのやり方は堂々たるものだ。権威と公人としての恩恵（道徳的論理的動機からの他人に対する親切な行為）がじつにいいあんばいに混じりあっている。

検察側は、白髪頭が薄くなりかけている老刑事、モーディカイ・ジョンソンを、最初の証人として呼ぶ。ジョンソンは、殺人のあった夜、ベンのオフィスの現場に行ったふたりの鑑識捜査官のうちのひとりだ。ショットガンのロッキング・メカニズムに付着していた少量の毛髪について証言し、断定こそしないが、タリアの不利になるようにそれを彼女と関連づける。

「一致しているのです」と彼はいう。「被告人、すなわちタリア・ポッターから採取した頭髪のサンプルと、あらゆる点において」

ジョンソンが、業務用エレベーターの血痕について簡単に触れる。死体の動かされた方向を認めさせ、ベンがオフィスに運びこまれたときにはすでに死んでいたことを示唆するには充分だ。

ネルソンの主尋問が終わる。チータムが反対尋問をはじめる。現在の科学では、ある髪の毛が特定の人間のものであることを確実に識別する普遍的な方法は、いまだに発明されていない。チータムが証人からそういう趣旨の発言を引き出そうとする。

「それでは、科学的に厳密にいうと、ショットガンのロッキング・メカニズムに付着していた髪の毛はポッター夫人のものであるとはいい切れないのですね？」

「そうです」ジョンソンが認める。「しかしながら、被告人から採取されたサンプルの主要な特徴はすべて一致しています」槍の穂先をぐいぐい刺しこむようにいう。

　チータムは威勢だけはいいが、動きがとてつもなく鈍い。質問がとぎれたおかげで、ジョンソンは、髪の毛のさまざまな特徴、つまり毛皮質と毛髄質の色素や毛髄質の細さなど、自分の主張するタリアの頭髪のサンプルと一致するすべての特徴について、手短だが悪意に満ちた論述をすることができる。その間、オショナシーはメモをとりつづけている。

　わたしも黄色いリーガル判の用箋に、メモを書きなぐる。チータムが弁護人席に戻り、鑑識の報告書に目を落とす。わたしは用箋を、プロンプターのように彼の鼻先につき出す。

　チータムはしばらくのあいだ、報告書の頁をパラパラとめくり、わたしのメモを横目でちらと見て、証人席へ戻る。

「ジョンソン刑事、あなたは現場で発見されたショットガンが、どこにしまわれていたかご存じですか？」

「ポッター夫人やそのほかの人にきいたところでは、その銃は、ふだんはポッター氏の書斎の戸棚にしまってあったということです」

「自宅の？」

「そのとおりです」

「それでは、その銃はポッター氏の自宅に保管してあったのですから、あるいはポッター夫人のものかもしれない髪の毛が付着していても、べつだん不思議はないのではありませんか？」

ジョンソンがいぶかしげにチータムを見る。

「つまり、そのような髪の毛の一本や二本が風に運ばれたか、あるいは、ポッター夫人が銃の戸棚を掃除しているときに落ちて、付着する可能性はありませんか？」

「その可能性はあると思います」ジョンソンがいう。

「それなら、当然、ポッター氏が殺されるずっと以前から、その髪の毛は銃に付着しており、ロッキング・メカニズムにはさまっていた可能性もあるわけです、そうですね？」

「ええ」

「以上で終わります、裁判長」

わたしはメモを書いた頁を破り、くしゃくしゃに丸める。検察側はもう、公判で髪の毛の件を重視することはないはずだ。

弾道分析がつぎの問題となる。この証人は州司法省の専門家で、ベンの体内とオフィスの天井から発見された、さまざまな散弾の大きさと重さについて証言する。ベンの頭頂部を吹き飛ばした銃撃の弾道と速度について話す。例の大粒の破片のことは、ちょっと触れただけで、はっきり二度目の銃撃があったとはいわない。ネルソンは落とし穴を掘り、それを木の葉で隠している。

チータムが反対尋問のために立ちあがる。いきなりひとつの質問をする。

「ポッター氏の頭部を撃ち抜いたショットガンの散弾の弾道が自殺の場合の弾道とも一致するというのは事実ですか？」

「可能性はあります」

「ありがとうございました」

わたしは耳を疑う。チータムはベンが自殺したという考えにいまだに固執している。検屍報告書にあったベンの手からは硝煙反応が検出されていないという事実を読んでいないのか。

ネルソンがこういうのが、聞こえるようだ。〝では、弁護人は、ショットガンに被害者の指紋がないことを、どう説明するつもりですか？〟

つぎの証人は、ショットガンの銃声を聞いて、ベンの死体を発見したビルの管理人、ウィリー・ハンプトンという若い黒人だ。

ベンが殺された夜、ハンプトンが警察にしゃべった一部始終をふたたびしゃべらせるのに、ネルソンは少々骨を折っている。

「ハンプトンさん、ポッター氏のオフィスから銃声が聞こえて来たのは、だいたい何時ごろのことだったか、教えてください」

「バスルーム――いや、廊下の奥の男便所を見まわってたんです」ハンプトンがいう。「そう、たぶん……」くわしい記憶を呼び起こそうとして、長い沈黙がおとずれる。ネルソンは厄介なことになりそうだと見抜いて、口をはさむ。

「これで思い出しませんか。あの夜、そのあとであなたに質問した警官と話をしたのをおぼえていますか？」

「うん、うん。おぼえてます」

「その警官に、ポッターのオフィスから銃声が聞こえたのは、八時二十五分ごろだったといったのは、おぼえていますか？」

「異議があります、裁判長。この質問は誘導尋問です」チータムが立ちあがる。

「異議を認めます」

「ああ、おぼえてます」と、ハンプトンがいう。「八時二十五分ごろ銃声を聞きました。八時から二十五分すぎたころでした。おぼえてます。だって、いつもそのころ、バスルームを見まわるんです」

「この証人への質問は以上です」ネルソンは求めるものを得た。警察の通信指令本部がハンプトンから通報を受けたのが、八時半より前だったことを確認して、裏付けをとるはずだ。

チータムは反対尋問をやらずに終わらせ、昼休みとなる。

カフェテリアで、葉先が茶ばんだレタス入りのサラダを前に、自殺の線を捨てるべきだと、わたしはチータムに詰め寄る。タリアは小さな容器にプラスティックのスプーンを突っ込み、ヨーグルトをかきまぜながら真剣に聞いている。食べるというよりもてあそんでいるだけのように見える。

「なにか問題があるかね？」チータムがいう。「検察側は被害者が犯罪行為の結果として死んだことを立証しようとしている。自殺だという方向に持っていくことができれば、犯罪行為はなかったことになる」

「ただひとつ大問題がある。証拠とつじつまが合わないことだ」教えてやる。チータムはわかっていない。GSR（電流皮膚反応）テストのこと、銃にポッターの指紋がなかったことを、手短に説明する。

そのあいだタリアは、われわれの議論をじっと見守っている。〝弁護士の意見が一致しないようでは望み薄だ〟といいたげに、不安の色を目に宿している。

「死んだときポッターは、背広の上着を着ていた」とチータムがいう。「上着の裾《すそ》を使って、つまり上着で銃身をくるむようにして、銃を握ったとしたら？　銃に指紋がないのも、硝煙反応がないことも説明がつく」

きわめて説得力に乏しく、タリアに向けられた巨大な疑惑を論破できるはずがない。

「では、どうやって指紋をつけずに銃をオフィスに運びこんだ？」

「ケースに入れていたんだろう。それとも毛布にくるんでいたか」

「それじゃ、ケースも毛布もオフィスになかったのはなぜだ？　ベンが自分で弾をこめたとしたら、ショットガンに残っていた弾薬に指紋がないのをどう説明する？」

「わからないが、たぶん手袋をはめていたんだろう」チータムは皿を押しやりながら、わたしを見る。「コーヒーが欲しくなった」といって、わたしとタリアをテーブルに残して立ちあがる。

近ごろのタリアは、罠《わな》にかかった小動物のようにおびえた顔を見せる。

「逃げ道はないんでしょう？」タリアがいう。「ベンを殺した容疑で、公判を受けることになるのね？」

「見込みはどうもかんばしくない」わたしは認める。

タリアが、この言葉を噛みしめるあいだ、しばらく窓の外を眺める。やがてふりむいて、わたしを見つめる。「あなた、ずっといてくれる？　ずっと弁護をつづけてくれるんでしょう？」

いまの彼女はもろくて崩れそうだ。彼女の行く手に有罪という山がそびえていることを思い、あの死刑執行の場面が頭を離れなくなる。いま体をよじってもだえているのは、ブライアン・ダンレーではなくタリアだ。

「わかった。わたしが力になれるかぎり、きみがわたしにいて欲しいと思うかぎり、ずっといっしょにいよう」

タリアはなにもいわず、テーブルの上に手をすべらせて、わたしの手を握る。固く握り締める。わたしたちはようやく、激情と欲情のはざまを抜けて、長つづきする均衡のとれた関係にはいりつつあるようだ。

午後にはいると、ネルソンはジョージ・クーパーを証人席に呼びだす。クーパーの法医学者としての専門的見解に同意することをチータムが拒否する。そこでネルソンは目的を限定しない質問をして、クーパーに履歴を述べさせ、公判記録に記入させる。オショナシーは裁判官席でいらいらしている。十分経過すると、とうとうクーパーの供述をさえぎる。

「この証人は法医学上の争点について、専門家として証言する資格があるでしょう。なにか特定の反対理由がありますか？」オショナシーが眼鏡ごしにチータムを見る。

「ございません、裁判長」

「それはどうも」

クーパーが、証人席からはすかいにわたしを見て、なんとなくモナリザのような微笑を浮かべる。彼はポーカーをするとき、こんな顔をすることがある。クーパーは、手の内がワン・ペアか弱いストレートかわからない不可解な表情の持ち主なのだ。

ネルソンは敏速に、死体の死斑の情況について、予定の手順どおりに質問を進めていく。この問題について以前わたしと話をしたようなことは、述べないだろう。証拠開示で示された彼の報告書で詳細が明らかにされているので、いまとなっては旧聞に属することだ。クーパーは死体の重量と出血情況について語り、死体が死後移動されたのは議論の余地のない事実だとする。

チータムがわたしのほうへ身を乗り出す。「これは報告書にあったか？」

わたしはうなずく。

自殺を主張する自説が灰塵と化すと知り、チータムの顔がこわばる。

「クーパー博士、死因を説明していただけますか？」

「被害者の脳幹神経節に残る一発の弾丸あるいは弾丸の破片が死因です。ほぼ即死だったでしょう」

さらに審理の便宜を図って、破片の位置を示すための解剖図を用いながら、手短な説明がなされる。

「ここが脳幹の主要な神経中枢です」クーパーがいう。「ここで神経細胞は大脳と接続し、さらにそこから脊髄をくだって体の各部分に伸びているわけです。神経中枢が破壊されると、生命維持に必要な機能が停止します」

「そしてここでそれが起きたのですね？」

「そうです」

「あなたは一発の弾丸が被害者の脳幹神経節に損傷をあたえたといいましたね。それはショットガンの一粒の散弾のことですか？」

「ちがいます。わたしがいうのは、至近距離から被害者の頭に撃ちこまれたとおぼしい、小口径にほぼ間違いないと思われる銃の弾丸のことです」

法廷にざわめきが起きる。傍聴席の前二列の記者たちが、せわしなくメモをとる。

ネルソンは芝居がかった効果を狙い、この事実を初めて耳にするかのように間をおく。

「博士、死亡推定時刻を聞かせてください？」

クーパーが、手にした検屍報告書の写しに目をやる。

「七時から七時十分のあいだです。われわれは七時五分に確定しました」

「どうしてそれほど精確なのですか？」

「その手順は、ちょっとこみいっているのですが、肝心なのは、死体を死の直後に発見することです。死後硬直にはさまざまな段階があり、それで重要なことがわかります。死斑も手がかりになります。皮膚を指で押してみて、色が変わる、つまり白くなれば、血液がまだ凝固していないということです。つまり、検屍の前、三十分以内に死んだということになります。指で押しても毛細血管から血液が押し出されなければ、押しても皮膚の色は黒ずんだままです。被害者はもっと前に死んだということです。本件の場合、肝臓の温度を計るという手がありました。肝臓は体の奥にあって保温がたもたれている臓器なので、外部環境の急激な温度変化にさらされません。この事件では、これが死亡時刻を決定する精確な方法になるだろうと思います」

「わかりました。すると博士、あなたの証言によれば、ベンジャミン・ポッターは、午後七時から七時十分のあいだのある時刻に、なにか小口径の火器で頭部を撃たれ、その傷が致命傷となったということですか？」

「そうです」

「それでは、ポッター氏のオフィスから聞こえてきたというショットガンの銃撃は、死因ではないといってさしつかえありませんね？」

「はい」

傍聴席にさらに大きなざわめきが起きる。たぶん裁判所前の中継車からニュースの生中継を送るためだろう、ふたりの記者が席を立つ。

その小口径とおぼしい銃の口径、銃と被害者との距離などの細かい事柄に、ネルソンが話を進めてゆく。クーパーは、弾丸といっても破片にすぎず、至近距離で発射されたときに皮膚に跡が残ったとしても、そのあとのショットガンによる巨大な傷によって消滅しているので、はっきりしたところはいえないと答える。死因の弾丸は、後頭部に撃ちこまれたショットガンの散弾によって砕けたのだろう、というのがクーパーの述べた意見だった。

「ショットガンでの銃撃は」とクーパー。「医学的見地からいうと、どう考えても不必要な余計な行為でした」

ネルソンが水を向ける。「殺人を自殺に見せかけようとしたのでないかぎりは」

「そのとおりです」

チータムの反対尋問となる。

「クーパー博士、あなたは、ポッター氏の頭部に撃ちこまれたという、この謎《なぞ》めいた弾丸が死因だとおっしゃる。あなたは撃ちこまれた傷を確認できたのですか？」

「いいえ、さきほどもいったように……」

「答はそれで充分です、先生。つまり、あなたは弾頭の侵入した傷を確認していないのですね。いま問題となっている弾丸の口径を教えていただけますか？」

クーパーの目が鋭くなる。

「確実なところはいえません。破片にすぎないのです」

「なるほど、破片ですか。その弾丸の破片とやらは、どのくらいの大きさなのですか、博士？」

クーパーが報告書を見る。「〇・六九グラムです」

「それから、あなたは検屍を行なったとき、被害者の頭部に残っていた散弾を発見しましたか？」

「ええ」チータムのすさまじい破壊力の勢いを感じたのか、クーパーの返事が短くなる。

「散弾はいくつ見つかりましたか？」

「被害者の体内ですか、オフィスの天井ですか？」

「まず被害者からききましょう」

クーパーがふたたび手もとのメモを見る。「検屍中、頭蓋内から摘出したのは六十七粒です」

「で、天井のほうは？」

「四百九十二粒です」

「被害者の体内や天井にあった散弾の種類がわかりますか？」

「ほとんどが九番ショットでした」

「あなたはそれらの散弾がなにでできているか知っていますか？」

「鉛に銅の薄い被覆をほどこしたものです」

「では、先生、九番ショットの実包にふつう散弾がどのくらい入っているか知っていますか？」

「約五百八十五……」

「異議があります、裁判長」ネルソンがチータムの逸脱をとらえた。「弁護人が弾道分析の専門家を呼びたいのなら、どうぞご自由に。クーパー博士は本件の法医学的な問題について証言するために出廷しているのです」

「異議を認めます」

「しかしながら」チータムがいう。「博士は弾頭について知っておられる。数についても正確です」

「異議あり。いまは反対尋問中です」

「弁護人は証人に向けて、質問の形で発言するようにしてください」

「失礼しました、裁判長」

「クーパー博士、被害者の体内およびオフィスの天井に残っていたショットガンの散弾は、すべて九番ショットでしたか？」

「ちがいます。大きさはいろいろでした」

「いろいろ？」チータムがわざとらしく眉《まゆ》をしかめて、一瞬、だれもいないことを忘れて陪審員席をふり向いた。

「もっとショット・サイズの大きなものも、小さなものもありましたが、大半は九番ショットの散弾でした」〝だからどうなのだ？〟といいたげな、落ち着いた口調だ。

チータムがちょっと間をおく。大きさがまちまちなのはよくあることなのかときたいのだ。しかし、ネルソンが異議を申立て、叱責《しっせき》を受けるおそれがある。チータムは、先へ進んだ。

「それで、弾丸の破片と思われるものは、〇・六九グラムだといいましたね。これは合っていますね？」

「はい」

「被害者の体内にあった散弾は、どのくらいの大きさでしたか？」

またクーパーはメモに目をやる。「平均すると、およそ〇・四九グラムの重さになります」

「つまりもうひとつのもの、あなたが弾丸の破片だと断定したもののほうが、わずかに大きいわけですね？」

「いいえ。はるかに大きいのです」クーパーがいう。「およそ十五倍の大きさです」

「なるほど」意にそわない答で勢いをそがれたことを顔に出さないために、チータムは笑みを浮かべる。

「博士、ショットガンの弾道分析でいうところの、〝融合〟という現象をお聞きになったことはありませんか？」

「異議あり、裁判長」ネルソンがまた嚙《か》みつく。

チータムは、自分の望む方向へ話を持ってゆくのに苦労している。

「裁判長、質問の形を変えさせてください」

「どうぞ」オショナシーがまた眼鏡の奥から彼を見る。

「あなたはいままで医者として働いてきたあいだに、何百、何千という検屍をしたわけですね」

クーパーがうなずく。

「ショットガンの傷を受けていたものも、かなりの数にのぼるでしょうね」

「たくさんありました」

「ショットガンの傷のある死体の検屍で、散弾が融合して、より大きな鉛の固まりになっていた事例に遭遇したことはありませんか？」

そういうと、チータムはようやく傲慢不遜《ごうまんふそん》な笑いを浮かべ、ネルソンをにらみつける。

「その現象はよく知っています。見たことがあります」

チータムの笑いが顔いっぱいにひろがる。

「それでは、あなたが弾頭の破片と断定した鉛の固まりは、じつは、ショットガンを撃ったとき、多数の散弾が銃身を通過する際に熱で融合したものである可能性はありませんか？」

チータムがクーパーに背を向ける。ネルソンと正面から向き合い、腕を組んで、クーパーが肩をすくめながら〝その可能性はあります〟と譲歩するのを待ち構える。

「いいえ」と、クーパーがいう。「融合した散弾ではありません」

チータムが、殺意をみなぎらせてさっとクーパーのほうを向く。

「なぜそういい切れるのです、博士？　こんどは弾道分析の専門家になったんですか？」

クーパーがゆっくりと、順序立てて慎重に答える。

「いいえ。わたしは弾道分析の専門家ではありません。しかし弾頭のメタル・ジャケットを死体から摘出したことは何度もあるので、見れば識別できます」ここぞとばかりにたたみかける。「ベンジャミン・ポッターの脳幹神経節から摘出した破片は鉛ではありませんでした。拳銃弾やライフル弾を製造するときのみに使われる、メタル・ジャケットの一部だったのです」

「えっ」チータムが口を半びらきにしたまま、証人席の前に立ちつくす――あたかも裸の王様のように。彼は法廷弁護士の初歩的な鉄則を忘れたのだ。答の明白な質問以外のことはきいてはならない。

「本件の場合、それは薄くて小さいものでした」クーパーがメタル・ジャケットのかけらについて説明する。「大口径のライフルのような威力の強いものによる傷ではない。したがって、小口径の拳銃から発射された弾丸の一部だというしごくあたりまえの結論に達したわけです。おそらくは・二五口径かと……」

「この証人に対する質問は以上で終わります、裁判長」チータムが、クーパーを黙らせようとする。

「なぜなら、メタル・ジャケットを用いる弾薬としては、それが一番小さい口径ですから」

「裁判長、ただいまの証人の発言が記録から除かれることを要求します。証人に対する質問に答えたものではありませんので」

「よろしい。しかし、弁護人、あなたがこの問題を持ちだした以上、検察官はこの問題を再直接尋問することができます」

　オショナシーの言葉が、チータムを窮地に追いこむ。

　逃げ場のなくなったチータムは、削除の要求をとりさげ、クーパーの答がそのまま記録に残ることになる。

　ネルソンは再直接尋問をせずに済ます。ジョージ・クーパーの証言が弁護側にあたえたダメージは、非常に大きい。

　ネルソンがつぎの証人を呼ぶあいだ、チータムは腰をおろし、いらだたしげに鉛筆をいじっている。証人は、ベンのパートナー、マシュー・ヘイズルタイン――事務所の裕福な依頼人の遺言や生前信託の作成を担当している男だ。ヘイズルタインの専門分野は、遺言検認と計画的財産処分法だ。レンズの丸い細い鉄縁の眼鏡と、貧相なごつごつした風貌《ふうぼう》が、いかにもそういう仕事をしている男らしい。社会資本の蓄積をひとつの宗教とすれば、マシュー・ヘイズルタインはさしずめ司祭長だろう。事務所にいたとき、この男と口をきいたのは、片手の指で数えられるほどの回数だ。シャロン・クーパーの遺言検認がまだもたついているせいで、この男と親しくなっておけばよかったと思うことがままある。

ヘイズルタインが、婚姻前契約の存在を証言する。契約書は、被害者のポッターと被告人が結婚する前、ポッターが彼に作成させたという。ネルソンが、区別のための印を記入した契約書の写しを提出する。

「ほかの依頼人のために同様の契約の文書を作成したことがありますか？」ネルソンがきく。

「何回かあります」

「こういった契約文書の目的はなんでしょう？」

ヘイズルタインは、しばらく考えてからしゃべり出す。「ふつうは、前の結婚で生まれた子供など、相続人の権利を保護するために作成します」

「しかし、本件の場合、被害者には子供はいなかった。そうですね？」

「そのとおりです」

「そして、被告人にも子供はいなかった」

「はい」

「それでは、この文書の目的はなんですか？」

ヘイズルタインが、ちょっともじもじする。遺言その他財産関係の書類を作成するという彼の仕事は、いわば紳士の投機で、動機がなんであるかという微妙な問題は、明らかにされないほうが多いのだ。

「ポッター氏は、とても用心深い人物でした。生前に身辺を整理しておいたほうがよいという信念を持っていました。運任せにするような人ではなかったのです」

ヘイズルタインは、こういいたげにネルソンに笑いかける。〝この問題はもういいじゃありませんか〟

「ヘイズルタインさん、あなたはルーニー条項と呼ばれているものを聞いたことがあるでしょう？」

コカ・コーラの壜の底のようなレンズの奥で、ヘイズルタインの目がひどく細くなった。

「はい」

「その言葉の由来を述べていただけますか？」

「ミッキー・ルーニー」ヘイズルタインがぶっきらぼうにいう。これは、質問にふくまれているような明白な事実をくりかえしただけだ。

「俳優ですね？」

「はい」

「それで、この条項の目的はなんなのですか――手短に、しろうとにもわかる言葉でいうと？」

「不正な利益を得ようとするかもしれない配偶者から、当事者を守ることを目的としています」

「つまり、どういうことです？」

ヘイズルタインは、この質問の方向に困惑している。

「金のために結婚し、すぐ別れようとするかもしれない配偶者ですよ」

「ほう」ネルソンはとぼけて、いまようやく事の重大さに気づいたというようにうなずく。

「この条項のべつの名称を聞いたことはありませんか？」

ヘイズルタインが、うつむきながらネルソンを見る。「思い出せません」

「〝金持ち男から金品を巻き上げる女向け契約条項〟という言葉を聞いたことはありませんか？」とネルソン。

ヘイズルタインが、小さく肩をすくめる。「そう呼ぶ人がいるかもしれません」

「それで、あなたがポッター氏のために作成した婚姻前契約には、このいわゆる〝金持ち男から金品を巻き上げる女向け契約条項〟が盛りこまれていたんじゃありませんか？」

「ええ、盛りこまれていました」

「そして被害者のポッター氏は、契約書にこの条項を盛りこむよう、特に依頼したのですね？」

「そうです」

「あなたは、ポッター氏と夫人がこの契約に署名するとき、ふたりにその意味とその法的効力について説明しましたか？」

「しました」

「では、その法的効力はどういうものですか？」

「ポッター氏の死の当日に法的な婚姻状態になかった場合、ポッター夫人はポッター氏の財産を相続できないということです」

「つまりもし彼女が彼と別れ」そこでネルソンはちょっと言葉を切る。「あるいは彼が彼女を離婚した場合、彼女はなにも手に入れることができない。そういうことですね？」

「はい」

「以上です」

チータムは、証人席のヘイズルタインをしばらく眺めたのち、反対尋問を放棄しようとする。クーパーの爆弾発言で受けた動揺から立ち直っておらず、呆然《ぼうぜん》としているのだ。

「裁判長」わたしがいう。「本証人にいくつか質問したいことがあります」

チータムが、短剣の切っ先のような鋭い目でにらむ。わたしはそっぽを向いて、知らないふりをする。

オショナシーがうなずき、つづけるようにという。

わたしは弁護人席に座ったまま、証拠開示のときからずっと気になっていた質問の鉾先《ほこさき》を鋭く研ぐ。

「ヘイズルタインさん、婚姻前契約は、しばしば遺言状と足並みをそろえて作成され、その条項は遺言状の条項と慎重に調整されるというのは事実ですか？」

「それがふつうです」

「あなたがポッター氏の婚姻前契約を作成したとき、遺言状の作成も依頼されませんでしたか？」

「異議があります」ネルソンが立ちあがる。「裁判長、弁護人の質問は、本件と無関係です」

オショナシーがわたしを見る。

「検察官が、この被害者の遺言意志に関する問題という分野の議論を開始したのです。検察官は、わたしの依頼人が被害者の死の瞬間に婚姻状態にないときは、婚姻期間中に得たすべてのものを失わなければならないという証拠を提出しました。われわれはこの点に関する全体像を知る権利があると思います」

「異議を却下します。証人は質問に答えなさい」

「婚姻前契約と同時に、遺言状も作成するように依頼されました」

わたしは弁護人席から立ちあがり、証人と適切な距離を保ちながら横に歩く。

「ポッター氏には子供がいなかったとおっしゃいましたね」

ヘイズルタインがうなずく。

「遺言状を作成したのは、ポッター夫妻の両方ですか、それともひとりだけですか？」

「ポッター氏だけです」

「その遺言状の条項には、なんらかの理由、すなわち離婚その他の理由によって、被告人ポッター夫人が相続権を失った場合、その他の相続人、ポッター氏の財産を相続すべき人物がだれか記載されていますか？」

ヘイズルタインは、この質問に見るからに落ち着かないそぶりを見せる。助けを求めるようにオショナシーを見上げる。「裁判長、遺言状はまだ公開されておりません。わたしが遺言執行者ですが、本件の訴訟手続が完了するまで、すべての検認手続を延期することが望ましいと思います。これは大きな信用問題ですから」

「それはわかります」オショナシーがいう。「しかし本件の審理の上でも重要な事柄です。証人は質問に答えるように」

ヘイズルタインは、ひょっとしてわたしが質問を忘れていはしないかと、かすかな望みを抱きつつ、こちらへ目を戻す。

「遺言状にべつの相続人の名前が記載されていましたか？」

「いくつか記載がありました。夫人を除けば唯一の生きている親族で、中西部に住んでいる遠縁のかたの名。その相続分はわずかなものです。それからポッター氏は、ロー・スクールに数万ドルを残しています。そのほかの大部分にあたる財産は、夫人あてで、もし夫人のほうが先に死ぬか、あるいはなんらかの理由で相続資格を失った場合、財産のすべては、そのかわりに、ひとりの相続人の手に渡ります」

「それはだれです？」

ヘイズルタインの禿《は》げ頭に、汗がぽつぽつと吹き出す。

「パートナーの」とヘイズルタイン。「スカーペロスさんです」

法廷につぶやき声がひろがる。

「つまりポッター夫人が」――もっと適切な言葉を捜したが思いつかないので――「脱落すれば、そのときはスカーペロスさんが彼女の相続分を受け取るのですね？」

ヘイズルタインがはっと唾《つば》を飲む。「そのとおりです」

「なるほど」

マシュー・ヘイズルタインが渋るのも無理はない。信用問題であるかどうかはべつとして、ひとつはっきりしていることがある。ベンの遺言についてヘイズルタインが知っているなら、スカーペロスもすべて知っている。あのギリシャ野郎は、いわゆるパートナーを、こういうふうに操っているのだ。ヘイズルタインの尋問を終えたわたしは、彼を解放し、最悪の境遇――トニー・スカーペロスの叱責の待ち受けるオフィスへ追いやる。

18

「それは重要なのですか？」わたしがきく。

昼休みのあいだタリアの事件のほうはいったん中断して、売店のサンドイッチをぱくつきながら、電話をかけるのに忙殺される。ディーが受けた午前中の電話の分が、デスクに山のようなメモとなって残っていたのだ。

「絶対不可欠とはいえませんが、未決定事項は遺産を確定する前に処理しておいたほうがいいでしょう」

シャロンの検認手続のためにハリーが推薦してくれた弁護士補助職《パラリーガル》のペギー・コンラッドには、まだ会ったことがない。書類のファイルを届けさせたあと、初めて電話で話をした。そのあと二度話をしたが、いずれも電話だ。彼女の話を聞いていると、やぼったい中年女性の姿を連想する。気難しそうなしゃがれ声で、酒と煙草のにおいが漂ってきそうだ。シャロンの検認手続も、人生のほかのこととおなじく、なかなかうまく行きそうにない。ファイルに欠けている書類がいくつかある。

「ほとんどそろいました」ペギーがいう。「ファイルはちょっと乱雑ですけどね。まあ、わたしのほうできちんと整理できるでしょう。こちらでぜんぶ確認したら、債権者に通知を出して、税金の還付手続をします――彼女の父親がやっていなければですが」これは報告というより質問だ。

「やってください」わたしはいう。シャロンが死んだときのクーパーの精神状態は知っている。とても税金の還付などという瑣末《さまつ》なことができるような状態ではなかった。ひとり娘が死んだときに、州が葬儀に税金をかけるなどということは、ホームレスに資本利得《キャピタル・ゲイン》が無縁であるように、クーパーには無縁のことだったはずだ。

警察が新たな手がかりをつかめずにいることを、人づてに聞いた。シャロンの車を運転していた奴が携帯電話を持っていて、現場から立ち去るとき電話をかけたかもしれないというような可能性の薄いことまで考えて、携帯電話の通話記録を調べようとしたのが、一カ月前のことだ。しかし、それは、クーパーですら調べる価値がないと思うほど、見込みのない賭《か》けだった。クーパーは、あらゆるつてを使って警察を説得し、初動捜査で見逃しているものがないか、車を調べるために、熟練した鑑識課員を一名、三時間だけ借り受けた。

「わかりました。こちらでやりましょう」ペギー・コンラッドがいう。「税金の還付手続ですね。それから財産一覧表の作成。そんなものだと思います」

「確定までどのくらいかかりますか？　早く終わらせたいんですよ。友人のために」

「三十日、あるいは、四十五日くらいですね。一度、裁判所へ出頭しなくてはなりません。やらずに済むかもしれません。債権者のクレームなど、紛糾の原因がなければ、提出書類だけで処理されることもあります。そうするほうがいいですか？」

「そうできるなら、ありがたい。なくなっている例の領収証は、紛糾の原因になりますか？」

「預かり証です」ペギーが正す。「問題にはならないでしょう」

話を聞きながら、リーガル判の用箋《ようせん》にペンを走らせて、手続を済ますのに彼女が必要とするもののリストを作る。

「去年のシャロンのW-2（源泉徴収票）。税金の還付に必要です」

わたしは顔をしかめる。「父親のところに取りにいかないと」シャロンのことでクーパーが受けた傷は、まだ癒《い》えていない。その傷口をひらくのかと思うと、些細《ささい》な事務手続とはいえ、気が重くなる。

「預かり証のことですが」とペギー。「事故を調査した警察のリストでシャロンの所持品はわかります。たいしたものはありませんが、そのなかにシムズという金物屋の預かり証が載ってます。なんの預かり証かはわかりませんが、なんであろうと一応は遺産の一部です。紛失しているというのは、その預かり証のことです。父親にきいてみるか、直接その店へ電話してください。大したことではありません。見つからなければ、その品物は放棄して、紛失品として一覧表に載せます」ペギーが預かり証の番号を読みあげ、わたしはそれをメモする。金物屋に電話しよう。そうすれば、クーパーと話をしないですむ。

「それだけですか？」

「いまのところは、それだけです。こういったお仕事はよくおやりになるのですか？」

「初めてです」――一瞬ためらったが――「それに、これが最後です」

「まあそうでしょうね」ペギーが笑う。

「そんなに厄介なんですか？」

「みんな、だいたいこんなものです。ときには、遺言執行者が二代にわたっているようなとてつもなく古い検認手続を持ちこむ弁護士さんもいます」

「弁護士の標語は、疑わしきは先にのばせ、です。それで弁護士の不当行為は儲《もう》かるんですよ」

「悪いことをおっしゃるのね」

「ほかのものがそろったら電話します」わたしは電話を切る。

デスクの上のつぎの書類は、スカーペロスからの伝言だ。電話するとフローレンスが出る。スカーペロスは昼食に出ているという。たぶんチータムと会っているのだろう。わたしに話があるという。重要なことだとフローレンスがいう。きょうの夕方、タリアの午後の審理のあとで会う予定にしてもらう。電話を切る。

わたしは、突然スカーペロスの商業帝国の一部に組み込まれたような気がする。スーザン・ホーリーは、一セント・セールに出かけたショッピング・バッグ・レディのように、性交《ボインク》ゲートの件で口をつぐむ見返りに弁護士報酬を負担するというスカーペロスの申し出を受け入れた。泥沼と化した予備審問の深みにはまりこんでゆくタリアを見守るいっぽうで、わたしはホーリーの弁護にもつまずいている。


わたしたちは、国連の代表団のように、被告人席に四人横にならんで座る。タリアの左がチータム、右がわたし、それにきょうはハリーがくわわっている。われわれの主任弁護人が例の弾丸の破片に関して大失敗をやらかし、クーパーのためにさらし者になったことは、ハリーに話してある。チータムは、ハリーの存在は兵隊を勢ぞろいさせるのとおなじで、力の誇示になると考えている。だから大袈裟に歓迎してみせ、法廷へゆくあいだじゅう親しそうに背中をたたいたりした。だが、ハリーはそんな単純な男ではない。派手な見世物を見損ねたハリーは、またぞろギルバート・チータムが大失敗しないかという期待をひそかに抱いている。一見おとなしそうだが、ハリー・ハインズには、たしかにそういう意地の悪いところがある。

午後の審理がはじまるとすぐに、ネルソンは主張の根拠の最終仕上げにかかる。州司法省の記録課の女性を証人として呼びだす。目新しい事実、意外な事実はなにもない。彼女は、ベンジャミン・G・ポッター名義で拳銃が登録されていると証言する。ベンがタリア用に買った例の小型拳銃、ハミルトンとタリアが捜し出せなかった奴だ。ベンの持ち物の例にもれず、小さいがかなり高価なものだ。定価は四〇〇ドル。・二五口径ACP弾を使用するデザート・インダストリー製自動拳銃だ。ネルソンは、この事実をたくみにクーパーの証言と結びつけた。・二五口径ACPは、アメリカで生産されているものとしては最も小さいメタル・ジャケットの弾薬だ。

オショナシーがメモをとっている。

この最後の一撃で、ネルソンは本件に関するすべての検察側の主張事実の立証を終える。

先に進む用意はできていますか？　とオショナシーがチータムに尋ねる。チータムは、はいと答える。

チータムが立ちあがり、戦いをはじめる。とっておきの切り札の専門家証人を呼びだす。ロッキー山脈の西側で損害賠償訴訟にたずさわっている弁護士で、バーナード・ブリュンバーグ博士の名前を知らないものはいない。いわば訴訟専用の雇われ医者だ。ブリュンバーグは、精神科医の資格を持っており、金しだいで、心臓切開手術から腱膜瘤除去手術に至るまで、医学のあらゆる分野について証言する。他の専門家が弁護士や依頼人の望むように事実認定を潤色してくれないとき、即座に利用するのにうってつけの専門家として悪名高い。

いまもそれをやっている。チータムの地元の専門家の持ち駒は払底している。まともな良心の持ち主なら、ジョージ・クーパーの検屍報告書の実体に疑義をはさむことなど、できるはずがない。いくつかの事実認定をねじ曲げるだけならと、提案するものはいた。だが、チータムはそれでは不満だった。それで、スカーペロスがブリュンバーグを引き合わせたのだ。

わたしは、チータムと二時間にわたり議論し、とんでもない間違いだということをわからせようとしたが、無駄だった。チータムはわたしに、やらないのなら出廷しなくていいといった。

ブリュンバーグは、細い鉄縁の眼鏡をかけた小鬼のような小男で、声が馬鹿でかい。容貌はいかにも科学者ふうだが、喧嘩《けんか》早い性格で、反対尋問のすさまじい打撃をしのいできた。この二十年というもの、根本的に信用性と資格が欠如しているという指摘と闘ってきた。

きょうは法医学上の問題について、専門的意見を述べる予定だ。彼が証人席に立ち、宣誓を済ませると、チータムが近づく。

「ブリュンバーグ博士、あなたは死斑という現象を知っていますね？」

「検屍報告書に注意を向けてください。この報告書を見ましたか」

「知っています」

「見ました」

「特に、報告書の三十七頁——ポッター氏のオフィスの近くの業務用エレベーターのなかに、いわゆる血液の飛び散った跡があったというところを綿密に読みましたか？」

ブリュンバーグが、わけ知り顔でうなずく。彼は証人席でとんでもない恥をかくことがままあるが、それでもこんなふうに、わけ知り顔で権威ありげにうなずく。

「この部分を読みましたか、博士？」

「読みました」

「そこに書かれている事実認定について、なにかご意見はありますか？　とりわけ、いま問題にしている血痕が、被害者ベンジャミン・ポッターのものだと結論している点ですが」

「はい。意見があります。この証拠に対する検屍官の事実認定は正確ではない——つまり、あやまっているというのが、わたしの専門的見解です」

チータムが効果を狙って裁判官席をふりむく。オショナシーはメモをとっていない。

「その見解の根拠は？」

「血液の凝固の特性です」

「なるほど、博士」チータムは体を屈《かが》めて歩きまわるのをやめて証人席の前に行き、ボディ・ランゲージで、すでに打ち合わせずみの見解を引き出そうとする。

隣に座っているハリーが、リーガル判の用箋に落書きをしているのに気づく。小さな丸い円が、浮き彫りのようにくっきりした輪郭になる、何度もおなじところをなぞる。

「説明してください、博士」

「血液の凝固は、血漿《けっしょう》や、血清タンパク質のフィブリノゲンや、血小板や、そのほかの要因が絡み合った複雑な化学反応の結果として起こります。凝固は死の直後にはじまり、フィブリンと赤血球が、残りの液体、つまり血清から分離します。凝固してしまえば、血液が傷口からだらだら流れることはありません」

「死後、血液の凝固がはじまり、血液が傷口から流れなくなるまで、どのくらいかかるのですか？」

「十五分です」

「そんなに早いのですか？」

「そうです」

ハリーが、落書きに、五センチほどの長さのまっすぐな線を一本、下に向けて引く。

「そのことは、本件においてなにを示唆しているのでしょうか、博士？」

「この検屍報告書によれば、死亡時刻は午後七時五分です。警察の仮説を受け入れて、被害者がほかの場所で殺され、その死体が、八時二十五分にオフィスで聞こえたという銃声の直前に運びこまれたとします。そうすると、被害者の血液はすでに凝固しており、報告書で述べられているように、業務用エレベーターのなかでしたたり落ちるほど、流動性を持ってはいなかったはずだという結論に達します」

クーパーの確定した死亡時刻を弁護側証人のブリュンバーグが事実として受け入れたことに、チータムは気づいていない。これは、ベンが自殺したという抗弁と相互矛盾している。なぜなら、ブリュンバーグの見解は、オフィスの銃声の一時間半近く前にベンが死んでいたことを前提としている。まったくやることがおおまかすぎる。

「ありがとうございました、博士。反対尋問をどうぞ」

ネルソンが薄笑いを浮かべながら、検察官席から立ちあがる。

「ブリュンバーグ博士、あなたは法医学の資格は持っていますか？」

ブリュンバーグがぶつぶつつぶやく。彼はさきほどのようにわけ知り顔で権威ありげにうなずき、反対尋問で不明瞭につぶやく名人として有名だ。

「証人の発言が聞き取れません」訴訟手続記録者《コート・レポーター》が口をはさむ。証人が不明瞭な音をもらすだけなので、証人席のそばの速記タイプライターを打つ手がとまっている。

オショナシーが裁判官席で身を乗り出す。「わたしにも聞こえませんでした」

「いいえ」ブリュンバーグが、コークの壜の底のような眼鏡の奥のレンズで拡大された目で、憎々しげにコート・レポーターをにらみつける。ネルソンは楽しんでいる。

「法医学の分野での臨床経験はありますか？」

「法医学の分野では何度も証言しています」

「それは知っていますよ、博士。しかし、質問の答になっていません。あなたは臨床経験があるのですか、この……」

「ありません」

「なるほど。では、そのほかの分野の資格は？」

「はい、持っています」ブリュンバーグはやや誇らしげにいう。背すじを伸ばし、ちょっと胸を張ってみせる。

「どの分野の資格なのか教えていただけますか？」ネルソンが、ブリュンバーグの急所をとらえた。

「精神科です。開業医の免許を持っています」医師免許があるというだけで、ブリュンバーグは人知のおよぶかぎりの科学分野に鼻をつっこむのだ。

ハリーの落書きは、くだんの一本の長い線が四十五度の角度にひらいた二本の線に分かれ、〝Y〟をさかさまにした形になっている。

「わかりました。つまりあなたは精神科が専門の医者なのに、法医学、しかも血液凝固の科学である血清学上の微妙な点について証言するためにここにいるわけですね？」

この質問にブリュンバーグはなにも答えず、ただうなずくばかりだ。もう自信ありげではなく、不安そうにしている。

「うなずくばかりではコート・レポーターが記録できません、ブリュンバーグ博士。質問には声を出して答えてください」と、オショナシーが彼に向かっていう。

「はい」ブリュンバーグは、オショナシーに殺意に近いものをこめた視線を向ける。

「博士にうかがいます。犯罪捜査学における証拠としての血痕を主題に学術論文を発表したことがありますか？」

「ありません」ブリュンバーグは、ネルソンをまともに見ようとせず、不遜な態度をとりはじめる。

「では、もっと分野をひろげましょう。法律に関わる科学の分野で、なにか学術論文を発表なさったことはありますか？」

「思い出せません」

「思い出せない？ 博士、わたしはあなたの履歴書の写しを入手し、つぶさに読んでみたのですが、この分野に関する論文を一編も見つけることができませんでした。仮にあなたが司法科学の分野で論文を発表しているとすれば、履歴書に書くのが当然ではないかと思うのですが、どうですか？」

チータムはこの連続攻撃を制止する手だてを講じない。立ちあがり、この専門家証人が専門的知識を持たないことを認める以外にできることはない。

ハリーの落書きは、二本の腕が生えて、細い枝のような人間の姿になっている。

ブリュンバーグが椅子の上でそわそわと身動きする。右頬がときおり軽くひきつるのが、地下深くでいまにも起きようとしている地震の前ぶれのようだ。

「どうですか、当然、書きますね？」

「はい」

「では、あなたは、司法科学の分野で学術的な論文を発表したことがないといってもさしつかえありませんね？」

「そう、そうだ。しかし、さっきもいったとおり、わたしはこの題目でなんどとなく証言している」

「そう、わたしも知ってますよ、博士、あなたが法廷の常連だということはね。事実、博士はプロフェッショナルの専門家証人といってもさしつかえないでしょう？　つまり、それを生活の手段としていると？」

「わたしがしばしば法廷で証言しているという意味なら、そのとおりです」

「わたしのいう意味はそうではありません。精神科でもそのほかの分野でも、あなたは医学をなりわいにしてはいない、といっているのですよ。あなたが最後に料金を取って患者を診察したのはいつのことですか、博士？」

「裁判長、異議があります」チータムが立ちあがる。「もし検察官が証人の専門的知識に限界があることにつき合意をもとめたいのであれば、三者協議か、別室で協議するべきです」ネルソンの弾丸をかわそうと躍起になっている。

「弁護人、あなたが本証人を出頭させたのですよ」オショナシーが、眼鏡の上からチータムを見る。情け容赦がない。

「では、せめて先に進めませんか？　検察官はすでに目的を達しています。いまは単に証人に苦痛をあたえているにすぎません」

「検察官、わたしも目的は達したと思います。先へ進んでくれませんか？」

「はい、裁判長」

ネルソンは検察官席へ戻り、書類の束をめくりつづけて、ようやく目当てのものを見つける。顔を上げると、額に玉の汗を浮かべているブリュンバーグを見る。

「博士、あなたはよく刑事事件で証言するのですか？」

「証言したことはあります」

「しかし、それはいつもの管轄ですか？　いつもは民事に出廷するのでしょう？」

尋問が多少なごやかなものになったと感じたブリュンバーグが、笑みを浮かべて、熱心にうなずく。証人が自分の専門分野をいささか逸脱していることを責める程度に、ネルソンがゆずってくれたと思ったのだ。最悪のときは過ぎたかもしれないと思いつつ、ブリュンバーグがハンカチで額を押さえる。

ハリーの落書きをのぞき込むと、枝のような人間の絵の膝《ひざ》とおぼしいあたりに短い線を書きくわえ、それとはべつに柱のような太い線を、上へ向けて、絵の人間の背たけよりわずかに高いところにまで伸ばし、さらに頭の上へ太い線を横に引いている。

「博士、パニッカー・V・スミス事件、二年前、子供が轢《ひ》き逃げで死亡するというひどい事件で証言したことをおぼえていますか？」

「いや……おぼえていません。証言した事件をすべておぼえているわけではないので」

「でしょうな」ネルソンの声には、かなり皮肉がこめられている。

「博士、ここに裁判の反訳記録（速記録や録音から通常の文字に直した事実審理記録や証言録取書）があります。この事件のあなたの証言の反訳記録です。これをあなたにお見せして、記憶がよみがえるかどうかおききしたい」

ブリュンバーグが、力ずくで椅子に押さえつけられてもがいているように、せわしなく体を動かす。

オショナシーが鉛筆を手にする。

ネルソンがその書類を見せようとする。ブリュンバーグは、なにか腐食性の酸でもついているかのように、それに触れようとしない。そのため、ブリュンバーグが顔を伏せ、眼鏡をずらして表紙を見るあいだ、ネルソンは証人席のまわりの手すりで書類を持っていなければならない。

「表紙に証人としてわたしの名が載っています」ブリュンバーグがいう。「つまり、わたしは証言したにちがいありません」

「この書類によればそうなっているのです、博士。思い出しましたか？」

「おぼろげながら」

「よろしい。この事件では、少年がいつ死んだかという死亡時刻が争点のひとつでした。あなたは弁護側、つまり、轢き逃げをしたとされた運転手の代理の保険会社の側の証人として出廷した。こういえば少しは思い出しましたか？」

チータムが立ちあがる。「異議があります、裁判長、われわれはその反訳記録を見る機会をあたえられておりません」

ネルソンが検察官席に戻り、書類の山のなかからべつの写しを取り出して、ぞんざいに弁護人席のチータムの前にほうり出す。チータムがあわてて内容に目を通す。

「証人として出廷したとき、あなたは血液の凝固の特性について質問を受けました。なんと証言したか、おぼえていますか？」

肩をすくめる。「はっきりおぼえていません」

いまや汗が滝のようになり、目のまわりやもみあげのあたりを、衿《えり》もとへ流れ落ちている。

「この事件では、運転手は、少年が死んだ時刻に家で妻と食事をしていたと主張した。あなたは死亡時刻についてきかれ、死斑についてのあなたの見解に基づいて、体内で血液が凝固していたという事実とその凝固に要した時間を述べています。さあ、これで、なんと証言したか思い出しましたか？」

「いいえ、残念ながら思い出せません」

「よろしい。わたしがお手伝いしましょう」ネルソンが、大きなクリップをはさんで印にしてある頁をひらく。

「引用します――弁護人『ブリュンバーグ博士、毛細血管のなかの血液が凝固するには、死後どのくらいの時間がかかるのでしょうか？』

ブリュンバーグ『一時間から一時間半です』

思い出しましたか、博士？」

証人席からは、気まずい沈黙が返ってくるばかりだ。

「ところが、本日あなたが証人席に座り、本件について語ったところによると、死後十五分で死体の血液は凝固するから、エレベーター内で出血したはずはないという。どちらが正しいのですか、博士――一時間半ですか、十五分ですか？　それとも、それは金を払う人しだいなんですかね？」

「異議があります、裁判長」チータムが立ちあがり、泣き叫ぶような声で抗議する。

「最後の質問は撤回します、裁判長。パニッカー・V・スミス事件の反訳記録を、同一性の確認の証拠とするように申立てます」

「弁護人、異議がありますか？」

チータムがどさりと腰をおろし、弁護人席で黙ったまま首をふる。「なにが専門家だ——くそったれ」だれにいうともなく声をひそめていう。

「弁護人、なんといったのですか？」

「異議はありません、裁判長」

わたしはのぞき込む。完成したハリーの落書きでは、首吊《くびつ》りの縄が首にまといつき、絞首台の落とし戸がひらいて、体がぶらさがっている——絞首刑にされた男だ。タリアがこれを見たのに気づく。絶望したような表情でわたしを見る。

これが専門家意見の落とし穴だ。とりわけ、ブリュンバーグのような、頭のやわらかい人間の意見には問題が多い。あまりにもいろいろなことをしゃべっているので、なにをいったかを忘れているのだ。公判にあっては、不変のはずの自然の法則ですら曲げられる。ちっぽけな人間の関心事にまつわるルールより、ずっと柔軟に解釈される。

きょうのスカーペロスは、ひとりでわたしと対面している。にこやかな微笑や厚顔な薄笑いは見られない。きょうはまったく真剣な顔で、石のデスクに向かっている。すぐそばの象の脚のくずかごは、一日分の紙くずでいっぱいだ。

「タリアの件はうまく行っていないようだな」と彼がいう。

「ひどいもんです」

スカーペロスが予備審問に一度も姿を見せないのは注目に値する。だが、苦境に立たされているタリアに関し、興味があるのは金銭のからんだ部分だけなのだ。スカーペロスは、事務所のベンの権利を、できるだけ苦労せずに手に入れたいだけなのだ。

「なぜきみを呼んだか、もうわかっているだろう。刑事訴追進行（被告人に犯罪の充分な容疑があるとして事件を下級審から上級審に移すこと。または大陪審にかけること）となったときに、チータムはタリアの弁護ができない」

やれやれ、と思う。うんざりしながら、わたしはうなずく。

「現在の財政的取り決めを永久につづけるわけにはいかない」

スカーペロスは、確実に起きるはずの事態を見越している。法律事務所の資産を圧迫しかねない刑事裁判の費用を際限なく出すのは嫌だから、限度を決めようというのだ。

「タリアとあなたのあいだで取り決めたものと思っていました」

スカーペロスが渋い顔をする。「まあな。厳密なものではないのだ。タリアは会社のベンの権利を売らなければならないだろう。わたしが買ってもいい」スカーペロスが商談をもちかける。

「彼女には優秀な弁護士が必要だ」スカーペロスがいう。「やる気はあるか？」

「職業を間違えましたね、トニー。結婚仲介業者になればよかった」

それを聞いたスカーペロスが、いかにも商売人らしい微笑を浮かべる。

「タリアがだれを弁護人にするかは、彼女の問題でしょう」わたしはいう。

「わたしが費用を払っているのだから、わたしの問題さ」

「担保つきのローンでしょう」

「彼女が有罪になれば、ちがう。彼女が殺したとなれば、法律上、故人の財産を相続することはできない」

「彼女がやったと思ってるんですか？」

「いやいや、彼女を裁いているわけではない。これはビジネスだ。わたしは、ローンの担保を確実にしたい」

「事務所のベンの権利が夫婦共有財産であることを忘れています。それはなにがあろうと彼女のものだ」

スカーペロスが、そんなはした金のことはなにも心配していないというように、顔をしかめる。

「有罪になれば、それを使うこともできなくなるだろうな。しかし、おたがい、議論するまでもないだろう。われわれには共通の利害がある。わたしは彼女を助けたい。きみもおなじだろう」スカーペロスが両手をひろげて、大仰な身ぶりで親愛の情を表わす――にこやかな笑みすら浮かべている。「もしわれわれ三人が、この件で利益を得ることができるなら、それにこしたことはない」デスクの上にある金メッキの煙草入れのなかの例のひどい葉巻に手を伸ばし、のけぞって椅子の背にもたれる。

わたしは心のなかで、彼が葉巻に火をつけないよう祈る。

「要点をいったらどうです、トニー。そっちの希望は？」

「ひとつ提案がある。まず、タリアの裁判を引き継いでほしい」

「なぜですか？　なぜわたしに？」

「きみはこの事件に精通している。チータムとともに綿密にやってきた」

「たいへんな仕事を押しつけないでほしいな」

スカーペロスが笑いだす。「だが、あの男は忙しいのだ」

「忙しいが聞いてあきれる。ギルバート・チータムぐらい法廷で害をなす奴はいない。証拠を教えてやれば、知ったことかという。突破口を教えてやっても、それを追及すれば検察側の主張を弱められるときに使わない。奴にできるのは交通事故の弁護ぐらいのものだ」

「過ぎたことはしかたがない」スカーペロスがいう。「予備審問におけるタリアの命運は決したという点で、われわれの意見は一致しているようだな。彼女は公判に付されるだろう」

ロン・ブラウンが法廷から報告書を持ち帰っている。それと厳しい見通しの新聞記事を読んで、スカーペロスはそのおそろしい結論に達したのだろう。

「それに、どうせ初めからこうなる運命だったのだ。ギルのやりかたが問題だったのではないだろう」

「奴の弁護はいい恥さらしだった」わたしはいう。「チータムはタリアに大きな恩をほどこしたわけだ。無能な弁護士をつけられたことは、なにはともあれ上訴の確固たる理由になる。それで勝つことは間違いない」

チータムの悪口を聞いて、スカーペロスは薄く笑う。「まあ、今後はそういうことはない。ギルははずす。きみならもっとうまく弁護ができるという点で、われわれは意見が一致していると思うが」

「おそらく彼女は、ほかの弁護士を頼みたいでしょう。結局、ぼくもこの茶番劇に参加していたんだ」

「それはどうかな」スカーペロスが、うらない師と話をしたかのように、自信たっぷりにいう。

「なにか、ぼくの知らないことを知っているのかな」

「彼女と話をしてみるんだな。きみのいうことをきくだろう」

「仮にわたしがやるとして、あなたがこれ以上金を貸さないとしたら、わたしの報酬はどうなります?」

彼はマッチに手を伸ばしながら、ずるそうに歯を見せて笑う。「きみは、なかなか賢くなったな」

「葉巻はやめてほしい」わたしはいう。長い一日だった。馬鹿の相手をするのはうんざりだ。

スカーペロスが、丁重にやれやれという仕草を見せて、マッチを置く。そのまま火のついていない葉巻をくわえている。

「その話をしようと思っていた。事務所の彼女の権利いっさいの譲渡に、前金で二〇万ドル、現金で支払う。それだけあれば、長期の弁護ができる。必要とあれば、上訴してもだいじょうぶだ」

「もう上訴の話ですか——ぼくをずいぶん信用しているんだな」

皮肉を聞いたスカーペロスが笑い声をもらす。「安いと思っているのか」

「あまり気前のいい申し出とはいえない、この事務所のベンの権利の評価額が、その十倍もあることを考えれば」

「それは彼女が手にすることができればの話だ。場合によっては、何年も待つことになる。こっちはきょう即金だ」

話が金額をめぐるやりとりに堕落する。われわれは中東の市場で争うふたりのアラブ人のようにいい合い、スカーペロスが両手をあげて抗議するかと思えば、わたしのほうも、売る権利もないものを売るまねをする。彼の出す上限が知りたいのだ。タリアはそれを知っておく必要があるかもしれない。

三分のあいだに、わたしは不平を鳴らすスカーペロスを三〇万ドルまで譲歩させる。もっと高く吊りあげられると思うが、だんだんこの争いに疲れてくる。

「あなたのいう金額で依頼人と交渉してみます、トニー。しかし、勧めはしない」

それを聞いて、スカーペロスの肉づきのよい頰《ほお》の上の目が鋭くなる。

「どうしてだ？」

「権利の評価額はいくらですかね、トニー？　一〇〇万ドル？　いや——もっと上か？　あなたは知っている。ぼくは知らない。だが、会計監査人に聞けばわかる。こういう情況で売る馬鹿はいない。それはあなたもわかっているはずだ」

「それより、貧乏するほうが馬鹿だ。彼女が公選弁護人の弁護を望むかね？」

「ほかの方法がある」

「どんな？」

「タリアの弁護という目的でベンの資産凍結の解除を申請する」これははったりで、法的にはあまり見込みがないが、スカーペロスは予想もしていないはずだ。彼の目から自信が薄れてゆくのがわかる。

「あるいは、ぼくが弁護人としてこの裁判を引き受けると仮定して、自腹を切ることも考えられる。ぼくの報酬に、事務所の危険準備金を充《あ》てることもできる」

わたしが予期せぬパートナーとしてベンのデスクに向かうという発想に、スカーペロスは心中おだやかではない。

スカーペロスが大声で笑う。壊れかけたボイラーから吹きだす蒸気のような作り笑いだ。

「どこにそんな金がある？　きみの事務所は金に困っている」

「自宅に第二抵当権を設定する。どうということはない」

「そんな大きな賭《か》けに出るのか？」

「どうですかね。いずれわかることだ」

「きみも少しは賢くなったと思ったんだがね。だがいいか、きみはまだ勉強が足りない」

スカーペロスの顔がこわばっている。すさまじい憎しみが目に集中する。「それは賢いやり方ではないぞ」

「脅しかな、トニー？　話がよくわからない」

彼の顔が、〝好きなように解釈しろ〟というようにゆがむ。「ささやかな助言だ」

「なるほど。では、それを心に留めておきましょう」クソでもくらえ、というように精いっぱい嘲笑《ちょうしょう》する。「タリアが決心したら知らせます」

立ちあがり、ドアに向かう。

「ところで」スカーペロスがいう。「きみはどうして、ベンの遺言状の相続人にあれほど関心を持ったのだ?」

わたしはふり向いて、深い感情をこめた表情を浮かべる。

「わたしへの面当てかね」スカーペロスは、わたしのヘイズルタインへの質問に腹を立てているのだ。

「知ってて質問したと思っているんですね」

「きみのことは知っている。知らなければ質問しなかったはずだ」

「あなたは、ぼくのことがよくわかっていない」

スカーペロスが首をふる。ひどく冷たい表情だ。目が死人のように冷たく、いまだかつて見たことがないような悪意が顔を覆っている。

19

わたしは大敗を予想している。ナポレオンがワーテルローでこうむったような壊滅的打撃を。チータムの左右に、タリアとわたしが座っている。一週間におよぶ予備審問の結果を待っているのだ。裁判官室で、オショナシー裁判官が裁判所決定の最後の仕上げをしている。「どう思う?」チータムがきく。

わたしは無表情に見返す。自分でわからないようなら、あえて教えてやる気にはなれない。

検察側の弁論が終わると、チータムは起訴の全面的棄却を求めた。慣例にしたがって、法廷はチータムの要求に形式的に応じ、この申立てを一応は提起するようにもとめる。この情況下でそういう申立てを行なうという事実は、ギルバート・チータムという男が、判断力が欠落しているだけではなく、根本的に現実が目にはいっていないことを示している。申立ての提起に三分ほどかかり、ネルソンはそのあいだに反論をまとめた。そして、オショナシーが、申立てをあっさりしりぞけた。

チータムが手を伸ばし、タリアの腕に触れる。「すぐにすみます」という。タリアが丁重に笑みを返し、もっとまともな神経の持ち主を捜して、彼の体ごしにこっちを見る。

予審の最後の日は茶番もいいところだった。チータムは、先日のブリュンバーグの証言という砂の上に楼閣を築こうとした。ベンが殺された日、硝子《ガラス》の鋭い破片で手を切ったことを思い出したというエメラルド・タワー・ビルの管理人、レジナルド・タウンゼントを法廷に呼びだした。タウンゼントは、手を切ってすぐに業務用エレベーターを使ったと証言し、そのとき血がしたたり落ちたかもしれないと述べた。驚いたことに、この男の血液型は——ポッターとおなじ——RhマイナスB型だった。

チータムがこういうとき、その声が満足げな笑いをふくんでいた。「以上です、裁判長。反対尋問をどうぞ」

ネルソンがタウンゼントを激しく責めた。エレベーターに乗ったあと、怪我を医者に見せたかときいた。

「そんなにひどくはなかったんで」

「では、どのくらい血が出ましたか?」

「いや、かすり傷です。ごく小さなもんです」十針も縫わなければ傷のうちにはいらないとばかりに、威勢よくそういうと、指二本で、半インチほどの大きさを示した。

「なるほど、かすり傷にすぎないほんのちょっとした怪我を、およそ八カ月もあとになってから思い出し、それがちょうどベンジャミン・ポッター氏が殺された日に切ったもので、エレベーターのなかで一滴か二滴その傷から血が垂れたらしいということを、あなたは本法廷で確信をもっておっしゃるわけですか？」

「へえ。だが、血はけっこう出ました。タオルを手にあててました」

「あなたにはそういう才能があるんですか？」

タウンゼントが、けげんな目つきでネルソンを見た。

「ある出来事の何カ月もあとで、正確な日時や瑣末《さまつ》な細部を思い出す才能ですよ」

「とんでもねえ、あの日のことは、忘れようったって忘れられねえ」その日の事件がものすごく重大であることを強調するかのように首をふった。

「なるほど、あなたはポッター氏が殺された日に、そのかすり傷を負ったからだといいたいんですね」

「そうなんですよ」タウンゼントは、水を向けてもらって嬉《うれ》しそうにいった。「なにかあったときは、ほかのこともいっしょにおぼえてるもんです。ケネディ大統領が殺されたときは、おふくろといっしょに……」

「では、タウンゼントさん、あなたの怪我のことをチータム弁護士がどうして知ったのか教えてください。あなたが彼のところに行ってしゃべったのですか、それとも彼があなたのところへ来て、きいたのでしょうか？」

「いや、あのひとじゃねえです」タウンゼントが矢のように腕を伸ばして、チータムを指さした。「あのひと――チータムさんは、おれのところへは来なかった」

チータムは椅子の背によりかかり、鉛筆の尻の消しゴムを噛《か》みながら、暗礁に乗りあげているネルソンを見て、薄笑いを浮かべていた。

「ほかのひとですよ。ほら、あっちにいる」風向きが変わるときに風向計の矢が動くように、タウンゼントが腕をぐるりとめぐらして、傍聴席へ向け、前の席に座っている大柄な婦人のうしろで体を縮めているロン・ブラウンを指差した。「あの派手な万年筆を持ってるひとです」

ネルソンの視線が、誘導ミサイルのように、タウンゼントの指差す方向をたどった。ブラウンは、例の〝槍投げ〟万年筆のペン先を黄色の用箋に走らせていたところだった。

「裁判長、チータム弁護士の同僚のブラウン氏に立ってもらいたいのですが」

オショナシーが命じるまでもなかった。ブラウンは肩を落とし、そわそわと体をゆすりながら立ちあがった。頭上の照明の光を避けるように頭を垂れ、暗がりにまぎれようとしていた。

「あのひとです」

「ブラウン氏があなたのところへ来たのですね？」

「へえ。あのひとがおれに話しかけてきた。おれたちみんなに話しかけてきたんで」

「異議があります、裁判長。いまの発言は伝聞によるものです」

「ブラウン氏がほかの人に話しかけたとき、あなたはその場にいて、ほかの人にいってることを聞いたのですか？」

「異議を申立てます、裁判長」

「証人の答を聞きたいと思います」オショナシーは、タウンゼントが伝聞証拠という推定をくつがえすことができるかどうか、見きわめようとした。

「へえ、そうです。おれたち全員にいいました。ビルの管理責任者がおれたちを集めました。このビルにはいってる弁護士さんのひとりが、おれたちと話をしたいといって」タウンゼントは、精いっぱい協力しようと、にこにこしていた。

「異議を却下します」

　チータムは、裁判官やその判断より、ブラウンが雇った証人の扱いにしくじったことに腹を立てて、カンカンになっていた。

「それで、彼はあなたたちみんなになんていいましたか？」

「ポーターさんが撃たれた日に、なにか見た奴はいねえかってききました」

「なにか見た人はいたのですか？」

「ウィリーだけです。あいつはいろいろ見たんですよ」

「ウィリー？」

「ああ、撃たれたポーターさんを見つけた奴ですよ」

「ほう」ネルソンはうなずく。「ウィリーというのは、死体を発見した管理人ですね」

「へえ」

ネルソンは、だんだん優しい柔らかな物腰になって、証人のほうへ歩きだしていた。

「そのほかに、ブラウンさんはなにをききましたか？」

「業務用エレベーターに乗った人間で、どこか切るとか怪我をしていたものはいねえかとききました」

「その質問をあなたがた全員にしたのですか？」

「へえ」

「そしてあなたが、はい、といったのですね？」

「おれとビルとロージーとマニュエルがそういいました」

「四人もいたのですか？」ネルソンの声が、一オクターブ上がった。

「へえ」

「それからどうしました？」

「おれたちをオフィスへ連れてったんです」

「あなたとビルとロージーとマニュエルを？」

「そのとおりで」

「で、そのあとは？」

「ひとり女が——看護師がいて、血を採ったんです」

「採血したのですか？」

「へえ。太い注射針で。で、また連絡するっていいました」

「連絡はありましたか？」

「おれだけ」タウンゼントがいう。「あの大将が」——顎《あご》をしゃくってブラウンを指す——「連絡してきました」

タウンゼントの血液型がわかったとき、チータムとブラウンは、鉱脈を掘り当てたような気がしたにちがいない。

「ブラウンさんは、なぜあなたとだけ話をしたかったんでしょう？」

「さあ」

「しばらくして連絡してきたとき、彼はなんといいましたか？」

「いつ、どうして怪我したのかってききました」

「それであなたは彼に話した？」

「そう、きょういったとおりのことをいいました」

「つまり、ベンジャミン・ポッター氏が殺された日に手を切ったといったんですね？」

「そうです」

「タウンゼントさん、あなたは宣誓したんですよ。嘘《うそ》をつくと偽証罪に問われるのです。重罪です」

タウンゼントが、しきりに唾《つば》を飲みこんだ。のどぼとけが何度も上下に動いた。

「嘘なんかいってません」

「怪我をしたのがべつの日でないと断言できるのですか？　ひょっとしてポッター氏が死んだあとか、あるいは、死ぬかなり前の日ではないということを」

タウンゼントを動揺させることができないので、ネルソンは、証人の名誉を尊重しつつ偽証をひるがえす方法をほのめかした。

「いいや、その日かその一日前です——間違いなくその日だと思います。確かです」

彼の証言のほとんどは、ブラウンやチータムと打ち合わせをしたものだが、この点に関して嘘をついているとは信じがたかった。タウンゼントの言葉には、圧倒的な真実の響きがあり、ネルソンは検察官席へとあとずさりした。チータムはさんざん失敗をやらかしたが、タリアは結局、幸運な偶然の一致のおかげをこうむって、彼に弁護してもらったことで得をしたことになるのだろうか？　という考えがよぎった。もっとも、その疑問の答はすぐに出た。

「ありがとうございました。以上で終わります」

チータムがチェシャ猫のようににたりと笑った。

オショナシーがチータムを見た。「再直接尋問はありますか？」

「ありません、裁判長」

「よろしい。それでは弁護側のつぎの証人を」

「弁護側の証人は以上です、裁判長」

「検察官、反証の証人はありますか？」

「ひとりいます、裁判長。検察側は、ジョージ・クーパー医師を証人に呼びたいと思います。

「異議はありますか？」

チータムは当惑の表情を見せたが、異議の根拠を思いつかなかった。

チータムは微笑した。「異議はありません、裁判長」

再証言にそなえて証人たちが集められ待機している、法廷の外の待合所からクーパーが呼びだされた。彼は証人席に立ち、さきほどの宣誓がいまだ有効である旨の注意を受けた。

「クーパー博士、あなたは被害者ベンジャミン・ポッターが死亡したのち、死体から血液のサンプルを採取しましたね？」

「はい」

「それから業務用エレベーターで発見された血痕ですが——この証拠も現場から採取し、

調べましたか?」

「はい、調べました」

「博士、ABO式として一般に知られている血液型の分類法が、どういう仕組みになっているのか、しろうとにもわかる言葉で、手短に説明していただけませんか?」

「ご存じのように、血球には、赤血球と白血球というふたつの種類があります。ABO式は赤血球のみを対象にしています。赤血球の表面に存在する、抗原という化学物質の構造を識別するのです。ABO式では、A型の血液の持ち主は、赤血球の表面にA抗原を持っています。B型の人はB抗原、AB型の人はAとBの両方の抗原、そしてO型の人は、そのいずれも持っていません。さらにこの血液型の分類法には、もうひとつ、よく知られた因子があります。いわゆるD抗原あるいは血液のRh因子というものです。このD抗原のある人がRhプラス、ない人がRhマイナスとなります」

「そうすると、ポッター氏とタウンゼント氏がいずれもRhマイナスB型という場合、それはすなわち、ふたりとも赤血球の表面にB抗原があり、なおかつふたりとも、いわゆるD抗原を持っていない、つまりRh因子がない、というわけですね?」

「そのとおりです」

アボットとコステロのコンビのような見事に洗練されたやりとりだった。公判前の証拠開示により、タウンゼントが弁護側証人だということはあらかじめわかっていた。クーパーとネルソンは、この問題について、前もって準備を整えていたにちがいない。周到な準備は無駄にはならないものだ。

「さて、血液を分類する方法は、ABO式ただひとつなのでしょうか？」

「ちがいます。輸血その他の医療行為を行なうために病院で使われる、最も一般的な方法だというだけです。しかし、ご質問に対する答としては、血液には、現在わかっているだけでも、そのほかに百を超える構成因子があるということです。理論上は、一卵性双生児をのぞけば、ふたりの人間の構成因子がまったくおなじ組み合わせであるということはあり得ません」

チータムが、はっと気づいて、顔をゆがめた。特許権侵害《パテント》の訴訟は数限りなく手がけてきたが、婚外子扶養請求訴訟《パターニティ・アクション》の告訴で金を出さない父親を追及した経験がない。だから、血液型鑑定には詳しくないのだ。

「博士、あなたがいうところの血液のほかの因子について、説明をしてください」

「そうですね、ABやD抗原以外にも、区別の手がかり、特定の個人の識別に使えるもの、あるいは、すくなくともある血液がその人間のものではないことを証明するものなど、さまざまな因子が存在します。多少、困難はともないますが、血液でも、これらの因子を検出することができます」

「たとえば、業務用エレベーターのなかの血痕も？」

「そうです。本件の場合、最も簡単に取り出せる因子は酵素でした。赤血球の表面にあって肉体の生化学反応を調節する蛋白質で、区別の手がかりになります」

この主張事実に関するチータムの弁論があまりにも稚拙なので、クーパーは、費用と手間をかけてＤＮＡ鑑定をする必要はないと思ったようだ。ＤＮＡ鑑定は切れ味鋭い武器であるが、設備のととのった検査室と、高価な機械とを必要とする。血液を民間の研究所に送らなければならない。

「今回の場合、血液中の酵素を取り出せましたか？」

「ええ。業務用エレベーターで採取された乾いた血液の場合、われわれはＰＧＭと呼ばれる酵素を取り出すことができました。このＰＧＭ酵素は個人によってちがい、一般的には三つのちがった型があります。ＰＧＭ-1、ＰＧＭ-2-1、ＰＧＭ-2と呼ばれています。業務用エレベーターの乾いた血痕はＰＧＭ-2で、これはじつは、いささかめずらしいものです。この型の酵素の持ち主は、人口の約六パーセントにすぎません」

「それで、博士、あなたはタウンゼント氏から採取した血液のＰＧＭを抽出することができましたか？」

「はい。ＰＧＭ-1でした」

「それでは、エレベーターから採取した血液とは一致していませんね？」

「そうです」

「では、博士、被害者のベンジャミン・ポッター氏の血液から発見されたPGM酵素が、業務用エレベーターから採取した血液と一致していたかどうか教えてください」

「一致していました」

「そうなると、エレベーターのなかの血液は、被害者ベンジャミン・ポッター氏のものであるといってもいいわけですね？」

「断言はできませんが、ひとつだけ確実にいえるのは、その血液がレジナルド・タウンゼント氏のものではないということです。酵素の鑑定によって、タウンゼント氏がその血痕の血の源である可能性はなくなったわけです。さらにいえるのは、PGM-2酵素は人口の六パーセントの人しか持っておらず、また、RhマイナスB型の血液型の人もおなじようにすくなく、人口の一二パーセントにすぎないのですから、この血液が被害者のものである確率はきわめて高いということです」

「以上です、裁判長」

これはもう、致命傷などというものではない。法廷のだれが見ても――いや、世界じゅうのだれが見ても――チータムはきれいさっぱり撃破されていた。面目をたもつために、彼はなにかをやる必要があった。チータムは体を乗り出して、感情の抜けたうつろな目でわたしを見た――彼のそんな目は見たことがなかった。恐怖を浮かべている。動揺のあまりに、頭に浮かんだことが言葉になるまで時間がかかった。

「反対尋問でつぶすことができるか?」チータムはいった。

わたしは、悪魔と深い青い海の板ばさみになり、唖然《あぜん》としていた——チータムは恐怖に打ちのめされているし、タリアは、この期《ご》に及んでも、ネルソンの怒濤《どとう》のような勢いから救ってもらうのを期待して、じっとこちらを見つめている。

わたしの躊躇《ちゅうちょ》が、チータムの突然の逃亡をうながした。わたしが身を乗り出して、なにかいう前に、チータムが法廷に向かい宣言した。

「裁判長、お許しいただければ、クーパー博士の反対尋問は、陪席弁護人のマドリアニ氏に行なわせたいと思います」テーブルから身を引き、わたしと目を合わさないようにして、空の陪審員席のほうへ視線を漂わせた。

耳たぶが燃えるように熱くなった。まわりに人がいなければ、チータムを殺したかもしれない。くだらない争点をめぐる戦いのおかげで、こっちは胃潰瘍《いかいよう》になりそうだ。チータムがなまはんかな理論にこだわって弁論に失敗したおかげで、エレベーターの血痕というどうでもいいような事実が、われわれの主張の根拠の中心になってしまった。チータムは異端審問官のように独断で自殺という主張を追いつづけ、結局なにひとつまともにできなかった。

わたしは、頭の整理がつかないまま立ちあがった。酔ったようなぼんやりした状態で証人席へ近づき、必死に頭を働かせて、糸口を捜した。クーパーの主尋問のときの証言を書き留めておいたメモに、急いで目を通した。時間を稼ぎたかったのだ。

　こちらを見るクーパーの顔に、いつもの南部人らしい薄笑いが浮かんでいた。わたしがずっとチータムに煮え湯を飲まされているのを、腹のなかで笑っているのだ。わたしがその尻拭《しりぬぐ》いをするあいだ、とことん楽しむつもりだろう。尋問の最後まで、とうてい耐えられそうにないと思った。

「博士、この鑑定――いわゆる酵素鑑定ですが」まじない師の骨の袋のようなうさんくさいものを話題にするように、わたしは両腕を差し上げ、用箋をふった。「絶対に信用できるものなのですか？　間違った結果を出したことはないのですか？」

「鑑定を行なう人間が間違うことはありえますが、鑑定そのものは信頼できます」人を小馬鹿にするような笑みが、クーパーの顔に戻った。

「本件の鑑定に間違いがあった可能性は？」

彼はわたしを見ると、南部人らしい魅力をふりまいて、軽く首をふった。「その可能性はありません」まるでクイズ番組の司会者が〝残念でした〟というような口調だった。わたしが暗中模索しているのを察しているのだ。ひとの命がかかっていなければ、さぞかしおもしろいだろうが。

「テストはあなたが自分でやったのですか？」

「ええ、わたしがやりました」

わたしは虹《にじ》を追いかけている。望みはない。

「さて博士、あなたはエレベーターのなかの血痕は、ポッター氏のものである確率が高いとおっしゃったのでしたね？」

「ちがいます。エレベーターのなかの血痕が被害者のものである確率は、きわめて高いと申し上げたのです」

クーパーは、大仰な専門語をふんだんに使った。わたしがベンのことをポッター氏と呼んで、タリアがすこしでも犯人とは思われないよう術策を弄す。すると彼はすぐいい直す――〝被害者〟と。

「失礼しました、博士、きわめて高い確率なのですね。その言葉の意味は、他人の血液である可能性もあるということでしょうか？」

「可能性はありますが、ほんのわずかにすぎません」

水を打ったような長い沈黙があたりに満ちて、ときおり傍聴席の空咳《からぜき》がその静寂を破るだけだった。わたしは、ひとつの質問をすべきかどうか迷っていた――それは、さきほどのクーパーの答で生じた疑問だった。ふたたびメモに目を落とし、ネルソンが主尋問で答をきだそうとしているとき、手早く計算した数字を見た。確率は低いが、ゼロではない。ほかに尋問の糸口はない。

「エレベーターのなかの血痕が他の人のものである可能性は、数字にして、どのぐらい低いものなのですか？」

クーパーが上着の内ポケットに手を入れて、携帯用の電卓を取りだした。メモに目をやって、何度かボタンを押してから顔をあげた。「このふたつの区別の手がかりがおなじ組み合わせになる確率は、千人に対し八人以下です」

統計学者はこれをきわめて低い確率と見るだろう。しかし、窮地に立った法廷弁護士にとって、この数字はじつにさまざまな方向に活路をひらくものだった。

わたしはちょっとふり向いて、手すりのむこうの傍聴席を眺めた。四百個の目がわたしを凝視している。ふたりの画家が陪審席でわたしのスケッチを描いている。その瞬間、頭に血がのぼって気圧《けお》されるような感じがし、かねておぼえのある恐怖感が湧《わ》きあがって、体がほてりふるえが走った。わたしは、クーパーのほうへ視線を戻して、恐怖をしずめ、考えをまとめた。

「そうするとこの地域、この」計算しながら渋面をつくる。「百五十万の人口がある大都市では、エレベーターの血痕と同じ血液因子の組み合わせを持つ人間は、約一万二千人も住んでいることになりますね。どうですか？」

「あなたの計算ではそうなのでしょうね」とクーパー。

「この数字は正しいですか、博士？」

「異議があります、裁判長。クーパー医師は数学者ではないのです」ネルソンは椅子に腰かけたまま、裁判官席のほうへすこし体を乗り出した。

「裁判長、ポケットから電卓を持ちだしたのは、クーパー博士です」

クーパーはにこやかに笑いながら、わたしに電卓を手渡そうとした。わたしは後ずさりして、それが嘘発見器かなにかのように、身を避けた。

「異議を認めます。数字は自明のことですから」

当初の情況を思えば、すでに期待以上のことをなしとげたといえる。もっとも、わたしのこの弁論は、陪審の判断を迷わせることはできても、裁判官には通用しない。チータムが血痕の有力な候補としたタウンゼントが、わたしのいう一万二千人に含まれておらず、ベンが含まれているという事実を度外視しているからだ。

わたしは、この数字を食らう死んだ馬を生き返らせ、もう一度鞭《むち》を入れる。

「博士。ポッター氏のオフィスのあるビルで何人の人が働いているかご存じですか？」

「知りません」

「そのビルで約四千人の人間が働いていると申し上げたら驚きますか？　セールスマン、屋台の売り子、修理屋、配達人は含めずにですよ」

それはまったくの口から出まかせで、適当に思いついた数字をならべたにすぎない。わたしは、エメラルド・タワー・ビルで何人の人間が働いているか見当もつかない。

クーパーは首を横にふった。「べつに驚きはしません」

「全人口において、このいわゆるふたつの血液の区別の手がかり――Rhマイナス B型と、酵素という要素――の持ち主の分布に偏りがないと仮定し、あなたのおっしゃった千人に八人という数字を用いますと、ポッター氏が死んだ時刻、あるいはそれに近い時間帯に、四千人が働くビルのなかには、エレベーターで発見された血痕の特性、すなわちいくつかの要素の組み合わせに当てはまる人は、三十人もいることになる。そうですね？」

わたしの質問は、ハイヒールをはいたトレンディな秘書や、何千ドルもする背広に身を固めた重役連中が、業務用エレベーターに乗ることはめったにないという明白な事実を無視していた。しかし、チータムのおかげで、だれも考えていなかったような領域に大胆に足を踏み入れるほかはなかった――証拠的事実の前人未踏の領域を五分間歩きまわれば、それでわたしの仕事は終わりだ。

クーパーがあきらめ顔になる。

「わたしのいうことは正しいでしょう？」

「統計的な精確な計算はしていません」

わたしはほっとした。

ネルソンは座ったままそわそわ体を動かしていたが、それで異議を申立てるのをためらっていた。

「ほぼそんなものでしょう」と、クーパーがいう。

望みどおり、検察側の輝かしい立証にかすかな影を投げかけ、わずかな疑問の光を差し込むことに成功した。

ＤＮＡ鑑定をやらなかったことを後悔しているのが、クーパーの表情でわかった。わたしは、もうひと押しすることも考えた。しかし、証人席に座り質問を待っているクーパーは、浅瀬に身をひそめて獲物を待ち構えるワニのように見えた。水面にのぞかせたふたつの目玉が光っている。どうせ負けるに決まっているこの予審で、むざむざ彼の餌食《えじき》になることはない。勝負は公判までお預けだ。

「以上で終わります」

わたしが弁護人席に戻ってゆくと、チータムが大げさに迎えてくれた。陳腐な賛辞をふりまき、握手を求めた。タリアは静かなままだ。熱のこもった笑み、事実を知る目。エレベーターの血痕のことをいい逃れたところで、刑事訴追進行が行なわれ、公判に付されるのをまぬかれることはできない。

いま、タリアはおそれおののいている。開廷時刻が間近に迫り、あらたな恐怖につつまれるのを感じている。

裁判官控室から出てきた訟廷官が、背後の様子をうかがうような視線を投げる。オショナシーの露払いをしているのだ。オショナシーは訟廷官の十歩ばかりうしろにいて、タリアの運命を記した書類の束を抱えている。オショナシーが裁判官席に上がる。

「静粛に。着席したままでいてください。キャピトル郡市裁判所十七号小法廷、これより開廷します。裁判長はゲイル・オショナシー裁判官です」こういうと、訟廷官は法廷の片隅へ移動する。

オショナシーが咳払《せきばら》いをし、書類が正しい順番になるようにならべる。彼女は、口を切る前にタリアをまっすぐ見つめ、それから裁判官席の彼方の、あいまいな方角に目をやる。

「本法廷で供述されたすべての証言を聞き、提出されたすべての身体的証拠および文書証拠を吟味し、慎重に考慮した結果、つぎのような裁定をいい渡します。

本法廷に提出せられた証拠の基準は、合理的な疑いを超えて有罪とするものには達していません。したがって、本法廷は有罪または無罪の判決を下すことができません。

また、証明の基準は、相当な理由に達しています。本法廷は、犯罪が行なわれたとする合理的認識を確立する充分な証拠があるかどうか、なおかつその証拠が被告人が犯罪の遂行者であることを示しているかどうかを裁決するにとどまります」

これはテレビ向けのせりふなのだ。報道に事実を正しく反映させ、本裁判の前に被告人が有罪だという印象をあたえないようにするのが目的だが、空しい努力だ。このあと、膨大な数の陪審員たちが、この事件についてなにか聞いているか、被告人についてなにか知っているかと尋ねられるだろう。そのうちのかなりの者が、タリア・ポッターが夫を殺した犯人だという報道をテレビで見るか、あるいは新聞を読んだことがあると答えるはずだ。今夜になれば、証拠の微妙なふくみ、証拠の基準、タリアが一点の曇りもない無罪の推定（裁判で有罪と認定されるまで被告人は無罪と推定されるという刑事手続上の基本原則）を受けるに値するという考え方は、裁判官の口を出たとたんに、新聞の見出しや三十秒のスポット・ニュースの猛攻の前にかき消されてしまう。

　オショナシーがタリアを見つめる。

「本法廷は、情況証拠ではあるが、豊富な証拠があり、ベンジャミン・ポッターが犯罪行為の結果死亡し、被告人にその犯罪を実行するのに充分な動機と機会があったと確信する相当な理由が存在するという判決を下します。

　刑法第一八七条違反、すなわち第一級謀殺の告発に関し、それに該当する犯罪が実行され、被告人タリア・ポッターが前述の犯罪を実行したと確信する充分な証拠があります。

　また、この犯罪の実行に関し、地区首席検事の告発する特殊な情況が存在したことを認定し、特殊情況付きの第一級謀殺という起訴内容で刑事訴追進行を行ない、被告人を上位裁判所で公判に付すものとします。

　略式起訴状の提出は十五日以内と決定します。罪状認否手続も同期限内に行なうように決定します。被告人は郡警察に勾留《こうりゅう》され、保釈変更の審理は係属中とします」

　これは、もうタリアが逃亡のおそれがないとは見られていないことを示している。

チータムが立ちあがる。「裁判長、本件に保釈金を増額する理由があるとは考えられません。被告人は全審理に出廷し、訴訟手続に全面的に協力してきました」

「そのとおりです」オショナシーは認める。「しかし、被告人は死刑を科しうる殺人罪という起訴内容で公判に付されるのですから、保釈の問題は、上位裁判所の決めることです。本法廷の決定は変わりません。閉廷します」

わたしを見るタリアの頬を、ふたすじの涙が伝い落ちる。

「かならず出してあげるよ」うしろの女性係官が鉄の扉へとタリアをみちびいて、階下の監房に連れてゆこうとするとき、チータムが約束する。

わたしは身を乗り出して、タリアの耳もとでこういう。「朝一番に会いにゆくよ」

「ええ、朝一番ね」タリアが呆然《ぼうぜん》という。わたしの言葉が聞こえていないように思える。周囲の情況すらわかっていないのではないか。

タリアは背後から肘《ひじ》を支えられるようにして、法廷から連れ出される。この建物の底へと階段を下りてゆく彼女の姿が見納めになる。タリアは、そこの冷たい監房にいったん入れられ、護送車で運ばれて、キャピトル郡刑務所で喧騒《けんそう》と恐怖の一夜を送ることになるのだろう。

20

そういったしだいで、わたしは翌朝、留置場でタリアに面会する。細かい金網入りのガラスをへだて、おたがいの心を読みながら、電話で言葉を交わす。ここには、タリアとわたしがいるだけだ。弁護士とその依頼人の会話は盗聴しないという保安官事務所の公式方針を信用するならばの話ではあるが。

チータムは、ヒューストンかダラスか知らないがよその街へ旅立ち、もはや過去の人となっている。冷たい監房からタリアを救い出すと約束したことなど、裁判所の階段を小走りに降りたとたんに忘れたにちがいない。差し迫った予定の前に、その言葉も彼のいつもの熱弁とおなじように消滅してしまった。

「今日の午後、保釈審理がある。保釈金はなんとか二〇万ドルのままにするつもりだ」

タリアがうなずく。「向こうが納得しなかったら?」

「それでも、できるだけ低くする」

「あの家を担保にしても、もうあんまり借りられないわ」

「あの家は低く見積もっても、一五〇万ドルの価値があるはずだ」

「でも、わたしたち、あの家を担保に借金しているから。正味価格はそんなにないわ」タリアが、まるでベンはどこかに隠れているだけで、彼が姿を現わせば、めちゃめちゃになった自分の人生は救われるとでもいうように、〝わたしたち〟という言葉を使う。

「第一抵当にはいっていたし、ベンが去年第二抵当も設定したわ」

「金が必要なことがあったのか？」

「事務所があまりうまくいっていなかったの」

初耳だ。

「去年は政治工作にほとんどかかりきりで、事務所から受け取る額は減る一方だったの。生活費が必要だったし、仕事上の借金も返さなくてはならないとベンはいっていたわ」

詳細が抜けているのは、いかにもタリアらしい。わたしはくわしくきいてみる。

「どういった借金だ？」

タリアが肩をすくめる。「仕事よ」それですべてが説明できるとでもいう口調だ。

「きみのところの会計士は、午後の審理にまにあうように、最新の財務諸表のようなものをすぐに用意できるかな？」

「だいじょうぶだと思う」タリアは会計士の名前を教えてくれたが、電話番号を思い出せない。あとで番号案内にきかなければならない。

「保釈金は相対的なものだ」わたしはいう。「いくらならきみを必ず出廷させられると裁判所が思うか、その金額しだいだ。財政的に苦しいことがわかれば、低くすることができるかもしれない」

タリアが、彼女のまわりの陰鬱《いんうつ》な灰色の壁と、受話器を握っている肘《ひじ》をついている傷だらけのカウンターに目をやる。彼女の側の金属製の灰色のカウンターには、以前ここにいただれかのイニシャルが彫ってある。そのための鋭利な道具をどうやって手にいれたのか知らないが、看守の目を盗んでそれを使用した大胆さにはだれもが驚くはずだ。

「わたし、こんなところ、もうひと晩だって辛抱できるかどうか」

タリアはそういって、顔にかかった髪をかきあげる。彼女は素顔でも充分に魅力的だ。だが十二時間たって、強力な消毒用の石鹼《せっけん》で一度洗った髪はすでにその輝きを失っている。こういう場所にはいると、そのほかにもいろいろ言葉にできない屈辱をなめることになる。

「ぼくが出してあげるよ」そういいさして、思わず息が詰まりそうになる。まるでチータムのような口ぶりになっている。

「ベンがここにいたら、きっと……」タリアは矛盾に気づいて、途中で言葉を飲みこむ。

「ベンがここにいたら、最初からこんなことにはならなかったのよね」そういって笑う。

「わたし、あんまり頭が働いていないみたい」

「どうしてかな」

タリアが小さくほほえむ。

「独房でひとりきりなの？」わたしはきく。

「夕べはほとんどそうよ。今朝早く、もうひとつのベッドにだれかがはいってきたけれど。あんなにうるさいところで、どうして眠れるのかしら？」

「そのかわり、五つ星のホテルほど高くない」

「やめてよ、もう」

「いいか、あまり時間がない。だが、話しておかなければならないことが山ほどある。かならずきみをここから出す。だが、それまで、いくつか守ってほしいことがある」

タリアが、なんでもやるとでもいうように、きらきら輝く目でわたしを見つめる。

「まず、だれとも話をしてはいけない。警察であろうと、地区首席検事であろうと、とにかくだれともだ。わかるね？　警官が話をしたいといってきたら、弁護士を呼んでくれというんだ。そうすれば、ぼくがその場にいないかぎり、警察はきみに質問できない。これで、彼らの好奇心を抑えることができる」

タリアがうなずく。

「つぎはふたつ目のルールだが、こちらのほうが重要だ。ここでは、だれも信用しないこと。どれほど感じがよかろうが、どれほど親切であろうが、決して信用してはいけない。

勾留されている人間とは言葉を交わすな。きみの事件のこと、どうしてここに入れられたかというような話をしてはいけない。テレビや新聞を見ていれば、きみがだれか知っているはずだ。きみはいま、話題の人だ」

タリアが、純真な表情でわたしを見る。やがて、意味を理解したようだ。どの留置場にもいる憎むべき存在——密告者だ。

「告白めいたことをいわなければだいじょうぶとはいいきれない。つまらない身の上話が問題だ。生まれた町の話や、母親の旧姓をいったが最後、二十分後にはきみの告白記事ができあがっている。うっかり話したわずかな事実で色づけされて。そいつらは、きみが夜中にすすり泣きながら、打ちひしがれた様子で話してくれた、自分のことを信用したから、心のうちをすっかりさらけだしたのだと、検事に話すだろう。嘘じゃない。そいつらはわずか一時間の自由時間を得るためなら、きみを売ることなどなんとも思わない」

「よくわかるわ」

「ぼくは、きみをここから出す。それだけは、約束する」なんの根拠もない約束だ。とはいえ、チータムが大きなミスを犯したことにわたしも責任がある。

つぎの話題に移る前に、大きく深呼吸をした。厄介な問題だからだ。

「チータムはもういない。きみも知っているかもしれないが」

タリアがうなずく。「チータムは予審しか担当できないって、トニーに聞いている。予定がかちあったそうね。べつの弁護士を探すつもりだっていっていたけれど」タリアが、すがるような目でわたしを見る。「あなたはやってくれないの？」

「もう、トニーと話をしたのか？」

「少しだけ。あなたならいい仕事をするだろうといっていた」

「ギルバート・チータムのことをほめちぎった男のいうことだぞ」

「チータムのことは知らなかった。でも、あなたのことは知っている」

「それがまずいんだ」わたしはいう。「きみの事件の場合は」

「その台詞《せりふ》は聞きあきたわ」

わたしは、まずニッキーと話し合わなければならないだろうと考えていた。タリアの弁護を引き受けたなら、彼女はひどく怒るだろう。報酬をきちんと支払う旨、タリアに一筆書いてもらう必要がある。

「わたしを見捨てないといったわ」タリアが幼い子供のような口調で訴える。

「たしかにいった」

「そうでしょう」

「よし。きみがわたしにやってほしいというのなら、引き受けよう」

「わたしはあなたにやってほしい」

タリアの声が、少しうわずっている。心の内で歓声を上げているらしく、意気揚々とした様子がガラスごしに見てとれる。わたしが引き受けることに確信がなかったにちがいない。これで、彼女の望みどおりになったというわけだ。

「こんなときになんだが、財政的なことを話しあっておかなければ」

「弁護士を選んだら、まず口にしたのがお金のことというわけね」

「ぼくへの報酬以外にも、費用がかかる。専門家に証言してもらったり、鑑識に検査してもらうのに金がいる。チータムがやらなかったか、あるいはやりかたが間違っていたことすべてに」

「それはトニーがやってくれるわ。お金のことはトニーにまかせてあるの」

「このあいだの夜、オフィスでスカーペロスと話した。彼に呼ばれたんだが、弁護の費用について、かなり心配していたようだった」

「なにが問題なのよ？　すべてが終わったらベンの権利は売るつもりだということがわかっているはずなのに」

「こんなことはあまりいいたくないが、トニーはどうも買いたくないつもりでいるようだ」

タリアが小さな声でひとこと悪態をつき、両手で頭を抱えこむ。カウンターに肘をつき、片方にかしげた頭と肩で受話器を支えている。長い巻き毛が顔の上にばさりと垂れ、目が隠れる。

さきほどの陶酔感はどこへ消えたのか、タリアはまったく元気がなくなっている――わたしの言葉とこの場所のために、まるで躁鬱病《そううつびょう》のような症状が表われている。

「トニーの希望は？」タリアが奈落の底からつぶやく。

「きみの持ち株すべてを、いま現金で買い取ると提案している」

「いくらで？」

「三〇万ドルまで上げさせた。おそらく、もっと出すと思う」

タリアが首をふる。からみあった髪のあいだからわたしを見つめる目に、非難の色がうかがえる。彼女の心の声が聞こえてくるようだ。〝一〇〇〇万ドルの価値がある事務所の権利を買い取ろうというのに、三〇万ドルまであげさせたですって！　たいしたものね！わたしのために、ほかになにをしてくれたのよ〞

「とんでもない話だ」わたしはいう。「きみには伝えるが、賛成しかねるといっておいた。きみがまず承知しないだろうと」

タリアがいま勾留されていること、そしておそらく保釈金を支払う能力がないだろうということを考えると、威勢のよすぎる発言かもしれない。

「スカーペロス」タリアが、落胆して首をふる。「あの男は商才があると、ベンはいつもいっていたわ」

「値切るタイミングを知っているな」わたしはいう。

「あいつはとびっきりのクソ野郎よ」ここ数カ月、つらいことばかりだったはずだが、彼女が激しい言葉を口にするのを聞くのは初めてだ。自分が陥っている苦境のことで、他人を非難したことは、これまで一度もない。彼女にはさまざまな欠点があるが、けっして泣きごとはいわない。ストレスの兆候にちがいない。

「ほかに方法はある？」タリアが落ち着いていう。早くも気が変わって、トニーの提案を承諾する決心がついたかのように見える。

「冷静になることだ。うろたえてはいけない。とりあえず、金には困っていないとトニーには思わせておく。ぼくの一発が利いたようだし」そういったわたしの目に満足そうな光が浮かぶのを、タリアがガラスの向こう側から見てとる。

「どういうこと？」

「きみの弁護費用をぼくが立て替えるといったんだ。一筆書いてもらわなければならないが、弁護費用はベンの権利を担保にぼくが立て替えておくとね。そのときのスカーペロスの顔をきみに見せたかったよ」

「想像はつくわ」タリアはほんの一瞬、満足げに薄くほほえむ。だが、つぎの瞬間には、真顔に戻る。「でも、スカーペロスをあなどってはいけないわ。彼はありとあらゆる方法で、それも合法的にあなたを痛めつけることができるのよ。だいたい、あなたはそのお金をどうやって融通するつもりなの？」

「心配いらない。ちゃんと都合する」

タリアがもうひと晩ここで過ごさなければならないにせよ、これで不眠症になる原因がひとつ減ったわけだ。

「さあ、もう行かなくては。保釈審理の準備をしなければならない。ハリーがあとで来る。きみがここにいるあいだ、ハリーかぼくのどちらかが一日に二度来る。知り合いが来れば、きみも見知らぬ人間と話をする必要がなくなる」

「トッドもあとで来るわ」

わたしは少し驚く。予審が行なわれているあいだ、彼はたしかに一日一度は姿を見せ、法廷の片隅にひっそりと腰を下ろしていた。だが、こうなってしまった以上、トッド・ハミルトンは、タリアを出世の邪魔になる存在と見ているにちがいない。

「事件の話をしてはいけない」わたしはいう。

「もう遅いわ。トッドは、知るべきことは知っているもの」

タリアのその口ぶりと、彼女の家で紛失した拳銃の話をした夜に、彼らがふたりきりで話しあっていたことを思い起こし、トッドはひょっとしてわたしの知らないことを知っているのかもしれないと思う。

「トッドと事件の話をしてはいけない。これまで話したことについては、自己負罪拒否特権を行使できるかもしれない。彼も社員のひとりだ。ぼくがポッター＆スカーペロスに雇われるという形で弁護をしているあいだは、弁護士と依頼人の自己負罪拒否特権をもとに彼が証言を拒否することも可能だ。だがこれからは、そうはいかない」

タリアがうなずく。わかってくれたようだ。

「午後に法廷で会おう」

わたしたちは受話器を置く。面会室の横手の重い鉄の扉からタリアが出ていくのを見送ってから、わたしはその場をあとにする。

ネルソンがとんでもない要求をつきつけている。タリアの保釈金として三〇〇万ドルを申立てるつもりだというのだ。とても信じられない。わたしは電話で激しい怒りをぶちまける。

「そいつは法外だ。どこの法廷だって認めるものか」

「そうは思わない。容疑者の出廷を確実にする金額ならそれでいいんだ。彼女は大金持ちだ。二〇万ドルだって？　はした金じゃないか」

「彼女の資産は凍結されている。現金は払底している。三〇〇万ドルだと。それは保釈拒否の申立てとおなじことだ」

「そういう手もあるな」

「きみの反応は過剰だ。いったいなにが根拠だ。彼女が連続殺人犯だとでもいうのか？　証人をつぎつぎに襲っているとでも？　彼女はパスポートすら持っていない」それは事実だ。結婚してからというもの、ベンは仕事に忙しく、三日以上つづけて休みを取ったことがなかった。タリアもまた、暇を持てあましてはいたものの、ひとりでどこかへ遊びに行くことなど、考えたこともなかった。彼女は近場で気晴らしするほうを選び、そちらでエネルギーを発散させることにしていた。

「いずれわかることさ」ネルソンがいう。

「もう少し妥当な額の保釈金を申立てれば、こちらもできるだけのものは調達する」わたしは少しばかり歩みよることにする。「だれにきいてもらってもいいが、ぼくは嘘はつかない。これまでにも、自由の身になったとたんに逃げ出しかねないような依頼人を扱ったことはあるが、逃走のおそれが少しでもある場合には、保釈金を値切ったりはしない。裁判官は記憶力がいいから、そんなことをするとあとの仕事にさしつかえる」

ネルソンの答は、思いもよらないものだ。「答弁の取引を考えてみたか？」

「なんだって？」わたしはいう。「罪を認めれば、保釈を認めるというのか？」

ネルソンが小さく笑う。ようやく突破口が開く。

「そちらの条件は？」わたしは本気で尋ねる。

「第二級殺人」ネルソンが少し間を置いて言葉をつぐ。「それ以下にしてもいい。きみの依頼者がなにを話してくれるかによる」

「なにを話せというんだ？」

「共犯者の名前だ」間髪を入れずにネルソンがいう。ベン殺害に手を貸した人物を探しだそうと、警察は何カ月もむだな努力を重ねている。タリア以外の人間が単独で犯行を行なった可能性を、警察ははなから念頭に置いていない。

わたしはそれを話すが、ネルソンは関心を示さない。

わたしたちは保釈のことに話題を戻す。「法廷で会おう」ネルソンがいう。

午後二時、わたしたちは法廷にいる。ネルソンとわたしは上位裁判所の裁判官のノートン・シェーカーズ裁判官の前に立ち、タリアは独房のある区画につづいている扉近くの証人席に座っている。オーク材の手すりとアクリルのついたてに囲まれたその席は、まるで宇宙時代の家畜積み込み場のように見える。彼女が身にまとっているのは派手なオレンジ色の囚人用のつなぎで、背中にPRISONER（囚人）とくっきり描いてある。タリアには少し大きいようで、PとRは両脇に隠れている。わたしは、できるだけ彼女に近づこうと、外側の手すりにもたれる。わたしたちのうしろには、女性の看守が立っている。

シェーカーズは下っ端の裁判官だ。ごく最近裁判官に任命されたばかりで、まだ経験が浅い。彼はまた治安判事でもある。つまり、夜中であろうが明け方であろうが、必要とあらばたたき起こされ、捜索令状に署名したり、警官たちが相当な理由に関してまとまりのない話をするのに耳を傾けなければならないということだ。ネルソンが三〇〇万ドルの保釈金の申立てを行なうあいだ、彼はあくびをしながら二本の指で目をこすっている。

ネルソンは、電話でわたしに語ったことをそのまままくりかえす。容疑者は裕福であり、二〇万ドルの保釈金では休暇をあたえるようなものだというのが、彼のいい分だ。さらに、この犯罪の重大さを強調し、タリアが犯人であった場合、逃亡の誘惑にかられる可能性は充分にあると説く。

わたしはふたたび憤慨したふりをして、タリアと地域社会の密接な関係を訴える。また、ネルソンと裁判官にも渡してある彼女の財務諸表をふりまわし、法外な保釈金は保釈の拒否に等しいとまくしたてる。その数字を見れば、彼女に流動資産などないことがわかる。資産はすべて、法律事務所権利株や彼女名義の不動産会社の事業用口座の形になっているし、自宅は多額の抵当にはいっている。

ネルソンとわたしがつかみかからんばかりにいい争うあいだ、裁判官は無表情のまま座っている。

わたしは、二〇万ドルの保釈金を主張する。大陪審の正式起訴のあとの三カ月間、彼女は自由の身であったにもかかわらず、要請があれば必ず出廷してきたことを述べる。「彼女は地域社会では著名な女性です。タリア・ポッターに逃亡の危険はありません」と、裁判官に向かっていう。

「ネルソン検事」

「裁判長、この女性は殺人罪で告訴されております。これまでは逃亡の意思がなかったかもしれませんが、今後はちがいます。死刑になるかもしれないと思えば、だれであれ逃亡の可能性を考えるにちがいないとわたしは考えます」ネルソンは冷ややかな目で裁判官を見上げる。「相当の額の保釈金を設定しないと、この容疑者の在留は保証できないというのが検察の見解です」

「それにしても、少しばかり高額すぎるように思えますね」シェーカーズがいう。彼の頭から三〇〇万ドルという数字が消えていくのがわかる。

「裁判長、ここに供述書があります。そちらに行ってもよろしいですか？」

シェーカーズがうなずく。

ネルソンは法廷内をまわり、裁判長とわたしに供述書のコピーを一部ずつ手渡す。

わたしは供述書に目をやる。一四ページもの長ったらしい書類で、検事の調査員のひとりが作成したものだ。偽証罪について書かれた条項の下に、ソニア・バロンという女性の署名がある。わたしはタリアにも見えるように供述書を手すりの上にのせて、名前のところを指さす。

「ソニアは友だちよ」タリアはそうささやいて、初耳だというように肩をすくめる。

「わかりやすいように、直接関係のある箇所に印をつけておきました。一一ページを見てください」

わたしは一一ページを開いて、そこを読む。ふたりの女性がどうやって知り合い、どこで会って、どんな話をしたかについて数年にわたる友情の記録を長々と記したもので、とりとめのない内容をいかにもそれらしくまとめてある。調査員が手がかりをあたったり、知人に話を聞いたりして容疑者をとりまく環境を調べたもので、供述書としてはありふれた内容だ。こうして、まったく見当ちがいの目的のためにすべてが徹底的に調べつくされ、その結果が警察のファイルにひっそりと葬られることになる。

ネルソンは、このとりとめのない記録のなかの、タリアが起訴されてからまもないある朝、彼女がソニアとふたりでクラブでコーヒーを飲んだときの会話に、黄色のマーカーで印をつけていた。

〝彼女は落ち込んでいたわ〟ソニアはタリアについてそう語った。〝自分のことを犯人だと思っている人がいるということに、腹を立て、傷ついていたの。生きている甲斐がないっていっていた。毎晩うなされるし、どこか遠くに行って、一からやりなおしたいって。リオにいるラウルの話をしていたわ〟

〝リオ〟という言葉のあと、行の上のスペースに汚い字で〝(ブラジル)〟となぐり書きがしてあった。リオがどこにあるか知らない人間がいるかもしれない、と思った警察が書きいれたらしい。補記した部分に、ソニアの頭文字の署名があった。

〝ふたりは最近、手紙のやりとりをしていて、ラウルからの手紙にリオの天気やのんびりした生活のことが書いてあったそうよ。タリアは、そのうち遊びにいきたいと返事を書いたの〟

供述書はそんな調子でだらだらつづくが、ネルソンがつけた黄色い印はそこで終わっている。

わたしは手すりに身を乗り出し、タリアの耳もとでささやく。

「ラウルってだれだ？」

タリアが、〝たいしたことじゃない〟といいたげな表情でわたしを見る。

「クラブのテニス・プロよ。ソニアもわたしもよく知っているの」

どういう知り合いなのか、想像はつく。

シェーカーズが裁判官席に供述書を置き、大きなため息をつく。思い描いていた筋書きどおりには運びそうもないことを、初めて態度に表わす。彼はソロモンの役を演じなければならないのだ。

「裁判長、容疑者が証人に語った言葉から、彼女が現在の苦境から逃げ出すことを強く望んでいることがわかります。いま陥っている情況から抜け出すためとあれば、国外に脱出することもいとわないと考えていることは明らかです」ネルソンが、この供述書を最大限に活用しようとする。

「そうは思いません」わたしはいう。「これは単なる供述書であって、それ以上のものではありません。容疑者が、憂鬱な心の内を親しい友人に率直に打ち明けただけのことです。彼女がいまの情況から逃げ出したいと願うのはごく自然で、あたりまえのことです。彼女は友人に心境を打ち明けた。ただそれだけにすぎません」

「彼女は、遊びに行きたいとリオのラウルに手紙を書いています」ネルソンが、裁判長にではなく、わたしに向かって供述書の内容をくりかえす。

タリアを証人席に立たせて、どういうつもりでそんなことをいったのか釈明させ、その記録を残すこともできる。だがそれは、ネルソンに反対尋問の機会をあたえることになり、両刃の剣となるように思える。彼はラウルのことを尋ね、豹柄のブリーフやそのほかの知られたくない話を聞き出そうとするだろう。

「たしかに。でも彼女は行かなかった。ちがいますか？」わたしはいう。「マスコミに散々にたたかれたこの三カ月のあいだにパスポートを手に入れてどこか遠いところに逃げるのは、しごくたやすいことだったはずです。にもかかわらず、彼女はここにとどまり、自分にかけられた嫌疑と立ち向かってきた。無罪の判決がおりるまで、彼女のその姿勢に変わりはありません」

シェーカーズは、このままでは平行線をたどるばかりだと判断し、ネルソンに向かっていう。

「ネルソン検事」供述書を軽く持ち上げる。「これが友人同士のたわいないうわさ話のたぐいであることは、あなたも認めざるをえないでしょう。わたしだって、リオに行きたいと思うことはありますよ」これもそのたぐいだという口調で説得する。

裁判官が多忙であることに同情するように、わたしは小さく笑う。

「これが三〇〇万ドルに値するとは思いません」供述書を見ながらシェーカーズがいう。「裁判長、検察はこの供述書が容疑者の心理情況を表わしていると考えています。被告人にしてみれば、裁判か逃亡か、選択はふたつにひとつです。死刑の宣告を受けるかもしれないということと考えあわせると、保釈金が高額になるのはやむをえません」ネルソンが、事件の重大さを思い出させようとする。

「調書すべてを念入りに調べたあげく、見つけたのはこれが精いっぱいだったんでしょう。リオのラウルねえ」わたしは、あきれたというように天を仰ぐ。「この供述書には、遠い異国へ行きたいという女性の夢を述べているにすぎません。あくまでも夢であって、じっさいにどこかへ行こうという意思はないのです」

「わかりました。もう結構です」シェーカーズは、ネルソンとわたしに妥協するつもりがないことを悟る。

「三〇〇万ドルの保釈金というのは論外です。検討の余地はありません。被告人はたしかにかなりの額の財産を所有しているようですが、財務諸表を見るかぎり、これらを保証にとれるのか、あるいは保釈金の担保となりうるのか、はっきりしません。被告人は、妥当な額の保釈金を定められる権利があります」

タリアが笑顔でこちらを見る。笑ってはいけないと、わたしは肘でそっと彼女を突く。

シェーカーズがわれわれのほうを見る。「しかしながら、本件は殺人事件です。被告人に前科はありませんが、死刑になるより逃亡するほうがましだと思うのはごく自然でしょう。保釈金は一〇〇万ドルとします。保証人による保証証書（出廷等担保金証書）の場合には、二パーセントの加算税を課します」

タリアがわたしの腕にしがみつく。「あの家では、とてもそんなに借りられない」

「休廷とします」シェーカーズはそういって裁判官席からおり、裁判官室に向かう。

「保証証書をとろう」わたしはいう。「現金はその一〇パーセントですむ」保証証書の形式で債務支払い保証を引き受ける保釈保証人に払う手数料のことだ。

「あの家の純資産額はすくなくとも二〇万ドルだ。第二抵当の分の再融資（借り換え）をすれば、その八割は借りられるはずだ」

だが、タリアはじっとわたしの顔を見る。金融業者の仕事がいかに緩慢であるかを知っているのだ。仮に幸運に恵まれて、迅速にことが運ぶよう口ぞえしてくれる人物が現われたとしても、一週間は留置場から出られない。それ以外の難問――引受人、担保財産といったことについては、わたしはあえて口にしない。担保物件がないと、保証人は一〇〇万ドルの保証証書は発行してくれない。たとえば、不動産の権利、株、実の母親といったようなものだ。

タリアはわたしを見つめている。女性看守が彼女の腕を取り、扉のほうに促す。自由の身にするという約束は、とりあえず今日のところは守れなかったことになる。

「必ずきみをここから出すよ」わたしはいう。

「わかっている」タリアがいう。

その声には、どこかはっとさせるような響きがある。彼女はわたし以上にわたしのことを信頼しているのかもしれないと、そのとき初めて思う。

21

ハリーが、わたしのオフィスの壁を覆う本棚の前で法令集をパラパラ見ている。彼の仕事の流れとくらべると下品すぎるから、購読する気にはなれないにちがいない。ハリーの書庫には、無効になった法令や時代遅れの法律書ばかりが山と積まれている。

「ディーはどうした？」ハリーがきく。

「午後はひまをやった。少し読みたいものがある」わたしはデスクの報告書を指差し、静かにしていてくれるとありがたいとそぶりで示す。

わたしは表紙をめくる。透明のビニールの下にレターヘッドがある。

スコット・バウマン＆アソシエイツ
公認調査員

バウマンへの依頼はわたしが思いついたことだ。チータムにもスカーペロスにも相談しなかったし、タリアの無言の反対も押し切った。依頼料の二五〇〇ドルは自腹を切った。予備審問が半分ほど終わったところで、チータムのやりかたではまず自由の身にはなれないことを、タリアもようやく悟っていた。

バウマンは殺人事件を専門に手がけている。なかでも得意としているのは、有罪が確定したあと刑の宣告手続の段階での調査だ。陪審員が有罪の評決を下した場合、タリアをガス室から救うために、彼女が生まれ育った環境を知っておくことが必要になる。いまの段階で刑の宣告手続うんぬんにこだわるのは、自分の首を締めることのようにも思えるが、早めに調査をはじめたほうがよいとバウマンが忠告したのだ。彼の意見はもっともだった。タリアの過去を知っていれば、それがごく自然に弁護に織り込まれ、たとえ判決が有罪だとしても、陪審員にあらかじめ同情の芽を植えつけておくことができる。

余人をまじえず、バウマンのオフィスで二度にわたってあれこれと質問されたのは、タリアにとってつらいことだったにちがいない。彼女の過去には、忘れてしまいたいようなことのほうが多かった。

仮報告書を読み進むにつれ――バウマンは彼女の家族や友人に連絡をとり、さらにくわしい調査を行なう予定でいる――わたしは、タリアの過去をほとんどなにも知らないという事実をつきつけられる。最初の五ページを読んだだけで、彼女のつらい人生、彼女を動かしているものなどについて、彼女と関係のあった数カ月のあいだに知ったことより、はるかに多くのことがわかる。

タリアはラテン系の血が混じっていたが、それを英国風の装いでおおい隠していた。あるいは、自らのアイデンティティを犠牲にしてそれを身につけたといえるかもしれない。タリア・グリッグズの最初の記憶は、五歳のとき、モンテレー・パークで過ごした夏からはじまっている。彼女は、母親のカルメン、妹、ふたりの弟とともに、業者が〝牧場風の家〟というずいぶん誇張した名前で呼んでいた五部屋の汚らしい木造の家や、改築改造を重ねてほとんど原形をとどめていない貸間に住んだ。こうした建物はいまでもロサンジェルス郡の東のはずれにひしめき、そのあたりはまるで建築物の野営地のような様相を呈している。

ティーンエイジになってからは、わたしも知っているいくぶん裕福な住宅地で暮らしている。といっても、枯れた芝生や破れたままの網戸ばかりが目立つようなところだ。道路のあちこちに動かなくなった車が放置され、メカニックきどりの連中の手でふたたびハイウェイを走れるようになる日が来るのを待って、煉瓦《れんが》や木材の上に身を横たえたまま永遠にかなわない夢を見ている。濁った角膜のようにこのあたりの内陸部をつねに覆っている茶色い霞のせいで、太陽そのものはもう何カ月も見えないが、その強烈な光が家々をじりじりと焼いている。そして、そこにはいつも子供がいた。思いもよらない数の子供たちが、家同様にもう修理できないほど壊れたおもちゃを手に、あたりの道路を走りまわっている。

わたしはそんな風景に、バウマンの報告書から浮かぶタリアの姿を置いてみる。汚れた顔をした少女時代のタリアが、肩のところでカールしたつややかな茶色の髪をなびかせながら、少年たちに追いつこうと一生懸命走っていく。そのとき、サラの姿が心にあふれる。報告書に描かれているタリアの顔だち、目、髪の色は、娘に似ている。

タリアの母親カルメン・ガルシアは、娘の実の父親がだれなのか、最後まで確信が持てなかったらしい。妊娠した日にちの計算と消去法から、おそらくこの男が父親だろうと結論づけたようだ。ジェームズ・グリッグズ。あちこちを転々としているトラック運転手で、ある冬の日、寒い夜を彼女のベッドで過ごそうと、カルメンが夜ごと顔を出している酒場からいっしょに帰ってきた。そして、トラックの修理が終わるまでの一週間、彼はそのままそこで過ごしたのだった。タリアが二歳になったとき、カルメンは彼女の出生証明書にグリッグズの名を書いた。タリアの話によると、娘のことを考えてというより、役所の都合の意味あいが強かったらしい。これで郡は給付の対象がはっきりしてAFDC（児童扶養世帯補助）の補助請求が潤滑にいき、カルメンは娘の養育費としてAFDCの給付金を毎月、福祉局から受け取ることができた。

だが、それはまったく無駄な行為といえた。グリッグズは二度と彼女たちの前に姿を現わすことはなかったし、遺伝子学的な貢献――これもおおいに疑わしいが――はさておき、彼が幼いタリアの人生に関わったことはなにひとつなかった。

タリアは幼年期から十代の初期にかけて、性の聖杯を求めてさまようかのように母親の人生を絶え間なく通り過ぎる複数の男たちと暮らすすべを学んだ。

わたしは椅子の背にもたれ、ちらかった家の居間に膝《ひざ》をかかえて座っている幼い少女の姿を思い浮かべる。母親目当ての見知らぬ男たちがつぎつぎと家のなかを通り過ぎていくさまをじっと見つめて育った少女は、かなり早熟になったにちがいない。

少女時代のタリアの家には、きびしくいい聞かされていたふたつの事柄があった。ひとつめは、タリアの母親はアルコール依存症ではないということ。そしてふたつめは、それをだれにもいってはいけないということだった。幼い子供たちは、このいいつけが明らかに矛盾していることに気づかなかったらしい。あるいは、そんな理屈などどうでもいいほど、母親の罰がこわかったのかもしれない。愛情らしきものをほとんど示したことのない母親に対し、子供たちはみなひたすら従順だった。

タリアが十二歳になるころには、カルメンのアルコール依存症はとうてい見過ごせない状態になっていた。一日のほとんどを人事不省のうちに過ごす日々がつづく。タリアは、母親の男友だちがしだいに彼女をかまわなくなっていることに気づいた。訪れる男の数が減り、その男たちにしても以前より年配になった。そして、情況はますます悪化の一途をたどる。何日も彼女の家に滞在しているうちに、男たちがカルメンではなく彼女のほうに興味を示すことが増えてきたのだ。

つねに酩酊状態にあったカルメンは、何カ月ものあいだ、男たちが娘にいいよっていることに気づかなかった。ある日、丸みをおびた女らしい体つきになってきたタリアが、家のなかで母親の男友だちのひとりに襲われた。服を引き裂かれ、ほとんど裸にされたタリアは、ベッドで母親の以前の情夫ともみ合った。そこへ、めずらしく素面《しらふ》だったカルメンがはいってきた。

バウマンの書いているタリアの話によると、母親は即座にすさまじい反応を示したという。タリアひとりに向けられた母親の怒りは、一生記憶から消えることのないような激しいものだった。電気スタンドを投げつけ、シーツを引きはがし、ベッドの横のテーブルをひっくり返す。タリアはベッドで恐ろしさにすくみ、ふたつの枕で、母親が片っぱしから投げつけてくるものから身を守るのが精いっぱいだった。タリアを襲った男はこの騒ぎにもそ知らぬ顔でズボンを引っぱり上げ、ベルトのバックルを締めて、黙って部屋から抜け出し、家の前にとめてあった車へと逃げ出した。

この事件があってから何週間ものあいだ、カルメンはタリアがいかに恩知らずで、罰あたりであるかということをいいつづけた。あんたみたいな子供がいるせいでどれほど犠牲を払っていることか、とタリアに向かって幾度もくりかえす。カルメンは、それまで足を踏みいれたこともなかった地元のカトリック教会にタリアを連れていき、告解場のプラスティック製のしきりの向こうにうずくまっている年老いた司祭に罪をざんげすることを強要した。社会制度はすべて、母親の示したような偽善でそこなわれていると感じ、癒《いや》すことのできない傷を受けた、そうタリアは語っている。

それから数カ月、カルメンの状態はひどくなる一方だった。早朝まで飲みつづけ、前の晩の酔いをさますために眠り、ひとりきりのベッドで二日酔いの激しい頭痛に目を覚ますといった日がつづいた。タリアがバウマンに語ったところによると、カルメンの一日はいつも煙草の煙と、それに刺激されてひとしきりつづく咳《せき》の発作ではじまったという。そしてある朝、彼女はいつもの咳の発作の最中に胸を押さえてその場に倒れたかと思うと、こと切れていた。

つぎの〝思春期とその後〟はあとで読むことにして、わたしは報告書を閉じる。

「おもしろかったか？」ハリーがいう。椅子の上に立って、一番上の本棚から取り出した本を読んでいる。

ここまで十ページ読んで、どうしようもなく甘やかされた金持ちのあばずれ女というタリアのイメージは粉々にくだけ散った。

驚かされるのは、彼女がこのような少女時代を送ったことではなく、かなり親しい人間に対してもその秘密を守り通したという事実だ。

22

「わかっていたわ。わたしにはこうなることが、わかっていたのよ」ニッキーは憤慨している。

わたしたちは、〈ジーク〉で夕食をしている。ニッキーのサインをもらうため、わたしが招待したのだ。家はふたりの共有になっているので、抵当にいれてタリアの弁護費用を調達するにはニッキーのサインが必要だ。ちかごろ、ブライアン・ダンレーの処刑に立ち会った朝のことをますます頻繁に思いおこすようになっている。だが、処刑室のなかからわたしを見つめている顔は、タリアのものに変わっている。だから、ニッキーの助力をあおぐ気になったのだ。

この店を選んだのは充分に検討したうえでのことだ。混んではいるがひっそりしていて、教会で食事をするような感じだ。ウェイターはみな、よく糊のきいた白いリネンのたっぷりした服を着て、色のついた幅広の布をカマーバンドのように腰のあたりに巻きつけている。となりの部屋からバラライカの美しい音色が流れてくる。ロシアの伝統的な衣装をまとった男性が、常連客のテーブルで演奏しているのだ。

だがこの店のそんな落ち着いた雰囲気も、ニッキーの怒りを静めることはできないのではないかと、わたしはあやぶんでいる。シャツの下で、雨つぶのような汗が流れ落ちる。目の前に置かれたタンブラーの中身――ジョニー・ウォーカーのダブルのオン・ザ・ロック――が、わたしの勇気の源だ。

「ほんとうに飲物はいらないの？」わたしはきく。

「よくも、あつかましくそんなことがきけるものね」カクテルの話ではない。ニッキーは、大船に乗ったつもりのわたしを怒りの波でゆさぶり、嵐の海へと押し流す。それならいっそのこと家を手放してくれといったらどう、と吐きすてるようにいう。皿の脇《わき》に置いた右手が、リネンのテーブルクロスをしっかり握りしめている。突き刺すような灰色の目が、わたしの心の中まで見通しているかのようだ。

「彼女が頼んだのね？」

タリアのことをいっているのはわかっているが、わたしはとぼける。

「だれのこと？」なにも悪いことはしていない、という顔できき返す。

「あのあばずれ――あのふしだら女――あなたの依頼人よ」ニッキーが歯を食いしばり、ナパーム弾を落とすようにいい放つ。

キツネのストールをした年配の女性が、となりのテーブルからわたしたちを見つめている。肩のあたりで、キツネの鋭い歯が毛の抜け落ちた尾をしっかりくわえている。

「いや。だれかに頼まれたわけじゃない。いい仕事だからやっているだけだ。この事件の報酬は、ちょっとした金額なんだ」

「それは失礼、辣腕経営者さん」ニッキーは言葉を切り、フォークを手にしてサラダをつつきはじめる。「いやだといったら？」

聞きたいのはそういう返事ではない。

「きみのサインなしでは資金を調達できない」

「あらそう」望みどおりの答えだったようだ。「それじゃ、サインしないわ」

そういうと、まるでその意地の悪いひとことが決め手のスパイスだったかのように、ニッキーはさもおいしそうにサラダを食べはじめる。

わたしは、弁護にかかる費用を立て替えはするが、その分はタリアの権利を担保にとるのだと説明する。「個人的なことじゃない、ニッキー。仕事なんだ」

「仕事？　そういえば、なにもかも許されるというわけ」

「きみは、嘘をついたと思っているんだな」わたしは平静に、小声でいう。「ぼくがこの事件を最初に引き受けたとき、きみをだましたと思っているんだろう？　先方から依頼されたといったのはほんとうだ。ぼくから話を持っていったわけじゃない。首席弁護人じゃないこともいった。事実そのとおりだった。きみに話したことは、どれも事実だ」

ニッキーにはどうでもいいことだろうが、チータムがいかにひどい弁護士かということを話す。「ありがたいことに、彼ははずされた。だが、そうなると、だれよりもこの事件にくわしいのはぼくということになる。ほかの弁護士が一からやり直すと、これから六カ月はかかる」

「あなたほどうまくやれる人はいないというわけね。あの人もきっと、あなたをあてにしているんでしょうね」

「だろうね。ガス室に送られる可能性のある、ほかの依頼者とおなじように」

それを聞いて、ニッキーが深刻な顔になる。タリアが死刑になるかもしれないということなど、思ってもいなかったのだ。いくら復讐に燃えていても、青酸ガスによる死などという形の報復は望んでいないのだ。

「きみが彼女を助けたくない気持ちはよくわかる。どうしてもいやだというのなら、どこかほかで調達するよ」わたしは水を向ける。

ニッキーには耐えがたいことだろう。ほかに方法があれば彼女にこんなことを頼みはしない。昔の愛人の弁護費用を無心するのを、ニッキーは故意のいやがらせととったにちがいない。わたしが昔、彼女と浮気したことをわざと思い出させているのだと。

長く、苦しい沈黙がつづく。ニッキーがすこし態度を軟化させ、ぎこちない口調できく。

「それで、その弁護にはいくらぐらい必要なの？」

「一〇万、いや節約して七万五〇〇〇ドルくらいかな。それだけあれば、最後まで弁護できるはずだ」ハリーとわたしは、とりあえず報酬の一部を受け取り、残りは裁判が終わってからもらうつもりだと話す。

じつのところ、わたしはまだハリーにこの話をしていない。いずれ酒でも飲みながら、わたしのキーナン弁護人を引き受けさせるつもりだ。

「裁判が終わったら、残金は彼女の権利から払ってもらう。そうしたら、第二抵当は弁済する。その分の手数料は取る」

「手数料？」

「ああ」

「だからなんだっていうの？　あなたがこの店にわたしを連れてきたのは——」ニッキーが、両手であたりを示しながら、声を張り上げる。ぽつぽつとしみのある首に巻いたふさふさした毛の小さな生き物が、またわたしに向かって歯を剝《む》く。持ち主のほうはぐるりとこちらに向き直り、ニッキーを見る。

わたしは、声を落とせ——と、目で彼女をたしなめる。

「この店に連れてきたのは、最初からそういう魂胆だったのね」ニッキーが痛烈なあてこすりをいう。「わたしたちふたりのことや、いまの状態を話し合うためじゃなく、仕事の話をするためだったのね」〝仕事〟という言葉が、まるでひどく汚らしいものであるかのような口ぶりだ。

「そのためだけじゃない。もちろん、ふたりのことも話し合いたかった」

「そうね。でも、まず大切なことから順番に、というわけね？」

わたしは、ますます苦しい立場に追い込まれる。

「あの人をここに連れてきたことがあるの？」ニッキーがきく。

わたしは迷う。いま一度〝だれを？〟と聞きかえし、せめて形だけでもとぼけるべきだろうか。わたしは小さなキツネに目をやり、それはやめたほうがいいと考える。

「いや」

「あら、いい子ね」

わたしは、ジョニー・ウォーカーを飲み干し、手を上げてウェイトレスにおかわりを頼む。

「いまさら驚くことじゃないわね。十一年間の結婚生活で、あなたはほかの話をしたことがなかったもの。いつだって、仕事、仕事、仕事だった」まるで小型爆弾を炸裂《さくれつ》させるような口調で、いかにも汚らわしそうに〝仕事〟という言葉を口にする。「いつだって仕事だけが大事だったのよ」

「それはちがう、ニッキー。きみだって大事だ。サラだって大事だ。だが、ぼくたちはどこかでボタンをかけちがってしまったんだ」わたしは、こういったことが苦手だ。女性が重きをおく言葉による愛情表現ができない。

家を抵当に入れてくれた謝礼に、タリアから受け取る報酬のうちいくらかを彼女に払うことにしてはどうだろうと考える。だが、そういえば、彼女を怒らせるだけだろう。わたしは、それをちがう言葉でいう。

「この事件の報酬は、きみとの共有財産ということにしよう。それが正しいと思う。ふたりの共有財産の家を担保に弁護費用を調達するんだから」

「あなたってどこまでも弁護士なのね。いつだって取引ばかり。あなたが弁護士であるその半分でも夫でいてくれたなら、わたしたち、いまでもいっしょに暮らしていたでしょうね。きっと、いまでも愛し合っていたわ」

ニッキーは、真実を見抜き、それを北極海の水のように冷たく頭から浴びせかける術を心得ている。

彼女は黙ってフォークでサラダをつつき、ふたりのあいだに沈黙が流れる。長い沈黙の果てに、ニッキーが顔を上げる。「お金はいらない。サインをしてくれというのなら、サインするわ。あなたが望むのなら、そうしてあげる。ほかに理由はないわ」

わたしはじっと彼女を見つめる。面目ない。わたしは目的のものを手に入れたが、それ以外はすべて彼女のものだ。自尊心の大部分を、彼女が持っていった。

「あなたへの報酬は、どういう形で支払われているの？」ニッキーがきく。

「時間単位だ。もっとも、上限を設けるかもしれないが」

「気前がいいのね」

「わかった。上限はなしだ」

「なんでも正しいと思うようにすればいいわ」

「正しいと思うようにしていたら、こんなところできみにこんなことを頼んだりはしていない」

わたしの言葉に、ニッキーはめんくらったようだ。わたしが自分のしていることを正しいとは思っていないことを知って、驚いている。

「経費はできるだけ抑えるつもりだ」わたしはいう。バウマン以外の調査員を使わないことはすでに決定ずみだった。おおかたの調査はハリーとわたしが直接やる。裁判までの数カ月、確認されていない手がかりとチータムが手をつけようとしなかったいくつかの事実を追いかけるつもりだ。

「報酬についてはもう彼女と話し合ったの？」

「まだはっきりと決めていない」

「わたしがサインするのを待っていたの？」ニッキーは答がききたかったわけではなく、ただ口にしただけのようだが、わたしは期せずしてその答を顔に出してしまう。

ニッキーは無表情をたもっているが、内心、わたしのことを笑っている。目のまわりに浮かんだかすかなしわから、それがわかる。タリアがわたしを利用している、そう思っているのだ。すべてが終わったら、思い切り笑おうと思っているのかもしれない。わからない。十一年ものあいだいっしょに暮らした、わたしの娘の母親の女性の心の内が、わたしにはどうしてもつかみきれない。

今夜のメインディッシュの仔羊の肋肉《あばらにく》の煮込みが運ばれる。ウェイターがサラダの皿を下げる。

「ぼくはもう腹ぺこだ」タリアや彼女の事件以外ならなんでもいいからほかに話題はないかと考えながら、わたしはいう。「こいつはうまそうだ」

ニッキーは料理には見向きもせず、鋭い目つきでじっとわたしを見つめている。激しい心痛をたたえた表情で、頬《ほお》をひと筋の涙が伝っている。わたしは目をそむける。小さなキツネは、すでに姿を消している。

「客が来てる」ハリーが空とぼけていう。「きみのオフィスだ」待合室のデスクにもたれ、ディーと話をしている。ディーはやっと、気に入ったプログラムであればコンピュータが扱えるようになったらしい。ふたりは、ディーのボーイ・フレンドが誕生日に贈った、クロスワードパズルのコンピュータ・ゲームで遊んでいるところだ。ハリーが答をいい、彼女が空白を埋めていく。「アイルランド・ゲール語。四文字でEではじまる。エルス語

（ERSE）だ」ハリーがいう。こうやって遊んでいても、彼は痛くもかゆくもない。自分がディーに給料を払っているわけではない。

わたしは、ディーがかきなぐった電話のメモにざっと目を通し、眉《まゆ》を上げてハリーのほうを見る。

「金融関係とは連絡を取ってくれたか？」保証証書（出廷等担保金証書）の手数料の現金を調達するためにタリアの家の譲渡抵当を設定する事務手続を円滑に進めるのは、ハリーに一任してある。

ハリーがうなずく。「今朝、融資申込書を留置場に持っていった。結局、無駄足になったがね」

「どういうことだ？」

ハリーは、ディーの肩ごしにコンピュータのスクリーンをのぞきこんだまま、上の空で片手を伸ばし、わたしのオフィスのドアを開ける。なかの様子を知るにはそれで充分だ。デスクの向かいの来客用の椅子に腰を下ろし、彼女が雑誌を読んでいる。鉄格子と金網から解放されたタリアだ。新しいプリントのワンピースを着ている。パーマをかけなおす必要があるようだが、昨日留置場で見たときよりはずっと柔らかそうな髪になっている。高価な中性シャンプーと、自宅の風呂に一時間ほどゆっくりつかった成果であることは間違いない。

「早かったね」わたしはいう。留置場から脱出を果たしたことへのコメントだ。タリアがふりむいてわたしを見る。指が小さなハンドバッグを握りしめている。

「わたしにしたら、ずいぶん長かったわ」わたしは部屋にはいり、デスクの向こう側の椅子に歩いている。

「保釈金はどうした？」わたしはきく。

「友だちよ」

「友だちが保証証書を供託してくれたのか？」

「みんなに、ずいぶん借りができたわ」少なくとも一〇万ドルプラス・アルファの借りだ、そうわたしは心のなかでつぶやく。

「だれなんだ？」

「いえないの。名前を出してほしくないといっているの」

「弁護士にも？」

「ごめんなさい、ポール。だれにもいわないって約束したの」

「なるほど」

ハリーがようやくパズルをやめて、わたしのあとからオフィスにはいってくる。ドアを閉め、腰を下ろして、タリアと話す態勢を整える。

「あなたたちの心配事が、これでひとつ減ったわけよ。もうわたしの保釈のことで頭を悩ませる必要はないわ。間違ったことをしたとは思わないけれど」

いったいタリアの友人のうちのだれが、一〇万ドルの手数料を出すような金銭的余裕と、一〇〇万ドルの保証証書を頼めるような信用があったのだろうと、わたしはいぶかる。だが、とにかく、明るいニュースにはちがいない。

「これで、家を抵当に借りる金は自由に使えるわけだ」わたしはいう。「弁護費用にまわせるな。とにかく融資の申請は進めることにしよう」

ハリーがうなずく。

より多くの費用を自分で捻出《ねんしゅつ》できるという見通しに、タリアはにっこりほほえむ。

「そうそう、忘れないうちに渡しておくわ」タリアが膝の上の小さなハンドバッグから、幾重にも折りたたんだしわだらけの茶色い紙の袋を取り出す。

「トッドが昨日、家で見つけたの」そういいながら袋を開け、ようやくなかに手を入れたと思うと、ぴかぴか光る自動拳銃が現われる。てのひらに隠れるほど小さい。

「これよ」タリアは手を伸ばし、デスクごしにわたしに拳銃を渡そうとする。

「それか」デスクの上に敷いた、書類が散乱した吸い取り紙の中央に置くよう手ぶりで示し、怒りを押し殺しながらいう。「見つけたら、すぐに連絡するようにといったはずだ。触ってはいけないと」ハリーに目を向けると、やれやれというように天を仰いでいる。

「そうね。でもこれを見つけてあんまり興奮したもので、きっと忘れてしまったのよ」トッドのことをいっているのだ。「わたしもうっかりしていたの」紙袋を丸め、ハンドバッグに押しこむ。

「結構なことだ。トッドの指紋がそこいらじゅうについているだろうな」

タリアがそのことにやっと気づき、叱《しか》られた仔犬のような目でわたしを見る。弾道分析の結果がこの拳銃と一致するか、ポッターの頭蓋骨から発見されたメタル・ジャケットの破片がこの拳銃の弾薬だと識別されるというような事実がなくても、わたしの依頼者と彼女の愛人の指紋がついたこの小さな拳銃が凶器であるという推論を警察が導くことは明白だ。だいたい、釈放されてから一日とたたないうちにこんなものをバッグに忍ばせてわたしのオフィスにやってくるという思慮のなさは、いったいどこから来ているのだろうと思わずにはいられない。

わたしは、じっくりとその拳銃を眺める。長さ約一三センチという小さいものだ。安全装置はかかったままになっている。排莢口《イジェクション・ポート》のすぐ下の25ACPという文字にまとわりつくように、ぴかぴか光るクロムめっきの銃身にごてごてと唐草模様のような細工がほどこされている。銃口近くに、カードを扇のようにひろげて二のワンペアを示している絵柄がある。

発射されているかどうかが知りたい。弾倉を抜き、薬室の弾薬を排出すれば、銃身の内部をのぞきこんで、発射のときに残るかすがあるかどうか、確認することができる。だが、それをやると、いま残っている指紋まで消してしまうか、あるいはタリアやトッドの指紋の横に、わたしの指紋を残すことになる。

この拳銃をどうするか――それが問題だ。民間の研究施設に持ち込み、指紋の検査と弾道分析をしてもらおう、とハリーがいう。だがそれをやると、われわれが証拠を消滅させた疑いがあるとネルソンがほのめかすだろう。残された証拠はわれわれの依頼した検査書だけで、それはタリアの指紋がいくつか残ることを報告するにとどまる。

「だめだ」わたしはいった。「これは、ネルソンに渡す。そのかわり、指紋の分析と弾道分析の報告書ができあがりしだい、すべてを見せてもらうよう要求する。拳銃に触れた人間全員――タリア、トッド、それからおそらくベンもだ――の名前、誕生日、社会保障番号を教える。検察には、トッドが拳銃を見つけ、なにも考えずにそれを手にとってタリアに渡したと説明すればいい。指紋の重要性がわからなかったと。そして、そのままわたしのところに持ってきたといえば、タリアたちの指紋が見つかっても矛先をかわせる。それ以外の指紋が発見されれば――」わたしはハリーに向かって片目をつぶってみせる。「彼女の容疑が晴れる」

これなら申し分ない。ハリーは、異を唱えることなく、すぐに賛成する。タリアを無視して決めているように感じる。しかし、彼女のほうをちらと見ると、満足そうなほほえみを浮かべている。カナリヤを捕まえた猫を思わせる。考えていた以上に、このシナリオにおいて彼女が果たしている役割は大きいように思える。彼女のほうもそう思っているにちがいない。

オフィスには、わたしひとりが残される。タリアはもう一度念入りに髪を洗うために自宅に戻った。ハリーは、一言一句を書きとめて確認しながら、拳銃の件でネルソンに電話をかけている。電話が終わると、検事局の調査員のひとりに拳銃を届けることになるだろう。ハリーは、多少気が進まないようではあったが、この事件でわたしのキーナン弁護士をつとめることに同意してくれた。

わたしは受話器を取り、ジュディ・ザムウォルトの番号を回す。彼女は、喜びを一〇〇キログラム以上固めてこしらえたような女性で、電話に答えるときも、その声には半分笑いがまじっているように思える。「郡書記局です」

「もしもし、ジュディ？　ポール・マドリアニだ。ちょっと頼みがあるんだ」

「いいわよ。ただし、今夜は先約があるけれど」ジュディが、けたたましい声で笑う。肉のかたまりがうねり、波打っているのが、電話線を伝わってくる。「けさ、うちの依頼人が保釈されたんだが、だれが保釈保証人の手数料を払ったのかを知りたい。それから、残金の保証人としてサインをしたのはだれなのか」

「いいわ。二、三分待って」

わたしがタリアの事件の記録番号を伝えると、ジュディが電話口を離れる。タリアの友人とやらは名前を伏せたつもりかもしれないが、保釈保証人の手数料を出した場合は、被告人側の人間として公の記録に名前を残すことになる。ネルソンやその部下がこのことに気づかないはずがない。

ジュディが電話口に戻ってきて、口笛を吹くようにすきまだらけの歯のあいだから勢いよく息を吐き出す。「こんな莫大なのは珍しいわ」タリアの保証金の話だ。「悪い女なの？」

「人違いなんだ」

「あら」もう少しもっともらしいことをいってもらいたいものだ——というように、ジュディがまた笑う。

「被告人が自分で手数料を払っているわ」

つまり、タリアと彼女の友人が、個人的に金の貸し借りをしたということだ。おそらく、タリアが切る小切手を銀行が引き受ける保証として支払い指図書（銀行の自己宛小切手）を供託し、そのうえでタリアが手数料を小切手で支払ったのだろう。

「それで、残金を保証しているのは？」

「ちょっと待って」ジュディがファイルを繰る音が聞こえる。「あった。トッド・ハミルトンという人よ」

＊本書は一九九四年二月に角川文庫から刊行された同名書を改めて文庫化したものです。

日経文芸文庫

情況証拠《じょうきょうしょうこ》 上

2013年10月23日 第1刷発行

著者 スティーヴ・マルティニ

訳者 伏見《ふしみ》威蕃《いわん》

発行者 斎田久夫

発行所 日本経済新聞出版社

東京都千代田区大手町1-3-7 〒100-8066

電話(03)3270-0251(代)

http://www.nikkeibook.com/

ブックデザイン アルビレオ

印刷・製本 錦明印刷

定価はカバーに表示してあります。
落丁本・乱丁本はお取り替えいたします。
Printed in Japan ISBN978-4-532-28015-4

花と火の帝 上・下
隆慶一郎

次々無理難題を押しつける徳川家康・秀忠親子。16歳で即位した後水尾帝は「天皇の隠密」とともに幕府と闘う決意をする……著者絶筆となった歴史伝奇ロマン大作。

黄金海流
安部龍太郎

江戸に流通革命をもたらす築港計画に忍びよる影……濁流のごとくぶつかりあう思惑に謎の剣客の暗躍。江戸、下田、伊豆大島で展開する海と剣のサスペンス。

鬼
高橋克彦

鬼や悪霊が跳梁跋扈する平安の都で密命を受け立ち向かう陰陽師たち。歴史伝奇小説の大家による壮大な物語が始まる！ 安倍晴明らが登場する鬼シリーズ第一弾。

紅蓮鬼
高橋克彦

延喜八年、男たちが惨殺された。下手人は若い娘。調査に乗り出した賀茂忠道が快楽の果てに見たものは？ 陰陽師の賀茂一族と鬼との壮絶な闘いをスリリングに描く。

日経文芸文庫　好評既刊

私の履歴書　落第坊主の履歴書　遠藤周作

これはヒドイ、うちの子などまだマシだ！天下の孤狸庵先生も幼少期は学業劣等、悪戯天才。失敗談、愚行譚、作家仲間との交遊録を一挙公開した「笑撃の履歴書」。

私の履歴書　どくとるマンボウ回想記　北杜夫

膨大な作品と共に世界を駆け巡ったマンボウも、今は世を捨て何も望む事はない――生と死、時間と空間の輪郭が溶けてしまった洒脱でちょっととぼけた半生記。

野いばら　梶村啓二

幕末の横浜から21世紀のイギリスへ。匂い立つ白い花の群生は、時の奔流の中で懸命に生きた人々の一瞬を永遠に輝かせる――第3回日経小説大賞受賞作。

煬帝　上・下　塚本青史

聡明で美しい少年は中国最凶の暴君になる――。隋を二代で滅亡させた皇帝の波乱に満ちた生涯を描く歴史ロマン大作。第1回歴史時代作家クラブ賞作品賞受賞作。

巨大投資銀行《バルジブラケット》 上・下

黒木亮

国際金融の舞台で暗躍する巨大投資銀行。実在の人物を織り交ぜ、巨額の利益をめぐる仁義なきまでの闘いと、そこで働く人々の葛藤を描く、著者渾身の本格経済小説。

書店員の恋

梅田みか

「お金と愛、どっちが大事?」——自分の店を持つという夢に生きるフリーターと、ベストセラー作家。二人の男性の狭間で揺れ動く女性の「ピュアな恋」の物語。

社長のテスト

山崎将志

会社が火事に! ある人物からの「テスト」を受け、会社の乗っ取り計画を立てる僕はやがて大事件に巻き込まれる——「残念な人」で話題の筆者、小説デビュー。

情況証拠 上・下

スティーヴ・マルティニ

伏見威蕃=訳

大物弁護士事務所長の謎の死。殺人容疑者の妻に突きつけられる情況証拠の山。陪審の結論は? 法廷ミステリーの傑作、弁護士マドリアニシリーズ第一弾、復刊。